文景

Horizon

社科新知 文艺新潮

述而批评丛书　第二辑

迎向热情消逝的年代

刘欣玥　著

上海人民出版社

上海文学批评的青年力量
—— 述而批评丛书第二辑序

新的时代发展引领文学创作的转换，青年作家、批评家如何面对时代变化中的价值和精神问题，如何以创作和批评的方式发出青年一代的铿锵之音，文学在深度参与现代化建设时，如何在文学创作和文学批评上引领潮流、创新方法、更新观念，更好地在中国式现代化中发挥文化的作用，这是批评面临的新责任。

习近平总书记高度重视文艺评论的社会功能，强调："要加强和改进文艺理论和评论工作，褒优贬劣，激浊扬清，更加有效地引导创作、推出精品、提高审美、引领风尚。"上海的文学批评一直有非常好的传统，涌现出一大批具有全国影响力的评论家，引领时代风气，积极参与并带动了中国当代文学的进程。斗转星移，薪火相传，述而后作，传承创新。新时代以来，上海出现一批年轻的文学评论新人。2018 年，上海作协积极推动"述而"批评丛书的出版，集中推出 11 名出色文学批评家的作品，引起社会关注。把青年新力量的队伍吸纳进来，文学批评新力量会迎来很大的转机。如今上海又一批年轻的文学批评新人脱颖而出，有的是作协成员，有的是高校教师，有的是媒体中坚。为进一步加强上海青年评论家的影响、培养上海青年评论家队伍，我们继续推动“述而”青年批评家丛书的出版，希望聚集目前上海最具影响力和潜能的年轻批评写作者，精选每一位作者最有代表性的文学批评文章，再推出一套能够全面反映当下上海青年文学评论整体风貌的精品文集，集中展示这一批评家群体的成就和风采，也展示上海文学批评的新发展与新收获。从中我们可以看到，上海青年批评者正在新的科技基座上思考人文，推动人文，书写当下，思考未来，努力做时代的同路人与风向标，对新兴的文学现象进行客观判断，展开有效批评，提出前瞻建议，发出与时代息息相关的声音。

批评随时代而变。当代文坛，创作繁荣，色彩斑斓。塑造当代文学格局的，不仅有风格各异的传统文学期刊，更有引领青年创作风尚的新锐杂志；不仅有传统文学及其出版机构，网络世界的文学平台则更加丰富多样，自媒体、文学社区、网络文学网站等，共同组合出当下文学版图的样貌。随着网络文学的繁荣和网剧等新的艺术题材的兴起，第二辑“述而”批评丛书跟第一辑一个很大的不同，是除了收入传统的文学批评文章，还有意收入了网络文学及泛文学（如电影、电视剧、网剧等）批评的相关作品，在重视传统文学批评的同时，引导读者关注和思考网络文学和泛文学的发展，为日新月异的艺术发展提供有益的参考。

文学的创造性转化和创新性发展需要广大文学工作者的共同努力，青年批评家勾连现在与未来，是最具有潜力的创造性力量。在现代性进程内部有效改造中国传统文论，走出书斋的象牙塔，迈向时代的十字路口，走出内循环的舒适区，在世界性的合唱中加入中国批评的声音，亟待我们直面与践行。“述而”批评丛书第二辑的出版是这份共同努力的一部分，希望能取得有益的社会效果。在新时代的引领下，上海文学具有更加开放创新、流动多元、跨界共融以及面向世界的品质，我们要用全球视野重新认识和深刻把握脚下的热土，进一步深入生活、扎根人民，用文学的方式书写上海改革开放波澜壮阔的生动实践。未来我们将进一步促进创作、打造精品，用系统的观念全面梳理和构建中国式现代化的文学话语和叙事体系，继续赋能文学、提升价值，向广大人民群众提供高品质的文学供给，为推进中国式现代化书写文学篇章、贡献青年力量。

上海市作家协会党组书记、专职副主席

马文运

目录

辑一

失败艺术家的肖像画 3

迎向热情消逝的年代 27

说吧，今夜我们去向何方? 31

我们与小镇的距离 39

文艺青年、“80 后”写作与“自我”的历史动能 49

辑二

乌有之蛙与新南方语言 87

“家变”与“世变” 105

再见路小路，再见 125

永诀的，重逢的 129

折返 1990 年代 135

当我们再次走进动物园 146

辑三

街区闲逛者与昨日的遗民 169

消失及其所创造的 175

大潮，微声与群像 185

如果种子不死，如果故事一讲再讲 196

信与疑与真 204

辑四

世上或有不散的筵席 221

小说的趋光性能够穿透深渊 227

重返一个分裂时刻 232

在幽闭的季节深处 244

1933 年的时间流亡与青年狂想 249

她从死灭里造新的躯体 258

辑一

失败艺术家的肖像画：
张悦然的“艺术情结”与1980年代的“精神难题”

一、两组“失败艺术家”的肖像

> 这个男人的手里没有拿画笔，在空中，像荒废了的树枝，干涸在这个云朵密封的山坡下面。他还能再画吗？[1]

> 或许就是在那个时候，他的天赋被悄悄地收走了。再次站在画布前面的时候，他的内心产生了一丝厌恶的情绪。一点灵感也没有，什么都不想画。[2]

> 我已经开始老了……早就没什么创作力可言了，写的诗都带着一股腐朽的气味，我知道那些年轻诗人怎么想，他们想，嘿，这老家伙早就过时了，可是自己不知道，还在那里孜孜不倦地写，真是可笑。[3]

---

[1] 张悦然：《葵花走失在1890》，作家出版社，2003，第159页。

[2] 张悦然：《动物形状的烟火》，《收获》2014年第5期。

[3] 张悦然：《茧》，人民文学出版社，2016，第374页。

在重新阅读张悦然的过程中，“艺术家”作为反复出现的人物群像进入我的视线。从处女作短篇小说集《葵花走失在1890》中以凡·高故事为原型的同名作，到在《收获》杂志发表的画家题材“姊妹篇”《动物形状的烟火》《天气预报今晚有雪》，再到近年引起批评界热议的长篇小说《茧》，画家、摄影师、诗人与小说家等从事艺术创作的人物光谱在张悦然笔下从未中断。[1] 更准确地说，正如前文摘录的小说片段所提示的，张悦然对于艺术家失去灵感、才华与创作空间后的“失败处境”和“悲剧意味”有着特别的关注。这三段文字的主角分别是陷入疾病与痛苦的荷兰画家凡·高，在名利场中迷失的青年画家林沛，以及过气、衰老的1980年代的诗人殷正。如果要给这里的“失败”做出一个界定的话，这些艺术家遭遇的“失败”，是“艺术”灵感的枯竭、精神的衰亡与孤独。他们在尚未步入物质、日常生活意义上的穷途末路前，就已经为张悦然所锁定。

“他还能再画吗？”这一忧虑艺术生命难以为继的发问，不妨视其为张悦然小说中具有隐喻意味的“问题”和“叙事动机”之一。这个问题，又经由不同作品的反复演绎，进一步暗示着张悦然本人的精神、思考中许多尚未被照亮的角落。比如，应当如何理解张悦然的“艺术情结”？“失败艺术家”携带的现代艺术家及其艺术生命的病症和困境，是否可以落实到作家更隐秘的历史经验与精神结构中？希利斯·米勒曾在《小说与重复》中提醒人们

[1] 如果进行一番简单的“考古学”发掘，会发现这类的艺术家形象中尤其以画家居多。除了《动物形状的烟火》中的林沛与《天气预报今晚有雪》中的蒋原，在张悦然早期的创作中，还有《毁》中的毁，《霓路》中的小野，《葵花走失在1890》中的凡·高，《领衔的疯子》中的晨木、凌凡，《红鞋》与《小染》中的父亲，《水仙已乘鲤鱼去》中的陆逸寒等。

留心小说里的“重复”现象，因为许多文学作品的丰富意义，恰恰来自诸种重复现象的结合。作家在不同作品中对主题、动机、人物和事件的有意味的“重复”及小说内外的复杂互动，向我们提示了一条进入作家精神深层、价值结构的“秘密通道”。[1] 事实上，在以往对张悦然的阅读与评述中，这一隐喻性的“重复”一直被忽略，作为张悦然独特书写经验的“艺术（家）情结”几乎从未引起注意和讨论。这或许可以帮我们抛开媒体和批评家关于“80后”“代际”或“小资产阶级”的种种惯性思路，[2] 构成为张悦然寻找新读法的一个起点。

根据张悦然本人的解释，对于艺术家作为写作题材的“偏爱”源自生活与交往经验的贴近，“画家、艺术家是我比较熟悉的群体”，绘画、摄影等艺术技巧也“通过一种隐没的转化，来到我的笔下”，“给我的写作带来很多启示”。[3] 但如果我们能跨过对表层化的“经验来源”与“技巧转化”的关注，就会发现一个更加值得追问的问题：张悦然为何唯独对艺术家的“失败”姿态念兹在兹？为什么她笔下的艺术家总是走入艺术与精神的绝境？在《80后作家，文艺的一代》一文中，批评家岳雯同样注意到了这种“作家、

[1] 参阅［美］希利斯·米勒：《小说与重复：七部英国小说》，王宏图译，天津人民出版社，2008。

[2] 受到媒体和批评话语的持续影响，今天的文学界在谈论张悦然的小说时，往往很自然地引向“80后”代际写作的话题。我们承认基于这种“共识性”的解读与思考依然有效，但一个同样难以否认的事实是，一旦张悦然与“80后”、小资产阶级、都市女性等“关键词”发生习惯性的捆绑，无论对作家作品内部的丰富性，还是文学评论的想象力，都是一种遮蔽和损伤。

[3] 参阅张悦然、霍艳：《“80后”的文学对话——霍艳访谈张悦然》，《中国图书评论》2013年第3期；张悦然、李壮：《放逐是对虚无的反抗》，《萌芽》2016年第5期。

艺术家占据主角”的现象，并从张悦然、霍艳、蔡东等人的创作中提炼出“艺术家与艺术分离之后的命运”的主题，这一表述可以说是颇为敏锐的。[1] 如果可以将“艺术家与艺术分离的命运”看作我们所说的“失败”问题的另一种讲法，那么这一“分离的命运”所召唤的，就不仅是艺术家面对分裂的、破碎的、价值不恒定的现代性经验的经典命题，它同样通过小说人物形形色色的挣扎、放逐、沉沦乃至死亡，构成张悦然为自己设下的一道“精神难题”。也就是说，当张悦然一次次用其一贯追求绝望、极端、偏执的美学再现“必然的失败悲剧”[2]，她与悲剧进行“雅各的角力”[3] 的持续冲动最终会引导我们把目光转回到作家自己身上：张悦然很可能无意识或下意识地赋予了“失败艺术家”某种寓言性。这寓言既关乎“艺术家”，也关乎作家“自我”的精神心象——生于 1980 年代的写作者张悦然对“失败艺术家”的书写情结，很可能不只是熟悉的经验或狭隘的个人趣味那么简单，其深藏的自我主体性、精神资源及时代经验之间的互动，显然更加值得细究。

回顾张悦然过去十余年间的小说创作，不难发现她其实塑造了两代艺术家的形象。虽然二者未必构成叙事关系或实际年龄上的“父与子”，但他们的精神气息清晰地分属于两个不同的世代，因此不妨称其为“父辈艺术家”与“青年艺术家”。“父辈

---

[1] 岳雯：《80 后作家，文艺的一代》，《光明日报》2014 年 11 月 3 日。

[2] 关于对“绝望”的偏爱，参阅张悦然、走走：《“我的小说，这副眼镜，灰度就那么深”》，《野草》2015 年第 4 期。

[3] 张悦然在多个场合谈及“雅各的角力”。故事原型来自《圣经 · 旧约》，张悦然将其转换为对自己小说创作观念的表述：“雅各的角力，其实就相当于写作中自己内部的、内在经验发生角力的过程，它如同我面对写作时所作出的抉择。”参阅张悦然：《雅各的角力》，《小说评论》2013 年第 6 期。

艺术家”多以带有父亲／叔叔气质的成年男性面貌登场，他们的挫败与失意或多或少与“衰老”相伴，携带着与急剧变化的时代趣味格格不入的“纯粹艺术”气息，如同理想价值失落后的守夜人。这其中包括《谁杀死了五月》中怀才不遇的三卓（摄影师），《水仙已乘鲤鱼去》中的继父陆逸寒（画家），以及《茧》中的父亲李牧原和他的朋友殷正（诗人）。而“青年艺术家”，则以描写青年画家的“姊妹篇”《动物形状的烟火》中的林沛和《天气预报今晚有雪》中的蒋原为代表，某种意义上，他们也可以被视为张悦然的“同时代人”。他们对于成功充满野心却上升无路，在大画家、收藏家与画商操纵的商业资本链条中不断迷失。在这些颓败、早衰的惨淡面孔中，读者已经很难读到“艺术家”的独立精神或“艺术”本应提供的激情与热忱。“青年艺术家”的序列出现在张悦然逐渐告别“青春写作”的转型阶段，[1]却也未尝不能上溯到早期创作中，具有自我投射性的年轻作家形象（如《水仙已乘鲤鱼去》中的陆一璟），以及一些具有“艺术家气质”的叛逆少年。[2]总而言之，两代艺术家构成我们眼前的两组“失败艺术家”

[1] 目前对张悦然“转型”的讨论有很多，从发表与创作的实际情况来看，相比于2003年至2005年的密集出版（具体讨论可参阅邵燕君：《从“玉女忧伤”到“生冷怪酷”——从张悦然的“发展”看文坛对“80后”的“引导”》，《南方文坛》2005年第3期），从2006年出版长篇小说《誓鸟》后，张悦然的写作经过了一个长达近十年的反思、沉淀的低产阶段。作者在其主编的杂志书《鲤》上陆续发表了一系列短篇小说，包括引起较多讨论的《好事近》《家》。这一阶段可以视作张悦然逐渐与商业化的写作拉开距离，开始对代际、现实、历史等问题展开更严肃的思考。

[2] 比如《毁》中的毁，《霓路》中的小野，《跳舞的人们都已长眠山下》中的次次。这种具有艺术家叛逆气质的少年，在张悦然早期被称为“青春写作”阶段的短篇创作中大量出现。但他们更接近于依托想象力与直觉性的人物创造，与本文讨论的资本名利场中的青年画家还是存在一定的距离。

的肖像。可以看出，尽管失败、困顿、孤绝的“精神面貌”是他们的共通之处，两代人的“失败”不仅在表征与根源上大相径庭，更重要的是，作家本人也通过截然不同的两套笔墨表明了她的价值选择。

不妨以人物的结局为例做一点考察，张悦然为人物量身定制的“归宿”颇能透露她的价值立场。《动物形状的烟火》的结尾，林沛被两个孩子恶作剧地锁进了漆黑的车库，伴随着孩子们邪恶的笑声，原本规划好“重建生活”的幻梦，就如同连看都来不及看到的烟火一样熄灭了。《天气预报今晚有雪》中的蒋原通过接近富豪的前妻周沫换取的阶层上升之路，也随着周沫前夫的突然死亡，及其导致的周沫抚恤金的中断而暗示了必然的破产。一个显见的事实是，张悦然为戏弄、嘲讽林沛与蒋原之辈——即杨庆祥所引申出的“虚伪的时代和虚伪的艺术家”[1]——准备了足够的冷酷与批判之心。而面对“父辈艺术家”时，作家却给出了最大程度的同情、敬重，甚至是浪漫化与情欲化的想象：无论是《谁杀死了五月》的最后，女孩通过为三卓出版摄影集的“报恩”，《水仙已乘鲤鱼去》中陆一璟在陆逸寒车祸身亡后依然挥之不去的爱恋；还是《茧》中的李佳栖对于父亲历史的病态崇拜与追随（在这一情感表现上，她几乎就是另一个陆一璟）。在叙事中，艺术道路的挫败恰恰为这群“人到中年”的艺术家赋予了最迷人的魅力。在这一点上，将纯粹的艺术情怀与“恋父情结”进行重叠与交缠是张悦然笔下一种常见的极具个人辨识度的文学化

[1] 杨庆祥的原话是：“我有时候想，也许张悦然可以写一个艺术家系列的小说，这个系列应该有一个副标题：虚伪的时代和虚伪的艺术。”见杨庆祥：《〈天气预报今晚有雪〉读后》，“《收获》杂志社”微信公众号 2014 年 1 月 14 日。

处理。[1]

探讨张悦然的文学“造像”的目的，借用保罗·德曼在《阅读的寓言》中的一句判语，是因为“画像的作用是暴露一种意识”[2]。辨认两组“失败艺术家”的肖像及两套笔墨的殊异，正是为了“暴露”、透析出画像底下作者更深层的意识或无意识。张悦然浓郁的文字风格，需要我们用更多耐心去拨开修辞化、抒情化、浪漫化的语词迷雾，最终进入作家的“精神认同”问题上来。因为无论是撕下同时代青年艺术家虚伪、金钱拜物的面具，还是歌颂“父辈”的对清洁、纯粹的艺术信仰的坚持，作者所操持都是同一套关于“艺术”的本体论与认识论：理想，浪漫，纯粹，注定的失败——这背后是张悦然作为创作主体自身的审美认知，却未尝不能使我们辨认出超越个人的、更有趣的历史关联或回响。

事实上，在描绘“失败艺术家”的肖像画的层层笔触中，存在着一种颇为有趣的精神呼应与回响：张悦然对“艺术”的认识，及其对“父辈艺术家”的高度认同，似乎与 1990 年代初期的一部分以“人文精神”为旗、抵抗艺术市场化的知识分子十分相似。他们在哀叹 90 年代的精神现状的同时，都相信一种清洁、纯粹

---

[1] 张悦然几乎从不掩饰“恋父情结”对其叙事灵感与创作动机的重要作用。“父亲的形象在我的成长中有一种缺席感，父亲当然一直都在，可是我们之间的交流很少。……我想得到父亲的爱，但是我们之间始终不能够达到令我满意距离。在写作中，我似乎在通过一种极端的方式引起父亲的注意。”见王琨、张悦然：《“我们这一代作家是由特写展开的”：访谈录》，《小说评论》2013 年第 6 期。

[2] ［美］保罗·德曼：《阅读的寓言：卢梭、尼采、里尔克和普鲁斯特的比喻语言》，沈勇译，天津人民出版社，2008，第 176 页。

的“人文精神”在80年代的真实存在。[1] 两者的共通之处提醒我们，“精神的80年代”[2] 极有可能以一种叙述上的隐身术成为张悦然在“造像”时真正的历史坐标。这不仅为张悦然对“艺术失败”的美学认同，也为她对“父辈艺术家”的精神、道德认同，提供了一套解释逻辑。

二、“失真的偶像”与“浪漫的80年代”

假如要为张悦然对“父辈艺术家”的认同寻找一个具象化的落脚点，2016年出版的长篇小说《茧》中李佳栖的父亲李牧原是再合适不过的人选。在我看来，李牧原是《茧》中一个隐蔽的“灵魂人物”。尽管李牧原在亲自登场的段落里始终显得面目模糊，更多时候都活在李佳栖狂热的幻想和怀念中，但这并不妨碍他对女主人公的命运及整部小说的情节与情感走向起到“定调”作用。更值得注意的是，作为“父辈”，也作为“艺术

---

[1] 这里我指的是1990年代的那场由当代文学领域引发的“人文精神讨论”。1993年，王晓明在《上海文学》发表《旷野上的废墟——文学和人文精神的危机》，此后很快在全国范围内引起热议，并逐渐超出了当代文学的范围。王晓明在文章中说：“文学的危机实际上暴露了当代中国人人文精神的危机，整个社会对文学的冷淡正从一个侧面证实了，我们已经对发展自己的精神生活丧失了兴趣。”而在2006年前后，现象级的“80年代文化热”，随着以查建英的《八十年代访谈录》为代表的一系列书籍的畅销，再次令理想化、浪漫化的“80年代”，令“80年代”是“文学的黄金时代”这一印象深入人心。

[2] “精神的80年代”的说法来自毕光明，这一提法强调了1980年代对于满足人们精神的深层需要的“美好感觉”。“作为一种感觉为亲历者所长久保存，这就是八十年代值得我们回望和谈论的理由。一个历史时代用人的感觉证明了自己，这也意味着在这个时代里，人的精神需求得到了满足。”见毕光明：《精神的八十年代》，《海南师范大学学报》（社会科学版）2007年第3期。

家”—— 一度活跃于 1980 年代校园的著名诗人、文学青年，李牧原及其在 90 年代初的死亡所象征的“诗人之死”，对于我们理解张悦然的情感、精神结构都具有启示性的作用。如同一个见证了浪漫、反抗、失望并最终走向衰亡的艺术精神的“幽灵客体”，李牧原在女儿生命中的深刻烙印与托体还魂都提醒着我们：李佳栖与“父辈”的关系很可能并不止于血缘和伦理基础上的“罪与爱”，另有一重精神性的传承关系将他们牢牢扭结在一起。

《茧》以一则“文革”期间真实发生的“钉子谋杀事件”为原型，虚构了大学医学院中程、李、汪三个家庭，祖孙三代人“罪与爱”的纠缠。张悦然为《茧》设计了双声部的框架结构，让李佳栖和程恭这一对孙辈的男女主人公（他们分别是凶手和受害人的后代）以第一人称的讲述推动故事交错前行，最终缝合成一段从五六十年代到新千年，贯穿半个世纪的家族恩怨史。需要指出的是，在围绕《茧》的诸多讨论中，“历史”与“父辈”尽管是被频频提及的关键词，但如同“原罪”般埋下祸根的“文革”时期祖辈的矛盾冲突，以及作为孙辈的“80 后”在阵痛中的直面、反省与成长，显然吸引了批评家们更多的讨论热情。这在很大程度上遮蔽了作为中间代的父辈的复杂性与重要性，或者说得具体一点，是遮蔽了李牧原身上的问题性。在李牧原生前，李佳栖从未停止对于靠近父亲、获得父爱的不同寻常的渴望；而在李牧原死后，她转而不断寻访故人，试图拼凑出父亲的完整故事，这俨然成为一种病态的“事业”——即使将《茧》中由李佳栖承担的那一半的叙事直接命名为“追随父亲的旅程”，也并不为过。

而随着李佳栖声音的娓娓流动，我们接近了一个重要的前提，那就是我们需要确定在此谈论的到底是哪一个李牧原？是

“故事”层面的李牧原，还是在“故事的叙事”层面上经过李佳栖的回忆与想象重现的李牧原，又或是在“叙事”层面上，由张悦然借李佳栖之口虚构出来的李牧原？后两者显然更为重要，也更加接近本文讨论的初衷。因为经过了虚构，与虚构之虚构的层层过滤、浸泡、冲印，“李牧原是谁”或许已经难以得到有效的解答。但是，“李佳栖眼中的李牧原是怎样的”，以及“张悦然为什么要塑造这样的父亲和这样的父女关系”，却对我们谈论两代人的“精神纽带”与张悦然对“失败艺术家”的情结提供了重要的启发。

如果从“身份”的角度还原李牧原不长的人生轨迹，可以勾画出一条“‘知青’—77届大学生—校园诗人—幻灭的运动者—商人”的形象变迁史。显然，在一个拉长了的1980年代（从“文革”结束到1990年代初）的坐标轴上，这里的每一个典型形象，都能召唤出各自对应的当代历史经验与历史意涵。但稍加辨析就能发现，在这些错动的身份符号中，为李佳栖所高度认同、崇拜、难以忘怀的父亲，仅仅是1980年代校园中那个作为“文学青年”的父亲：他写诗，办诗社，教书，也编书。这样的父亲形象贯穿了李佳栖的整个童年，直到他1990年告别济南，只身前往北京经商，三年后车祸身亡。[1]在篇幅不长的关于父亲1980年代的校园生活的回忆里，艺术、诗歌、才华与带有爱情色彩渲染的句子频密地出现在李佳栖的描绘中。“他读托尔斯泰，跟老师、同学讨论诗歌和哲学，去学校的小礼堂看电

[1] 在《茧》的叙事中，李牧原1977年离开粮食局车队，考入大学中文系，后留校任教直到1990年被辞退。此外，虽然没有明确交代，但通过小说中的多处叙述，可以推断出李佳栖出生于1982年，与作者张悦然同岁。

影。”“他的诗刊登在杂志上，被女同学们悄悄吟诵。每回他从校园里经过，总有几道目光默默跟随着他。”[1]在她童年想象的画面里，父亲理所应当要“和梳着流水长发、把一本诗集抱在胸口的女学生谈谈心”[2]。受到这种“文艺气息”的熏染，李佳栖迅速学会了“像父亲一样”嫌恶出身农村、只知柴米油盐的母亲，认为是她拖累了父亲的文艺理想。也就像她形容父亲的生活为“浪漫主义的身子，拖着一条现实主义的尾巴”一样，李佳栖在知识分子的精神世界和带着烟火气的世俗生活之间建立起一道清晰的、好恶分明的界限。很难说是不是一种出于对父爱极度缺失的情感补偿机制，她选择了对父亲的精神世界进行“全盘接受”：纯诗的，反叛的，精英的，偏执的——它们最终经过感情的提纯、理想化和符号化，变成了她心里具有浓郁乌托邦气息的“浪漫的 80 年代”。

“我们别再相信什么了。”父亲说这句话的语境是 1990 年，在离开济南、离开李佳栖的前夜，李牧原对曾经身为“文学青年”的自己宣判死亡。这个句子在小说中扮演了 1980 与 1990 年代之间一声清脆、决绝的断裂，不仅传递了运动风暴后的幻灭，更暗示了物欲时代来临、价值转轨的先兆。但是，李佳栖对“浪漫的 80 年代”的信仰，以及得其滋养的文学想象力，并没有随着父亲心灰远走而终止；相反，在日后不断用俄罗斯、火车、“淘金梦”和安娜·卡列尼娜对父亲的经商生活进行童话化、罗曼司化的过程里，它逐渐生长成一个只属于李佳栖的虚妄的

[1] 张悦然：《茧》，第 50—51 页。

[2] 同上，第 76 页。

精神世界。[1] 在编织童话想象的同时，她竭力回避着事实粗鄙的原貌，“就算我很清楚我爸爸做的是这种倒包贩卖的生意，也不想知道他具体是怎样把货物一件一件卖出去的”[2]。正如克尔凯郭尔所提示的对浪漫主义美学中的逃避性的警惕，浪漫主义“享受精神的否定，它以为这就是在诗意地生活着”，“扬弃所有的现实，并以一种并非现实的现实来取代它”，[3]在某种程度上，李佳栖的“逃避”与使用“精神否定法”的执迷不悟远比她的父辈要更严重。在父亲下海、向现实投降、早已“不再相信什么了”以后，她依然不愿承认父亲沦为“失败者”，以及那个写诗的父亲早已远逝的事实。因此，在小说里，张悦然早早借助李佳栖的男友唐晖，揭穿了李佳栖想象的虚假性——“唐晖大概也已经意识到，我把爸爸雕塑成了一个失真的偶像”[4]。

“虽然有些时候，偶像本人也会参与制作过程，但偶像终归是脱离本人而独立存在的。”[5] 有必要指出，“偶像”是张悦然一直在思考的时代精神症结之一，在她的个人语境里，对“偶像制

[1] 集中体现在李佳栖对 K3 次列车和俄罗斯的文学化想象中，比如：“我知道商人这个词，是因为它在童话故事里常常出现。”“我想象爸爸穿着呢子大衣和皮靴，拎着皮箱站在扬起大风的月台上；……一个碧绿眼珠的妓女踩着很高的鞋子，咚咚咚在过道里猩红色的地毯上走过……”“安娜 · 卡列尼娜的魂魄一直还在站台上游荡。第一次读到那本小说的时候我就想，要是当时跟着爸爸去了俄罗斯，没准就会遇到她。”分别见于《茧》，第 107 页、第 111 页、第 112 页。

[2] 张悦然：《茧》，第 115 页。

[3] ［德］施勒格尔：《浪漫派风格——施勒格尔批评文集》，李伯杰译，华夏出版社，2006，第 49—57 页。

[4] 张悦然：《茧》，第 113 页。

[5] 张悦然：“卷首语”，载《鲤 · 偶像》，上海文艺出版社，2011，第 2 页。

造”与现实脱节的反思，最终接通的是对父辈的凝视，因为她唯一承认的偶像是自己的父亲。[1] 在小说的后半部中，许亚琛和殷正相继来到李佳栖的面前，他们一个是父亲当年的学生，一个是他的诗歌同行与中文系同事。两人身上，都带有因为曾与李牧原同路而获得的“失败艺术家”的精神残片。如果李牧原没有死，他有可能会成为许亚琛，也有可能会成为殷正。在某种程度上，他们都携带着李牧原未及展开的人生在 1990 年代以后的可能性。但无论是许亚琛还是殷正，又都仿佛用转行或衰老后的真实面目，将李牧原的“死亡”一再地在李佳栖眼前重演、确认——这是一个把“偶像”撕碎给人看的故事。

在与李佳栖重逢时，许亚琛已经从当年的激进学生变成了标准的商界“成功人士”，享受着众人的追捧，竞拍艺术藏品，残留一点附庸风雅的中产阶级趣味。李佳栖曾力图唤醒他的青春记忆，榨取他身上的最后一点怀旧心绪。许亚琛也曾对逝去的 1980 年代下过“一个时代就这么结束了”这样带有悲壮、恢宏口吻的判语，甚至一度令李佳栖安慰地感到为父亲的死“找到了一个隆重的意义”。但许亚琛式的怀旧不仅极为有限，而且是物化、虚伪和媚俗的。相比之下，依然在写诗的殷正，在精神上更接近当年的李牧原，但他的衰老与诗才、道德的衰败——“这老家伙早就过时了”（文本开篇引述的第三段话正是殷正的自白）以及当年告发李牧原的沉重污点，无疑比许亚琛的“背叛”更令李佳栖感到难以承受。在离开许亚琛前，李佳栖的疑问是“如果我爸

[1] 在《鲤 · 偶像》的卷首语的最后张悦然写道：“写到末尾，我忽然想起的偶像是谁。我的父亲。以前每次被人问到，你的偶像是谁，我总是回答，我的父亲。”

爸还活着，他的一部分是不是也会在那个结束的时代里死掉？”而到了与殷正告别时，这个问句里残余的浪漫意义，已经彻底坠入怀疑和迷茫：“这些年，我一直想弄清楚我爸爸到底是一个怎样的人，我知道的越多，他就变得越模糊，每一次接近他，都是一次告别。”[1]

饶有趣味的是，《茧》安排李牧原、许亚琛与殷正三名男性在李佳栖的人生中依次登场，并与我们的女主人公发生价值、精神与情感的纠缠，其中搬演的性别逻辑、爱情话语与成长模式，都很容易令人想起《青春之歌》中林道静在爱情与革命中完成的“成长”与“自我改造”。但不同的时代语境，决定了李佳栖无法重走林道静的道路。没有了坚固的无产阶级理想与革命伦理对其进行“精神引导”和规训，也没有了集体性的价值认同为其“成长”的实现保驾护航，生于1980年代的李佳栖，她的“成长”始终是个人性的、没有统一标准的——开放自由的选择有时候同样意味着需要自己承担失败的代价。在以父亲为“偶像”，以“浪漫的80年代”为精神灯塔的一开始，李佳栖不合时宜的选择或许已经注定了她的无法抵达——就如同她的自我陈述一样，竭力寻找着“化作泡影的理想、从前人与人之间的真诚与慷慨，以及那个消失的时代的痕迹”。她的姿态怎么看都更像是本雅明在《历史哲学论纲》中描绘的“历史的天使”：脚踏废墟，悲伤地凝视着过去，是以背向而非面向的姿势，被时间推入未来。[2]

但是，张悦然的位置在哪里呢？无论是将李佳栖的成长看作

---

[1] 张悦然：《茧》，第384页。

[2] 参阅［德］瓦尔特·本雅明：《启迪：本雅明文选》，张旭东、王斑译，生活·读书·新知三联书店，2008，第270页。

"林道静模式"的当代戏仿，还是与本雅明反省现代性与进化时间观念之间的某种共鸣，我们都不得不注意到，在用"失真的偶像"命名李佳栖虚妄、错位的价值追求后，写作者依然给予了她的女主人公足够的同情。换句话说，在理性认知上，虽然张悦然对李佳栖艺术的、浪漫化的精神寄托不无警觉与反省，但在情感上仍然呈现出暧昧的亲近态度。这不仅体现在《茧》中作者与叙事者的声音不时发生重叠——尤其是在对回忆、想象中那个作为"文学青年"的父亲与1980年代的大学校园，发出笔墨陶醉的描摹与憧憬时，我们难以区分究竟是李佳栖在说话，还是张悦然在说话。此外，一个此前少有机会被提及却又非常重要的事实是，与许多"80后"作家的成长背景不同，张悦然是在山东大学的校园里长大的。就像作者曾在采访中多次提起的，《茧》中的确有许多儿时"校园—家园"经验的影子，大学校园这一特殊成长空间对张悦然创作的影响，也有助于我们将讨论推入另一个新的层面。[1] 当看到张悦然用向往、惋惜、幻灭的口吻追忆1980年代，用"理想主义的崩塌"界定1990年代的转向时，或许就不难理解她为什么要塑造并寄情于一个"历史的天使"般的李佳栖。"那个时候我们是孩子……但你能看得出当时知识分子精神状态的变化。包括信仰和理想主义的崩塌。之所以会转向物质和市场经济，就是因为这种崩塌。我们在大学里长大，对于这种状态看得

[1] 张悦然虽然很早就进入了文坛，但由于书写题材的缘故，她在山东大学校园里的个人成长经历，可能要到她第一次以家乡济南和童年校园经验为题材的《茧》的出版，才清晰地呈现在读者面前。"这个小说动用了很多我的童年和少年时代的记忆。小时候在山东大学的家属院里长大，对那种大院孩子的状态很熟悉。大院其实也会造成一种强烈的'围困'感觉。"见张悦然、李壮：《放逐是对虚无的反抗》。

更清楚。”[1]“大学校园”作为相对封闭的文化空间及其提供的独特精神熏陶，被投射到张悦然的童年虚构与文学难题中，也渐渐让我们看到了更多解读作者对1980年代的想象、移情、追怀的蛛丝马迹。

三、哀悼与继承：关于1980年代的精神难题

让我们暂时把小说给出的线索放到一边，从别处寻找张悦然对“失败艺术家”的思考踪迹，比如作家对《水仙已乘鲤鱼去》的“后记”改写。《水仙已乘鲤鱼去》是张悦然的第二部长篇小说，2005年1月由作家出版社首次出版。2007年6月，明天出版社再版了包括《水仙已乘鲤鱼去》在内的四册“张悦然文集”[2]。对比两个版本的内容会发现，“明天版”的《水仙已乘鲤鱼去》不仅删去了初版中以日记体记录创作心路历程的《附录：水仙鲤鱼笔记》，以《着了迷》为题的后记的内容也有较大幅度的调整和增删，几乎可以被视作一篇“修订版”的后记了。[3]文章去掉了不少在当时看来已显“无病呻吟”的个人情绪表达，许多“青春文学”语体痕迹较重的字句也被修改。这或许是出于一种“矫正”或“淡化”曾经稚气的写作风格的初衷。但相比于删除的部分，

---

[1] 语出张悦然与《北京青年周刊》记者的对话。见莫兰：《张悦然：经验，你就是需要时间去等待它》，《北京青年周刊》2017年第4期。

[2] 明天出版社于2007年出版的张悦然文集系列包括《霓路》《樱桃之远》《昼若夜房间》《水仙已乘鲤鱼去》。

[3] 但是这篇文章依然以“二〇〇五年版《水仙已乘鲤鱼去》后记”为名收录，落款时间是“二〇〇四年十月八日”。见张悦然：《水仙已乘鲤鱼去》，明天出版社，2007，第293—297页，以下引文页码除特别说明外均出自该版本。

更引起我注意的是增添的部分：在“明天版”的后记中，张悦然在初版基础上续写了一个关于“艺术家印象变化”的故事。儿时她对艺术家英雄主义式的幻想与向往，在初版后记中就有：

> 小的时候，我曾幻想着日后成为一个癫狂的艺术家。每每看到手指飞一般地在钢琴上起落滑移，看到扭动的线条和狂躁的颜色，看到热泪盈眶的朗诵，看到累积成垛的手稿，就会格外激动。那时，我甚至不懂得何谓艺术。……是的，在我着迷于某项艺术之前，我首先着迷的，是在自己头脑中形成的那样一种艺术家姿态，风驰电掣的，像阿童木和哪吒。[1]

但是随着作者踏上文学写作“这条崎岖的路”，一系列的遭遇与见闻动摇了张悦然对何谓艺术、何谓艺术家的天真理解，她也第一次流露出对艺术家身上某种必然失败、孤独的本质的认知。这是“明天版”后记中出现的新内容。在新增的段落里我们读到了这样的句子，这或许是张悦然第一次如此清晰地讲述她亲眼所见的“失败艺术家”：

> 艺术家简直是一个憔悴、瘦弱、默默承受的群体，他们像是米勒油画里面的《拾穗者》，寂寂无声地做着一些挑挑拣拣拼拼补补的小活计。我的舅舅油画画得那么好，但我看到他站在大街路口马路沿上，在用刷子涂着一些写着诸如“一

[1] 张悦然：《着了迷》，载《水仙已乘鲤鱼去》，第 293 页。

对夫妇只生一个孩子好”、“优生优育”的大幅广告牌，他流了很多的汗，没有时间停下来喝口水。[1]

除了暗示时代因素造成其“怀才不遇”的画家舅舅，张悦然在新增的内容里还提到了周遭一群热爱艺术却受挫失意的人，他们中有音乐老师、舞者、写作者、诗人等。她为他们的才华和梦想扼腕叹息。最后登场，试图说服张悦然放弃艺术去过一种“稳定安心的生活”的是她的父亲——是的，“父亲”又一次出现在了张悦然的自我审视中：

比爸爸的话更有说服力的是爸爸本身，多年前他也是一个如我这般热爱文学向往自由生活的少年，而今他早已没有这样的念头，早起、整洁、守时是他有别于文学青年的好习惯。[2]

虽然艺术家的失败形象深深印刻在作者的青春记忆中，在这些字句里，我们读到了些许畏难与茫然，但更多的是张悦然对父亲放弃了文学梦想的遗憾与感伤情绪——在这里，我们已经可以嗅到与李佳栖对李牧原所怀抱的那种感情的相似气息。正如人们所知道的，后来的张悦然并没有放弃写作道路，但“失败艺术家”和“父亲中断的文学美梦”却很可能从这里开始，作为两个原初的精神刺激，伴随她继续上路。如果说 2007 年对于《水仙

[1] 张悦然：《着了迷》，载《水仙已乘鲤鱼去》，第 294 页。

[2] 同上，第 295 页。

已乘鲤鱼去》后记的改写，更多只是下意识地为了讲述心结，进而自我勉励，那么到了《茧》的后记里，“父亲中断的文学美梦”则携带着作者愈加明确的弥补、继承意识再度回归。这或许是某种思考延续的结果。[1] 更进一步说，在涵盖了张悦然整个创作历程的全景视野里，从早期的“青春写作”直至当下，对于“失败艺术家”的描绘与思考，也经过了一个从“直觉”到“自觉”，并不断为其赋予现实意义的过程。

在这篇后记中，张悦然用一个元叙事的结构讲述了《茧》诞生背后的故事。通过她的介绍我们得知，《茧》的灵感不仅源于“文革”期间发生的真人真事，即“钉子谋杀事件”，这个事件是张悦然从父亲处听来的，是他“少年时代目睹的真事”。更为重要的是，这一事件也曾作为素材被父亲写进自己的第一篇小说里，且小说的题目就叫《钉子》。这篇小说在经历了被文学杂志录用又弃用的一番波折后，被父亲锁进了抽屉深处。父亲始于1970 年代末的文学之路显然是不顺利的。几年后，随着女儿的出生与数度投稿杳无回音，父亲“再也没有写过小说”。《钉子》的手稿也在搬家中丢失，“它基本等同于没有在这个世界上存在过”[2]。到这个时候，几年前提及的父亲曾是“文学青年”，以及“父亲中断的文学美梦”，终于有了细节和全貌。但这一次，张

---

[1] 值得稍加说明的是，虽然“明天版”后记的日期落款为“二〇〇四年十月八日”，这一日期甚至早于初版所收后记标注的“2004 年 12 月 12 日”，甚至也不同于 2010 年上海文艺出版社出版的精装版《水仙已乘鲤鱼去》中后记落款标注的“2004 年 12 月 8 日”。但我还是更倾向于相信这一增删、改写行为发生在 2007 年左右。此外，根据张悦然的介绍，《茧》的创作始于 2009 年前后，历时七年完成。如果前述关于“改写时间”的判断成立，那么两者写作会因为时间上的接近，而更有可能反映张悦然同一时期的写作与思考症结。

[2] 张悦然：《茧》，第 420 页。

悦然不再止步于惋惜与感伤，她直接从父亲未竟的小说事业里“接管”了这个“钉子谋杀事件”，创作了《茧》。至此，在文本内外，张悦然继承父辈、与之对话的自觉，不仅能在小说的虚构中看见，更见之于切切实实的创作行动。此外，一个更为取巧或狡黠的戏剧化处理是，向来拥有强烈自我意识的张悦然，将自己的出生与父亲文学生命的终结并置在了一起，“孩子出生以后，他的写字台被搬走，换成了一张婴儿床”[1]——这一幕“生”与“死”的交接，既透露出作者的不安与自责，更赋予其为失败的父辈艺术家“续命”的责任感和使命感：父亲夭折的文学梦想，应当由我，以我的方式继续完成。它同样超越了两代人血缘与伦理层面的关联，指向了精神继承之维。这才是作者想要道出的最秘密的愧疚，也是最得意的野心之一。

在负疚、弥补与“续命”的复杂情感中，我们看见了张悦然深藏在写作之中的对于自我与父辈互动的认知装置。看得出来，她对于这一艺术生命的“生死交接”不仅格外敏感，而且有特殊的钟情，以至于忍不住在小说世界里又演绎了一遍。在《茧》中，李牧原同样在李佳栖出生后彻底丧失了写诗的能力。“在读硕士的第一年，我爸爸忽然不写诗了，是无法写了，好像失去了这种能力。……同一年还有一件大事发生，那就是我出生了。没有人知道二者之间有什么隐秘的关联。”[2]与此同时，另一个可与现实对照的细节是，李佳栖也在父亲去世以后，对诗歌产生了浓烈的兴趣，并开始动笔写诗以缅怀父亲，自我治疗。这一安排会给熟

[1] 张悦然：《茧》，第 419 页。

[2] 同上，第 51 页。

悉张悦然的读者带来似曾相识之感，因为在《水仙已乘鲤鱼去》中，“通过写作获得疗愈”的情节也曾发生在丧父的陆一璟身上。只不过到了李佳栖这里，直接继承死去的父亲及其更早就死去的诗歌事业的行为，具有了更多弗洛伊德所说的“哀悼的工作”（work of mourning）的意义。

在短文《哀悼与忧郁》里，弗洛伊德集中回顾了种种始于童年时期的“丧失”，并探讨了人们如何应对心爱之人或珍贵事物的丧失带来的精神重负。可以说，在父亲死后，无论是寻访故人、拼凑父亲的历史，还是延续父亲的诗歌生命，李佳栖的一切行为都基于对父亲精神世界的全盘接受。这种下意识的病态模仿，让她几乎完全丧失了自己的生活。弗洛伊德将这种由于丧失而引发的极端认同称为“内摄”（introjection），“自我隐喻性地吞噬了丧失的对象，并且通过把对象纳入自身而变成了那个对象”[1]。我们无须借助精神分析的话语工具走得太远，但“哀悼的工作”的确帮助我们看清了李佳栖与李牧原，或张悦然与父亲在“生死交接”中，隐藏的“自我的对象化”与“对象的自我化”的结构性装置。不妨再次借用“肖像画”的比喻来具体说明。对创伤性的父爱缺席、“父亲之死”进行哀悼、疗愈的过程，从一个角度看，是李佳栖与张悦然创作了一幅“父辈艺术家的肖像画”，并试图让自己变成这幅画中的父亲，继承其未竟的艺术事业，即“自我的对象化”。而从另一个角度看，这一行为最有趣的“颠倒”恰恰在于，画像上父辈艺术家“失败”姿态的迷人光晕，正

[1] ［英］帕梅拉·瑟齐韦尔：《导读弗洛伊德》（原书第 2 版），李新雨译，重庆大学出版社，2015，第 120—121 页。

是由画画者所投射和赋予的。在为父亲画像的工作中，与其说是张悦然“回到”了“精神的80年代”的历史现场，不如说是她“创造”了一个她所理解、认同的1980年代，并将父亲安置其中。这其中未必没有张悦然自己的“投影”成分，即“对象的自我化”，它在创作主体与对艺术家必然失败的认知、1980—1990年代的转折、大学里的童年经验、父爱缺失、自身的历史虚无与精神空洞等复杂力量的不断“挣扎”中生成。[1]

随着“自我”的投影与显形，关于父辈的问题最终还是通向了自我与“同时代人”的问题。我们的目光，也可以再次回到张悦然笔下的两代艺术家，及其自身的精神结构问题上来。本文开头指出，张悦然对市场化的警觉、艺术的纯粹理想、“失败”的美学化表达及“父辈艺术家”的精神认同，或许能够在1990年代以来以种种方式建构“80年代浪漫神话”的知识分子身上找到回响。在作者对于“理想主义坍塌”的哀悼之中，也的确能够找到诸如“二十世纪八十年代是当代中国历史上一个短暂、脆弱却颇具特质、令人心动的浪漫年代”[2]这样的话语共鸣。但与此同时，必须认识到，在“一个时代结束了”的荒凉叹惜中，张悦然在寻回历史感的写作冲动之外，同样存在着想象的偏差与浪漫化的误读：1980年代是否是或仅仅只是一个被浪漫化的精神乌托邦？

---

[1] 此处的“投影”与“挣扎”是在竹内好的意义上使用的。孙歌在谈论竹内好的“鲁迅像”针对这一“挣扎”有过精辟分析，指出“投影”是“主体在他者中的自我选择”，而“挣扎”的过程“是进入又扬弃他者的过程，同时也是进入和扬弃自身的过程”。见孙歌：《竹内好的悖论》，北京大学出版社，2005，第58—59页。

[2] 查建英：《写在前面》，载《八十年代访谈录》，生活·读书·新知三联书店，2006，第3页。

在“80 年代是文学艺术的黄金时代”已经成为某种陈腔滥调并被一再祛魅的今天，再去精神偶像的失败悲剧里寻找余温，是为了遮掩还是反讽自我的精神空洞？在充沛的回望之情中，未尝不潜藏着对 1980 年代“史观”单薄、偏狭的理解。而在父辈偶像的光芒掩映下，子一代迟迟未能建立起来的主体性与精神信仰的自主性，又何尝不是困住一代人的谜题？

但在另一个讨论方向上，我们或许也可以更进一步说，在表达对“精神的 80 年代”的认同、续写父辈的文艺美梦的同时，张悦然也用一种隐而不显的方式将“父辈的精神难题”（如“人文精神危机”或“诗人之死”等）一并继承了下来，并在当下的语境中重新演绎。她笔下那些野心勃勃却不断受挫的拉斯蒂涅式的青年艺术家，似乎是因为资本的残酷法则和更大的社会结构问题才纷纷成为我们这个时代新的失败者。这背后又何尝没有作者对同辈艺术家丢失了原初理想的惩罚与叹息？可以说，林沛、蒋原的失败与李牧原的失败固然不同，但在李牧原之死的语境下，林沛、蒋原的登场却足以说明年轻一代的问题。借助“父辈的精神难题”，张悦然思考的显然不仅是逝去的父辈，更是自己与同时代人的精神困境与艺术抉择，这才是其笔下艺术家主体性的最终落脚点所在。

不妨化用阿多诺“奥斯威辛之后写诗”的经典句式来表达这一难题：1980 年代之后，我们怎样做艺术家？在人文精神落潮却未死，资本法则、市场秩序成为文艺场中无可回避的现实以后，年轻一代应当怎样做艺术家？这个难题，从历史的角度观之，牵涉如何处理父辈留下的人文精神遗产；从哲学的角度观之，是一个类似“认识你自己”的永无答案的古老命题；而从文学现场的角度观之，则实实在在地，关切到包括张悦然在内的每个写作者需要面对的“为什么写，为了什么而写”的自问。葛兰西曾说：“批判性阐述的出发点，是自觉意识到你究竟是谁，是将‘认识你自己’作为迄今为止历史过程的一种产物，这个历史过程在你身上存积了无数痕迹，却没有留下一份存储清单。”[1]历史从不会给写作者提供现成的清单，这是通过写作认识自我、他者、历史，并建立主体性的切身之难，却也正是每个写作者精神之旅各不相同的丰富所在。对生在1980年代的张悦然来说，当她开始自觉回头清理1980、1990年代在自己身上留下的种种痕迹，历史的也好，精神的也好，文化的也好，审美的也好，在难题和限度被同时提出的时候，或许也是“角力”真正开始的时刻。

2017年

[1] 此处转引自刘繁在《中国崛起与文化自主：一个反思性的》一文中据英译本做出的翻译，见童世骏主编《西学在中国：五四运动90周年的思考》，生活·读书·新知三联书店，2010，第421页。这段话另一种中译版本见《狱中札记》：“这种批判性的研究以对人究竟是什么的意识为出发点，以‘认识你自己’是历史过程——这一种历史过程在你身上留下了没有清单的无数痕迹——的产物为出发点。”［意］安东尼奥·葛兰西：《狱中札记》，曹雷雨、姜丽、张跣译，中国社会科学出版社，2000，第234页。

迎向热情消逝的年代

从《十一味爱》里的“十一段抵死缠绵”，到《我们夜里在美术馆谈恋爱》里的九个故事，再到收入《柒》的七篇新作，文珍似乎透露出对奇数及其所隐喻的孤独、不完满、不对称性的偏好。渐次递减的篇目虽未必等同于言说欲望的平静，却的的确确映照出文珍近年来创作心境的内敛与沉潜——虽然小说的主题依旧是爱。无望的爱，永不止息的爱，在时间的漫卷中不肯寂灭的爱。

以“爱”的书写为志业，在文珍这里显得格外专注、挚诚且旷日持久，以至于在前两本书中写遍了残存青春况味的爱情以后，《柒》似乎是注定要朝着难度更高，也更晦暗难测的人性深处走去。在经年累月的婚姻中爱欲与亲密关系的难以为继（《夜车》《肺鱼》《开端与终结》），对生育的抗拒（《你还只是一位年轻人》），林林总总或可冠以“不道德”之名的情事，猜忌、误会、厌倦、背叛与伤害（《牧者》《暗红色的云藏在黑暗里》《开端与终结》）——这些都仅仅是故事带有人间烟火气息的躯壳，它们最终都经由文珍之笔，转换成了对于何为自我、何为爱的本质的问答。这才是《柒》贯穿始终的伏线。文珍对于爱的求索与进犯近乎苦心修行，一如温特森所说："村里的哲学家告诫我，忽略爱要比探索爱好得多，因为寻找一只带甲壳的鹅也要比追寻心的轨迹容易得多。"

在这种有难度的写作中，《柒》对于爱的精神探寻远比从前更为集中、纯粹和深密，它更像是一本彻底属于文珍的"自己之书"：写作在此承担了自我安置的功能，七个故事以不同的路径探入作者内心，省思爱与被爱中个人的立身之难，以及如同独自泅渡大海般的女性成长。而小说之于写作者的反躬自鉴与捕梦之技，正如文珍在后记中所说："这七篇小说里，也全都是我失去的时间。它们对组成我本人如此重要，几乎和做过的梦一样不可复得。"

《柒》的语言延续了文珍一贯的绵密，但削减了从前的天真与激烈，便渐渐见出哀矜与节制来。这种语言的哀矜与节制被织到内容与结构中以后，是文珍开始频频以情节的无始无终，尝试呼应日常情感困境的无解无望，甚至不时出现自我消解之笔。譬如同是"亡命天涯"的故事，《夜车》与从前的《衣柜来的人》《银河》相比，有意驱散了诗与远方的浪漫化想象，小说中那只关在寒冬屋内无处可去的飞蛾，正是困在加格达奇进退不得的"我"与老宋的刺目缩影。又譬如《肺鱼》里端坐在餐桌前日日缄默相对的男女主人公，也迥然有异于此前《到 Y 星去》或《西瓜》中喋喋不休耍贫嘴的小夫妻。无论是描写飞蛾的精细笔墨，还是"彼此沉默的时候，其实正有天使飞过"这句《肺鱼》中聊以自嘲的法国谚语，在种种束手无策的时刻，文珍依然没有放弃对于美的经营，但她同样清晰意识到美是这样无济于事，不过加剧了某种反讽性。无从反抗的虚妄和绝望终于还是浸透了生活，星星点点地浮现纸上。

如果写作也像绘画一样是有色调的，《柒》显然偏灰，也偏冷，像一个人困囿于没有门的房间中持续、喑哑、细碎地对自己说话。“让我们失望的不光是责任感的损耗和无法改变一切的无力感，也许还包括对于爱、婚姻，和其他种种当年确信之物的无以为继。”《开端与终结》里的这句话，几乎可作为整本小说集的题注。但文珍自己偏偏却说，《柒》里收录的是七篇“热情故事”，有心人或许不免由此联想到她对张爱玲由来已久的偏爱。在完成《小团圆》后，张爱玲在给宋淇夫妇的信中写道：“这是一个热情故事，我想表达出爱情的万转千回，完全幻灭了之后也还有点什么东西在。”“热情”二字被文珍用来做《柒》灼人的文眼，再现的不仅仅是爱情幻灭后的断壁残垣，更是男女主人公所目睹、亲历的种种热情汩汩流逝的完整过程本身：信、望、爱的枯竭，精神的早衰，想象一个更好的世界的能力的集体退化。这个过程中，不断有人试图回过身去，抢救曾经怀抱着热望一砖一瓦搭建的生活——或至少抢救一个尚未在时间中沉沦的自己。而一个人如何在世界上成为他自己，或许不仅如文珍所说是“更多可能性的不断脱落和失去”，同时也是诚心，正意，自我对自我的重新发现，自我与自我的重新聚合。人在成长中找回自己与自爱能力的历程，或许是《柒》这部偏灰的“自我之书”中绝处逢生的一道亮色。

在没有选择的时刻做出选择，在热情消逝的年代依然渴望热情，渴望自主去爱，是文珍的写作始终温度偏高的秘密。早在《十一味爱》的后记里她就曾写道：“但愿自己能写出生命里的暗和光，又写出那况味的热与凉。”如同穿着盔甲在人间穿行，文珍的观察、想象与写作，一直与对某种生命温度的表达息息相关。这种生命温度在《柒》里是向内、向深处去的，就像她所喜欢的黄碧云所说：“太平盛世，个人经历最大的兵荒马乱不外是幻灭。”如何面对内心的幻灭，并在这幻灭的余温中凭借书写存活下来，自然并非轻松的工作。而对文珍来说，更大的考验或者从来都是如何凿通一条从个人进入更大世界的道路。爱人与自爱的艺术，或许终会将这些困于一己的内心黑暗的男男女女度于红尘之外，在那里，有更大的热情与光明，正等待着缓缓涌入。

2017 年

说吧，今夜我们去向何方？

美国历史学家A. 罗杰·埃克奇曾在其著名的《黑夜史》中谈论了人类在前工业时代的黑夜经验。黑夜第一次教会了人类明知无益却又无从回避的恐惧，滋生犯罪、秘密与危险的巫术活动，却也孕育了炉边劳作、睡前故事等在夜间才显得分外亲密的时刻。黑夜似乎天然地属于放肆的想象力和袒露的情感，神秘的星空对权贵阶层和贫苦劳动者同样敞开，在由睡梦与幻想主宰的长夜里，所有人都获得了更充分认识内心世界的可能。“对于大多数人而言，黑暗在提供了日常生计的一个避难所的同时，也提供了一个机会，可以让人们在夜色渐浓的时候表达他们内心的冲动，使他们实现清醒时或睡梦中的各种被压抑的欲望。从本质上说，夜晚是解脱和更新的时候，可以让善良的人和邪恶的人无拘无束，可以让日常生活中善与恶的力量自由展示。”[1] 进入17世纪后，现代照明技术的诞生打破了黑夜的统治，科学启蒙驱逐了迷信、恶作剧与魔法，顺便遣散了曾活跃于民间传说与罗曼司传

---

[1] ［美］A. 罗杰·埃克奇：《黑夜史——一部西方人的黑夜生活史》，路旦俊、赵奇译，湖南文艺出版社，2006，第1页。

统中的狐媚精怪。1762 年，一篇英国报纸评论称："随着科学和知识的积累，我们每天都可以看到那些精灵、鬼魂、巫师、妖魔的愚昧理念在自动消退和死亡。"在此之后，是大生产革命与消费主义的扩张。无论是通宵达旦的机器工厂，还是霓虹闪烁的上流社会夜生活，都是新型工业文明在宣告对于古老黑夜的胜利。

"黑暗在减少，隐私、亲密交往和内省的机会也将变得越来越稀少。"千百年来令我们又敬畏又困惑的夜空已被户外的灯光侵吞，埃克奇对此感到忧虑，认为人类正陷入"失去黑夜"的危机。但在这种工业时代的焦虑之外，仍有现代心灵在思考着如何复活黑夜及其失落的故事传统。在文珍笔下，黑夜照常摇曳生辉，甚至助推了一种近乎"昼短苦夜长，何不秉烛游"的天真雅兴。从《我们夜里在美术馆谈恋爱》到《夜的女采摘员》，仅仅从她对小说集的命名就能看到，过去的十年里，这位笔端常带浪漫感情的作家有多么偏爱且执着于与黑夜共舞。在夜阑人静、行迹罕至的角落，"夜的女采摘员"这一虚构出来的形象，正是写作者交出的一张自画像。她指向探索平凡隐秘生活的莫大耐心，也蕴含着这样一种写作伦理与职责自勉：注视看似细小不足道的世事与人心，敞开对他者的倾听，超克自我。在这个注定平缓漫长如同等待破晓的历程里，写作者完成自身的成长，也将新的生命经验转换成新的创造力与新的世界。

文珍对于夜晚的情之所钟，首先得见于其天马行空的想象。《夜的女采摘员》充满梦境、小孩、女人、动物和鬼魂，无疑是一册亦真亦幻之书。用作家自己的话说，是"由绝对自由意志、想象力和夜晚共同浇灌的夜之华"。乌鸦拥有把心爱的人类姑娘变小后驮在背上私奔的法术，但一生只能使用三次（《乌鸦》）；

写在诗里的小马幻化成真，并随着一场春天的沙尘暴被吹到阳台上（《赛马驯养要诀》）；走在大街上，会遇到不得不贩卖灵魂的穷愁潦倒的妓女（《灵魂收藏师》）；深山老林里的黑熊怪通过手机窥视着人类光怪陆离的生活，又在梦中与家政女工交换伤心往事（《一只五月的黑熊怪和他的特别朋友》）；恋人一起吃过的食物和流过的眼泪会蒸腾成千滋百味的云朵（《雷克雅未克的光》）……不同于文珍此前最擅长的都市爱情故事，《夜的女采摘员》混融了成长小说、童话、奇幻文学、鬼故事与动物寓言等诸多亚文类。加之文珍自然舒展的语调，这些无拘束的变形想象与日常逻辑无缝衔接，呈现为半是梦幻、半是现实讽喻的文体特征。

借助这种故意模糊了幻想与现实的写法，文珍集中展现了多年来以“非人”为题材的另一条写作脉络。毕竟相对于成人本位、男性秩序和人类中心主义，梦境、小孩、女人、动物和鬼魂都像影子一般，是“人”的正统想象外的非主流群体。它们不仅在现实的权力结构中处于弱势地位，在叙事的优先等级里也常常偏居次要。选择追踪、发现这些冷门的“非人”故事，从一开始就表明了文珍的文化立场——尽管大多数时候，她采用的都是温和、轻盈又不失幽默戏谑的口吻，但是抗衡既定权力秩序的良苦用意，始终贯穿全书，不容忽视。

小说中的小女孩、乌鸦、刺猬、黑熊、鬼与通灵者，是严肃的讲述者或讲述对象，也是反讽，是假托，是启示。比如在《抵达螃蟹的三种路径》中，从食蟹、养蟹，到观察螃蟹一次次以生命为赌注的换壳，主人公 K 也在自我认同的终极问题里作困兽斗。“螃蟹几乎代表他生活方式的所有隐喻。要隐藏自己的真正取向，用坚硬外壳掩饰内心的爱欲。要一次又一次蜕壳才能成长。”《刺猬》里，理性的“刺猬理论”固然适用于人与人小心翼翼的安全距离，却也可以被异国新闻里倾巢而出的暖意覆盖，融化母女之间针尖对麦芒的对峙。《一只五月里的黑熊怪和他的特别朋友》中因为躲避活熊取胆而藏身山中的黑熊怪，实在很难不让人想起曾因不堪媒体围追堵截，宣称自己“社交恐惧症”引发了抑郁症而躲进深山古庙的范雨素，仙妖魔怪、帝王将相与升斗小民未必不共享着同一个灵魂……

书中有许多这样张力十足的关联与冲突，人也在建立关联、处理冲突的过程中长大和成熟起来。恰恰是动物，返照出人类中心主义的无知与狂妄；是孩童暴露出成年人的傲慢与失职；而四处游荡的鬼魂，也是为了见肉眼凡胎所不见，为见不得光的人间角落作了冷热见证。文珍的造梦影像始终牵系在社会现实的线轴上，她关心人的情感深渊，人的困窘，人的反省、自救与团结。归根结底，“非人”所要讲述的，乃是涵义更宽广的“人”。

也是在这个意义上，“夜的女采摘员”揭开了她所走入的现实境域。黑夜里“摆脱了最初的原始表达欲之后的自由叙事”，绝不只空有一腔玫瑰色的罗曼蒂克幻想，因为它从来就没有丢失忧郁、孤独、清冷的本色。在这十一篇故事里，文珍一直追随着阴影遮蔽下的人群：无处不在的性别偏见、乡村教育的薄弱、留守儿童的失助和无望、底层写作争议、同性恋者的情感社区、蚁族大学生在唐家岭拆迁前的幻灭、动物保护、首都人口疏解，当然，还有已经被讨论了不少的“三和大神”……细究起来，大多是冷却久矣的昔日新闻热点。换句话说，写作者已无“热度”可蹭。他们大多数都是中国社会经济高度发展过程中，被牺牲、丢弃掉的晦暗群体，不可避免在奇观化的媒体狂欢中遭到二度伤害，又再次被迅速遗忘。

在舆论轰炸退潮后，就连一只用手机上网的黑熊怪都明白，“知道”并不能换来真正的关心。“我也并不十分感激那些只是转发，表示知道这一切并把它完全当作是另一个世界的事的人，这个世界每天都在发生那么多悲惨的事情。我们知道的已经够多了。”再次与淡出公众视线的旧事件重逢，文学所能做的依旧很少。无法改变糟糕失序的事实，但可以用它的方式续写衰弱的记忆，填补有血有肉的生命尊严，也让关心变得更为坚实。正如文珍援引的阿方斯娜·斯托尔妮的诗：“我理解一切因为我是一切。”人人生长于斯，从来就没有什么“另一个世界”。在这个沉溺于自我的倒影，不断向内坍塌的时代，文学仍在设法将我们拉向自我之外，修缮通往同一个世界的渡桥。尽管田野调查与非虚构也在以它们的方式追逐着“真实”，但文珍选择继续开掘虚构的潜能。在平视陌生人，赞美人心之柔韧与丰饶，在想象一个更好的世界时，虚构依然提供着强大不可替代的洞悉力与情动力。

相较于上述易于辨认和引发讨论的“社会事件”，我更留意文珍笔下新近出现的孩子形象。他们跻身在红尘男女之中，是活跃于文珍笔下的新群体，与作家对弱者的格外关注保持着相同频率的共振。在新书中，文珍写到了各式各样“黑暗中沉默隐忍的小孩子”，农村的，城市的，在父母身边的，得不到关爱的，敏感的，过去挣扎的，当下仍在与童年纠缠不休的。这种从成人倒退回儿童的逆向目光，或许与文珍开始在创作中正面处理自己的童年经验有关。曾在湖南老家的留守记忆，三代人在流动中的家庭关系，移民深圳的转学经验和并不算愉快的惨绿青春期，都在不同的篇目中留下痕迹。文珍一边在为再现这段经历寻找更恰切的方法，一边也不断寻找泅渡童年之海，重建“长大”的秩序。

因此，这也是一本和解之书。或许是有意的安排，第一篇《小孩小孩》与最后一篇《雷克雅未克的光》首尾相扣，留守儿童的创伤回忆，成为全书的引力中心之一。文珍用了比一本书更长的写作时间去与“长大”和解，对“长大”的理解也在她的笔下发生变化。几年前《乌鸦》毁灭性的结局里，长大仍是堕落和败坏的代名词，占据上风的仍旧是对“长大成人”的敌意。“经过这悲惨的一天，她马上就要变成一个铁石心肠的、在这个现实世界无往而不利的大人，遗弃并忘记那些可怜的猫狗，再也不会相信寓言和童话了。”但到了近作《小孩小孩》里，在小林的身上，文珍已经创造出了一个坦然、从容立身为成人的形象。与表妹依依的亲密相处，让小林第一次开始认真省察下一代人的情感教育和身心安全问题。这段阴郁冬日午后的乡间漫游，在小林身上召唤出一种类乎母性的责任与热情，也让她从依依身上获得了挣脱旧日情伤与自怜回忆的能量，令她“渴望像《麦田里的守望者》里的霍尔顿，竭尽全力保护那些更小也更无助的生命，在这个到处都充满危险又荒芜无边的世界上”。从小林到依依，是一场童年的接力，也是两代女性间的接力。在这里，文珍写出了一种极其微妙动人的新的女性共同体关系。没有人比小林更明白一个女孩子的长大有多么艰难。但成长是一道无需与之为敌的难题，因为一个人的艰难经验是具有改造力的。它能够转换成更多的弱者与弱者间的理解、帮扶与庇护，并从他们内部召唤出强者。文珍对“为什么长大”的这一思考转变令人分外惊喜，因为它在今天普遍逃避长大的流行语境里，展示了一幅不常见的理想的成人图景。

这就像韩炳哲所描绘的让自我迈向他者的那种爱欲。“爱欲会激发一种自愿的忘我和自我牺牲。一种衰弱的感觉向坠入爱河的人的心头袭来，但同时一种变强的感觉接踵而至。这种双重的感觉不是‘自我’营造的，而是他者的馈赠。”[1] 在《灵魂收藏师》里，文珍借助同为写作者的主人公之口，更清晰地把这种自我与他者、弱与强的辩证，注入她对于创作伦理的新见之中。灵魂收藏师意外获得了一个底层性工作者的灵魂，与它融为一体后，涌现了强烈的书写欲望，她也因此切身体会到了自我的壮大：“我的灵魂似乎变大了一点，也变得更为强壮。而另一个灵魂，也许已经消失，也许在某个夜晚悄然离开我的身体搬到的纸上，永远地住在了那些字里行间。”这是文珍的小说家言，也是全书隐藏的注脚。文学始于弱者的馈赠，对他人存在与痛苦的主动参与，是通向更辽阔永恒的世界的入口。

同样值得一说的，文珍对彼得·潘情结和飞行欲望的改写。彼得·潘所代表的不想长大的顽固神话，曾是文珍念念不忘的童年心事，也成为其成长书写的一个隐形支点。在几年前，文珍写道：“因为太孤独的缘故，有很长一段时间，我晚上睡觉从不关窗子，暗自希望彼得·潘把我接去永无岛不再回来。”这一场景，几乎原封不动地出现在了《雷克雅未克的光》中。不同的是，长大后的女主人公不再相信，也不再等待彼得·潘。文珍为她创造了一场属于成年人的梦中飞行，旅途的终点不再是为了躲避长大

[1] ［德］韩炳哲：《爱欲之死》，宋娀译，中信出版社，2019，第 14 页。

成人，而是开启留守童年创伤的疗愈之门，去与那个施暴的、不够爱她的祖母和解。如果彼得·潘式的飞行，是孩童逃避与撒娇式的抵抗，那么成年人的飞行则被文珍赋予了新的独立意味。不再需要那个“永不长大”的焦虑英雄前来拯救，这一则反童话的童话书写里，有着更为潇洒的成人理想。

绝大多数的情节概述，其实无法代替阅读，更无法代为呈现《夜的女采摘员》真正打动人心之处。比如文珍对读者情绪的牵引与掌驭，比如她总能一再地在凡俗生活里发现令人心酸眼亮的细节。这种纤细而动人心魄的力量，如同《小孩小孩》中那个由柚子制成的花器，插着弱不禁风的小小野花。作为冒险之旅的战利品和两代人寂寞成长的见证，最终难逃被大人们当作垃圾推入火堆的下场。这样落笔纯熟的场景带给人的触动，只能在阅读中获得。它几乎是直觉性的，不可复述的，却也结结实实地来源于文珍对生活经年累月的热爱与揣摩。

轻盈的疾苦，精确的刺痛，节制的抒情。与“长大”这件事和解后，小说家一面勘破了人间的粗糙与残酷，一面下定决心要召唤出更好的大人和更好的世界。是尼采说的，“最深邃的洞察只会源自爱”。文珍似乎很有信心，要继续用内在的孩童性，留住一小块对世界原初的热情、惊奇与诗性想象。

日光底下并无新事，但还有漫漫长夜可供我们谈论这些牢固的爱与天真。

这是令人耳目一新的文珍，当然你也可以说，这是由来已久的文珍。

2020 年

我们与小镇的距离

一

颜歌历时八年完成的长篇小说《平乐县志》，在《收获》（长篇小说 2023 夏卷）发表。在这八年里，中国和世界都已发生太多变化。移居海外的颜歌也有了不少身份上的转变，包括成为一名双语写作者。她的首部英文小说集 *Elsewhere* 今年在欧洲和北美同步上架。因为距离的缘故，过去几年，颜歌在中文世界多少显得游移而神秘。不过这并没有影响读者对颜歌归来的盼望。提起颜歌，“平乐镇”的名字依旧呼之欲出，人们知道它还在作家的书桌上闹闹热热地伸展着。等待复等待，甚至随着时间推移与偶尔飘回的消息，渐渐有了些叫人抓心挠肺的牵挂感。

从 2008 年《五月女王》开始，颜歌专注经营以故乡四川郫县郫筒镇为原型的平乐镇文学地图。平乐镇只有东南西北四条街，“南街上都是些操扁褂（打拳）的，西街上满是读书人，东街的人大多是政府和官家的子弟，北街是外地来的客家人”。颜歌镶嵌于其中的，不仅有自己悲喜互衬的童年回忆，更是与川西的乡音乡味绞缠在一起，随成长与离家渐远渐绵长的乡愁。颜歌用十五年的时间驯化语言，终于得到了具有个人标识性的独特腔调：一种既饱浸四川方言口语色彩，又能在纸上复现日常鲜活纹理的整体性语言。“个个都是我的父老乡亲”的平乐镇，便也一砖一瓦皆血肉丰满地、几家欢喜几家愁地建立起来。

《五月女王》中袁青山的悲伤故事发生在南街，《我们家》写的是西街上豆瓣厂人家的家族闹剧，颜歌很早就透露了后续的写作计划，“下一步准备写写东街上的官家子弟”。2015 年《平乐镇伤心故事集》中的五个短故事，也是在为接下来的长篇做热身。在互联网上，这个以县志办即将退休的副主任和他的儿媳妇为双主人公的故事，曾有个名字叫《县志办 2010》。其中《叶小萱的烦恼》《傅祺红的心意》两章在期刊上单独发表，提前让读者一窥东街的风情。除此之外，有心人后来会发现，新长篇中的主要人物傅丹心早已在短篇《奥数班 1995》里携父母一起登场。那是傅丹心的少年时代，他的“神童”光环与早恋风波，正正是《平乐县志》一段草蛇灰线的前史。

于是乎，2023 年的夏天，当读者终于能欢欢喜喜地坐下来，亲亲热热地翻开这本《平乐县志》，会忍不住深吸一口气——

还是那个我们熟悉的颜歌啊。

欢迎回到平乐镇。

二

颜歌向来重视小说的叙事形式。平乐镇系列故事的每一部，都在结构技术与叙事者声音上下足了功夫。这个打造不同叙事容器的过程，也是颜歌摸索“我”深入小镇的路径与方位，并不断厘清自身讲述意志的过程。《平乐县志》的故事发生在2010年前后，从平乐镇农资公司的下岗女出纳叶小萱为女儿婚事操碎的心说起，紧接女儿陈地菊与女婿傅丹心先斩后奏的仓促完婚，进而一步步引出县志办副主任傅祺红临退休前卷入的官斗漩涡，傅丹心参与黑社会赌球操盘遭设计陷害欠下巨款。一波未平一波又起，故事的车轮就这么一路滚向下坡。傅祺红最终忍辱自杀，陈地菊也终于从死水微澜的婚姻和小镇生活中觉醒，走上了去国求学的逃离之路。“眼见他起高楼，眼见他宴宾客，眼见他楼塌了”，诸如此类“好景不长在，万事转头空”的戏剧性母题，中国的读者从来都不陌生。颜歌将傅陈两家人的命运写得格外叫人唏嘘兴叹，不仅因为她游刃于市井情态与凡庶真相的写实功力，更离不开小说精妙的反讽形式——在《平乐县志》里，颜歌显然对“三言二拍”式的拟话本小说形制，进行了一番有意识的现代改造。

小说不断借由诸如“各位看客”“在座诸位”等说书人套语，制造出虚拟的对话情境，在修辞上又加入大量诗词、古文、戏曲、对联、俗语的引录与插叙，其中有不少韵文，是颜歌凭借其古文功底几可乱真的个人炮制。乍看之下，说书人的声音入乎平乐镇小儿女婚恋家务琐事，出乎县政府明争暗斗官场浮沉，进可对人物咋舌评议，退则对听众苦口婆心地劝诫，是好大一番喧闹淋漓的复古做派。但与其说《平乐县志》模仿说书语体，是为了追求明清文人小说中的“拟真感”，不如说颜歌更意在制造距离与“离间”的艺术效果。尤其当她安排说书人主动调侃起自己，更是强调小说的虚构本质。经由提醒，读者的注意力，不断从情节中被拉出，被引向更广袤的真人现实所暗蕴的更大问题：

> 怪只怪我们说故事的啰唆，不像是台子上演戏的，往往一灿火把甲乙丙丁都凑到一堆来，三言五句，捉奸的，报恩的，解误会的，见分晓的，都即刻一清二白——但实际上真人真事里面往往没有这么简单，不是说前因就硬要挨着后果，也很少见作孽了马上便遭报应。
>
> 但也是该他倒霉，又说这说书人敷演出来的故事哪里有一帆风顺的？

我们知道，在话本小说的艺术传统里，说书人无所不知的匿名性的声音，代表的从来不是个人话语，而是一种民间集体意识与普遍生活规范。《平乐县志》中的说书人反复强调的，无外乎万般皆是命、善恶终有报、戒贪嗔痴妄慢疑、本分做人知足常乐等道理。颜歌夸张化地援引了各式各样的警语箴言，试随意捡几个例子：

> 佛家说身是菩提树，心如明镜台，说的是肉身之丰茂枯荣及灵心之清净虚空。须知这心上最是沾染不得其他东西：有了愁，成了忧心；有了欲，就是贪心；有惧难免提心吊胆，有求最终痴心妄想。
>
> 毕竟圣人也说了，人生在世，有“三闲”最是难过：说闲话、管闲事、操闲心——连圣人都需提点，何况这永丰县县政府里满地横走的庸碌之辈。
>
> 正是闲人些说的：夫妻本是陌路人，姻缘更似黄粱梦。

夜来惊梦挑灯看，一根绳头两蚱蜢。

古诗里头说：堆金积玉平生害，男婚女嫁风流债。这还是很有道理，意思就是金钱啊，情感呐，都不是好东西，妖妖艳艳弄得人心神不宁，就要造些孽来整不好几辈子都还不完，正所谓祖宗荫德儿孙福，前朝冤业后世还。

佛家说，圣人说，闲人些说，古诗里头说，市井众人说，老话说……这眼花缭乱的你说我说他说，小娃娃都能懂得起的儒释道家圣人的大道理，是可以公开流通的民间话语，谁都能说上两句。是好言好语地劝人想开，又何尝不是莫可奈何把日子继续过下去的自我宽解？颜歌越是让说书人“说”得唾沫星子横飞，越是将一个反讽性的问题推至各位看官目前——热闹的道理说了一箩筐，傅陈两家的悲剧，是时也运也，又怎知不是人物个个把真心揣起“不说”，因这种种“不说”酿成的灾祸？

试看，傅祺红被发配到县志办坐冷板凳后，行事稳重，表面故作淡泊，内心深处却不甘于仕途寥落，黯淡退场。试问老书生为何晚节不保？“十几二十年的心酸都绕在心结上，缠了又缠，卷了又卷”，这才有了没能忍住权位的诱惑，对前任县志办主任赵志伦做了落井下石之举。再看小说里这一双决计不走父母老路的儿女。陈地菊忍气吞声不与人争辩的性格，受了欺负也都在心里闷着，“但实际上傅丹心说的气话和做的狠事都还积在她的心里面，一坨坨地瘀起肿起，青里夹紫”，这才有了最后痛狠了的爆发。傅丹心饱受脑海中父亲的摔贬与管教声困扰多年，无法交心也抬不起头的委屈，最终让他急于干一票大的，向父亲和妻子证明“也就只有我傅丹心”，到底是稳稳地跳进了周六叔布下的圈套。

再回头去看整部小说的开头：

> 天然气公司陈家康的爱人叶小萱站在东门城墙下头跟人说哀怨，一说就是小半天。
>
> 但你有所不知，这哀怨啊，自古就是说不得的。俗语有：哀声唱退送福神，怨气招来讨命鬼。殷殷切切念诵的便是这个道理。衰败就似那无事生非的泼皮，你越是呻唤，他越是作势；你稳起不理，他便终归自讨没趣了。所以，就连小娃娃摔了一跤，大人也会说："不痛，不痛，绷起不痛就不痛。"——源自的也是同一个道理。

在"说哀怨"与"就是说不得"之间，小说里几乎人人怀揣秘密与鬼胎，活得心口不一。若不是让说书人来挑破这些人的自欺欺人与心头间的弯弯绕，又怎能勘破背后的"不说""说不得""绷起不说"的悲剧的真面目？我们什么时候能少说一点虚头巴脑的场面话，好好把自己的尊严和真心拿出来捋捋平，讲一讲？《平乐县志》里的婚姻也好，亲情也好，更不用说街坊邻居的闲言碎语，越是被大道理的"说"塞满，越是暴露出父权、孝道、出息与等级制包裹下的中国式家庭"不说"的洞洞眼眼。围坐饭桌前，却个个"离骨离皮"，真话都万难说出口，也习惯了咬碎了牙往肚子里咽。颜歌将席上每个人的复杂与可怜撕开给人看，讽刺里处处是爱之深、同情之切。她成功借模仿说书人这一古老的艺术角色，对民间陈规背后深厚的历史文化积习与无意识，提出了严肃的当代反思。

三

既然是讲县志办和家属院的故事，讲平乐镇版的“小公务员之死”，不消说，除了说书，颜歌要用小说戏仿的另一种重要文体就是地方志了。小说拥有一个板着面孔的名字《平乐县志》，却偏偏是以“翻案”笔法介入正面题材，演绎了一出对志书文体的玩世戏笔。浦安迪在《明代小说四大奇书》中有论证，这“翻案”的反讽性修辞本领，正是明清奇书文体的拿手好戏。我们知道方志编纂的原则是准确客观，要用“史笔”，讲求的是从实而书、寓理于事，“其文直，其事核，不虚美，不隐恶”。但在叙事中，正如前文所言，颜歌偏偏用说书人口吻，对人物心理与戏剧性细节夸大渲染，旁征博引，出足了文学性的风头。平乐镇上的史官儿傅祺红刚登场时，以食古不化的正人君子形象示人，他念兹在兹的“文章千古事”，最后究竟是成全了自己的“得失寸心知”，还是放不下的“留待身后名”？人物越是在乎名誉，几番强调快要退休了，要站好最后一班岗，小说家就越是要让他晚节不保。在初是而终非的印象起落间，理解了这残酷手法里的幽默，也就理解了颜歌背后严肃的思考和深重的感情。

《平乐县志》一共十四章，正文从 2009 年立秋写到 2010 年夏末，顺序写傅陈两家如何从喜结连理到家破人亡。在第一章至第十三章的末尾，颜歌以《傅祺红日记》片段作为附录，构成小说里与正文互补的另一重叙事声音。十三则日记片段以倒叙排列，从一开始 2010 年 1 月 13 日，倒回 1980 年 6 月 25 日，如同在我们的主人公大难临头浑然不觉之时，领读者看一卷从彩色褪为黑白的人生录影带：县志办的副主任傅祺红，如何逆着小镇开发建设的时间之河，回到他曾无限风光的政府办时期，刚毕业走上工作岗位的广电局时期，最后停在平乐镇东街上傅银匠的儿子、永丰大学名牌大学生傅祺红上独柏树与电工汪驼背的女儿汪红燕家相亲的那个日子。1995 年，因为儿子傅丹心早恋引发的丑闻，原本仕途大好的傅祺红被从政府办调入清水衙门县志办。所以，1997 年至 2010 年的七篇日记，傅祺红统一采用“今日工作”“今日学习”“今日膳食”“今日琐记”的整齐格式。正所谓“横分门类，纵向记述”，文辞质朴，言简意赅，日记习惯的改变侧面记录下经历岗位调动后心境的转变。1994 年以前的六篇日记，以随笔体留下对工作生活的满腹牢骚与浮想联翩，那种自由的语体里，能读到一个年轻人还未遭到世事戏弄与官场捶打之前的意气风发。

惹人寻味的是，即便是在日记里，傅祺红也未能做到对自己完全诚实。（一个人在私人日记中尚且不能坦率面对自己的历史，做到“不虚美，不隐恶”，换作一座沸反盈天的县城的公开的志书，又能好到哪去？）比如，与汪红燕相亲那天真实发生的事（极有可能是傅祺红对未来妻子实施的强奸），被傅祺红含混带过，定格在他走出汪家，遇到一头前天被暴雨淹死的母猪的时刻。母猪尸体这一阴森的形象，在《平乐县志》还出现过两次，一次在傅祺红的噩梦里，另一次是傅祺红自杀后，陈地菊在城郊遇到的农民工抬的担架上。《傅祺红日记》与《平乐县志》的正文结成内外互鉴的闭环，其中还有不少这样颇耐读的细节。一个“欲洁何曾洁”的小人物的身败名裂与一座县城的崛起与畸形发展之间是何种关系？颜歌落脚的位置，夹处于县镇文化政治、民间伦理、道德教条、浮生若梦的人间世与无名之辈的成败抱负之间，并向读者抛出提问。小小的平乐镇上几十年的祸福哀乐，被颜歌以小说的伏笔、接榫与细针密线，缝合进对更大的当代中国的凝视与深省中。

过去十五年里，颜歌讲述平乐镇的声音并不是一成不变的。她从一开始依赖不可靠的声音“在平乐镇外”讲故事，到一步步再次“向平乐镇深处去”。《五月女王》是发生在墓地里的亡灵叙事，1980、1990年代的平乐镇上，名为袁青山的女巨人如何在小镇居民异样的眼光下孤绝地成长，并最终牺牲自己化作堵住山洪的巨石，拯救了一直视她作不祥的平乐镇。袁青山故事的讲述者“我”，是一个意外去世的镇上的女孩，在顺序讲述袁青山从成长到死亡的每一章后，依次缀有“我”以第一人称讲述的平乐人物小传，写相继去世的老人对袁青山的思念与愧悔。《我们家》的时间来到世纪之初，延续了前者的不可靠叙事，讲述者变成了年幼时发了疯病，被送至隔壁崇宁县常年治病的女儿段逸兴。以疯孩子的狂欢、粗鲁之口，道出薛家与段家两代长辈的伦理闹剧，平乐镇上翻了天的家族隐私，仿佛都与她无关。

直到《平乐县志》，平乐镇褪去此前或带有宗教与神话性的秘闻气息，或嘉年华式的丑闻色彩，颜歌就坐在平乐镇的腹地，用说书人的语调，也用每一个父老乡亲的口吻，讲完了这个平乐镇系列的最后一个故事。“有心的小说家如何藉模拟情境调整他们与世俗、甚至粗俗的写作主题之间的距离。从说话人的观点来看，有才气的作家们能在作品中将大众及个人的情感并置，也因此表现了他们与其故事之间反讽的关系。”[1]这个从“脱嵌”到“再

[1] 王德威：《想象中国的方法》，百花文艺出版社，2016。

嵌入”的历程里，在现实地理坐标上越走越远的颜歌调整着她与平乐镇文学坐标的距离。从平乐镇到世界的距离，最终成为她所拥有的，既反讽又牢固可靠的文学势能。

回到小说的结局。在经历了这场巨变后，陈地菊是否能够在“出走—回归小镇”以后，再次成功逃出平乐镇？小说止步于她心怀希望往家走的路途上。陈地菊当然可以再次出走，但留下未必是一种彻底的失败和折堕。因为她未必不会锤炼出平乐镇妇女们对生活百折不回的奔头与可爱的生命韧劲来，就像她的母亲叶小萱一样。张定浩对《平乐县志》中浮沉在凡俗生活里的妇女们，有着同样乐观的敬惜：“读罢全书，最令我们关心的人物，恐怕还是叶小萱。她是那个会在小镇上继续顽强生活下去的妇女，不会自杀也不会逃离，还会继续在种种浅尝辄止的痴心妄念中挣扎，我们每个人都会在生活的某个时刻遇见她。”[1]

或许，面对小镇，我们从来不只拥有“留下”和“离开”的二元选项。颜歌用她的写作与作品共同完成了这出漫长的“出平乐镇记”，其珍贵的启示，正落在留下和出走，离开与回归的流连、周旋、绵延交替之中。

2023 年

[1] 张定浩：《颜歌与我们的小镇》，《收获》长篇小说 2023 夏卷。

文艺青年、“80后”写作与“自我”的历史动能：周嘉宁小说论

○、问题缘起：“80后”写作与“自我”变奏二十年

1999年，还在上海育才中学念高中的周嘉宁，在《萌芽》杂志主办的“新概念作文大赛”中崭露头角，接连获得首届大赛二等奖、第二届大赛一等奖，后进入复旦大学中文系文科基地班就读。2001年，周嘉宁出版了自己的第一本书《流浪歌手的情人》，此后至2007年，出版作品共计八种，几乎每年都有新的长篇小说问世。[1] 千禧年见证了媒体、图书市场、传统文学杂志改刊与网络写作合力打造的青春文学热潮，周嘉宁置身其中，与韩寒、郭敬明、张悦然等人一起成为最早一批备受瞩目的“80后”作家。如果将2001—2007年视作周嘉宁创作的第一阶段，其特

[1] 按照出版时间次序，这八部作品分别是短篇小说集《流浪歌手的情人》（东方出版社，2001）、长篇小说《陶城里的武士四四》（浙江文艺出版社，2003）、长篇小说《女妖的眼睛》（上海人民出版社，2004）、长篇小说《夏天在倒塌》（春风文艺出版社，2004）、长篇小说《往南方岁月去》（春风文艺出版社，2006）、短篇小说集《杜撰记》（春风文艺出版社，2006）、短篇小说集《撒谎精的时光宝盒》（明天出版社，2007）、长篇小说《天空晴朗晴朗》（明天出版社，2007）。

征可以概括为：一，高产的出版节奏，市场的积极响应与青少年读者积累；二，现实生活与历史感薄弱的青春（期）经验书写，高度内向化、个人化、情感化的自我表达，以反叛姿态面对应试教育象征的权威秩序；三，与同龄人密切互动的写作状态，以BBS网络文学论坛（如“Sickbaby暗地病孩子”“晶体”“黑锅”论坛等）为媒介，其衍生的线上线下交流与友谊，参与形塑了她的早期创作。[1] 上述几项特征，几乎都能在同时期“青春文学”的共性中找到对应，呈现出“80后”写作诞生之初，个人写作与集体现象的辩证关系。

2008年，周嘉宁结束复旦大学的研究生课业，离开上海，在北京旅居三年。同年，她与张悦然一起创办了杂志书《鲤》，将选题焦点对准同代人的成长经验、情感症结与文学趣味。可以说，自创刊伊始，《鲤》就具有“80后”为自己这一代人的文艺张目的立意，并且展现出同人化、风格化、品牌化的办刊思路。其有别于传统文学期刊的新锐之处，不仅在于兼顾了商业性、严肃文学与亚文化的策划旨趣，视觉设计上精致的文艺格调，也在于全球化与关心世界文学的视野。并非完全巧合，2008年也是全国传媒舆论里的“80后”形象由负面大幅转向正面的分水岭之年。奥运圣火传递受挫、汶川大地震、北京奥运盛会等重大事

[1] 2002年，周嘉宁与小饭、夜×（陶磊）、苏德等人共同创办“黑锅”论坛。这段论坛时期的文学经历对重新讨论“80后”文学的起源具有重要意义，相关史料搜集、整理与阐释工作已经引起注意。比如2024年11月，由何平、金理发起的上海—南京双城工作坊，召集当事人共话“回望论坛时代的文学”。霍艳的《文学与情感共同体的缔结：“80后”作家与文学论坛》一文对此做了较为细致的本事钩沉与讨论工作。部分BBS文学论坛亲历者的回忆文章，见陈思和、王德威主编《文学·2016秋冬卷》“论坛时代的文学”部分。

件中“80 后”的亮相和表现，撕下了此前冷漠、自私、“啃老”、“中国垮掉一代”的标签，取而代之的是富有爱国情怀、开放精神与责任意识的“转型新生代”。“80 后”作为改革开放与全球化培养的新一代历史主体，从此正式站上社会舞台。[1]

如果把 2008—2016 年看作周嘉宁写作的第二阶段，可以观察到，她明显放缓了推出新作的速度，并开启文体转向：由早期自发的长篇写作，转入自觉的短篇小说训练。[2] 受到她所推崇的海明威的影响，周嘉宁投入精力打磨短篇技术，语言表达逐渐变为简洁、冷静、内收。这些试验性的短篇成果，大多发表在《鲤》上，写的多是个人与外部世界的紧张关系，人和人难以交流的无聊与内心的荒芜。这一阶段，除了上海—北京—上海的双城流动、《鲤》的办刊工作外，值得注意的还有周嘉宁进入了英语文学翻译领域，先后翻译了珍妮特 · 温特森、欧茨、门罗、弗兰纳里 · 奥康纳、米兰达 · 裘丽、菲茨杰拉德等人的作品。翻译与短篇创作同时推进，让周嘉宁建立起对汉语写作更审慎、严苛的标准。

纵观周嘉宁在 2008—2016 年的探索，总体呈现出灰蒙蒙的基调，许多尝试都未必成功。但她对写作者身份意识的认领，正是在这一碰壁、焦灼的过程里变得明确，写作观也大体成型。该时期的总结之作，是具有自叙传色彩的长篇小说《密林中》。这部小说回望并致意 21 世纪初文艺青年的交往情态与心灵风貌，

---

[1] 参阅王芳：《媒介棱镜下的“80 后”》，南开大学出版社，2014，第 109 页。

[2] 这些短篇小说探索成果，结集为《我是如何一步步毁掉我的生活的》（中信出版社，2014）。同一阶段，周嘉宁还出版有长篇小说《荒芜城》（上海人民出版社，2013），《密林中》（广西师范大学出版社，2015）。

同时也阶段性地汇总了周嘉宁的写作困境。借主人公阳阳之口，周嘉宁第一次说出作为女性作家的文学抱负：以“自我”为锚点，用正面强攻的方式，写出属于自己这一代人的历史经验。完成这个长篇后，她想要搁置“自我”，将写作转向他人与世界，但必须承认“自己的小说碰到了非常严重的问题”。周嘉宁将写作上的阻碍归因为“知识结构的漏洞”[1]，“知识结构”指向一套将自我与世界进行整合的方法：书写时代的意识已经产生，但怎样创造出把握历史的独特方式，从哪里开始正面强攻？如何找到“进入世界的路径”，困扰着向来以书写“自我”见长的周嘉宁。

转折性事件发生在 2016 年。这一年周嘉宁受邀前往美国参加爱荷华国际写作计划（International Writing Program）。为期三个月相对封闭的集体生活与密集的跨语际交流，给她带来自称“摧毁重建”的刺激。2016 年发生的国际大事，包括但不限于特朗普赢得美国总统大选，英国全民公投决定退出欧盟，里约奥运会举行，摇滚歌手鲍勃·迪伦获得诺贝尔文学奖，等等。此外，还有世界范围内普遍的经济不振、恐怖主义、难民危机……一边是身处国际化的交流营地，世界激烈的变局被无可回避地推至眼前，一边是对全球化语境下的个人成长史的全面重省，周嘉宁在内外关联的语境里，更新了观看自我与世界的眼光。“进入世界的路径”豁然洞开，并带动了创作方向的改变。

回国后，周嘉宁接连交出被评论家盛赞为“80 后”“重大写作诞生的时刻”（杨庆祥语）的中短篇小说集《基本美》和“一代

[1] 周嘉宁：《冷大海》，载于子敬主编《深白：爱是深沉的幻觉》，长江文艺出版社，2017，第 135 页。

人的交卷之作”[1]（金理语）的中篇小说集《浪的景观》。在经过了早期青春文学的井喷式产出、中段沉郁的摸索徘徊之后，周嘉宁在中篇小说领域取得突破，不仅实现了社会历史表达的扩容与思考的质变，也迎来了个人美学的成熟时刻。

已有敏锐的研究者如金理指出，《浪的景观》等作品对于重新理解“80后”文学的发生具有改写既有的叙事框架、“再写起源”的重要意义。[2] 事实上，围绕“80后”文学内外的迷思、期待与可能性，周嘉宁的写作呈现出一条既不同于“韩寒、郭敬明范式”，又有别于“新东北文学范式”的“80后”文学的典型道路。周嘉宁的特殊之处在于，青年作家明确的历史责任感及其表达，并没有以牺牲或贬抑“自我”经验为代价。相反，从早年的青春文学一路写到《浪的景观》，她保持了对“自我”异乎寻常的专注度，尤其在文艺青年经验的书写上，体现了将“自我”持续问题化的内在连贯性。借由“回收式”的写作策略，周嘉宁把文艺青年的成长经验凝固为历史的对象物，通过一次次激活这一对象物，“自我”被成功转化为思考“80后”一代人历史、当下与未来的方法与资源。

对周嘉宁小说创作的通盘回顾、整理与讨论，因此具有以个案重新透视“80后”代际写作的价值。本文从爱荷华之行切入，分析爱荷华经历对周嘉宁写作的影响与意义。对比爱荷华之行前后的创作，可以让我们以绵延而非断裂的眼光，整体性地把握周

[1] 金理的原话是：“《浪的景观》出版之后，心里面就笃定、踏实了一些：我们这一代人好像从此可以开始交卷了。”见《世纪之交的风景与记忆：关于周嘉宁小说集〈浪的景观〉的研讨》，载陈思和、王德威主编《文学·第十九辑》，复旦大学出版社，2024。

[2] 参阅金理：《“再写起源”：试论周嘉宁〈浪的景观〉》，《中国现代文学研究丛刊》2023年第6期。

嘉宁二十年创作生涯里“自我”的变奏。最后，在对话“80后”批评史与文学史的层面上，笔者尝试提出周嘉宁所开辟的第三种“80后”写作的典型范式。

一、爱荷华之行：“全球化幻觉”的摧毁与“世界”的再造

2016年8月下旬，周嘉宁赴美国参加“爱荷华国际写作计划”，与来自三十多个国家，拥有不同语言、族裔、文化背景的艺术家，在位于美国中部爱荷华城的爱荷华大学共处三个月。周嘉宁是该年度唯一的中国大陆作家。这个久负盛名的交流项目有很深的冷战历史渊源，1967年由聂华苓与保罗·安格尔夫妇创立，主要邀请对象为东欧、亚非拉等第三世界国家的艺术家，初衷是在冷战时期为不同意识形态阵营的写作者提供面对面交流的机会，并了解美国文化。

自1979年中美建交，受邀前往“爱荷华国际写作计划”的中国大陆作家包括王蒙、艾青、丁玲、茹志鹃、王安忆、汪曾祺、苏童、余华等，至今已达六十余人，形成中国当代文学自新时期以来独特的“爱荷华经验”。众所周知，王安忆是受爱荷华访问经历影响较深的个案，1983年的爱荷华之行被她称为自己创作生涯的“关节口”。周嘉宁赴美前阅读了聂华苓的《三生三世》、王安忆与张新颖的《谈话录》等，了解流亡与分裂年代的国际作家交往已成历史。不同于“成长初始革命年”，生命底色与文学教养均有着清晰意识形态烙印的“新时期”作家，周嘉宁是带着“全球化一代”的写作身份，满怀信心地踏上美国国土的。据周嘉宁自述，

她的自我定位一直是去标签、无边界的“世界游民”，地域和性别属性都很模糊。[1] 一如她所塑造的人物，“野心勃勃地在自己身上努力取消阵营和国家的界限，制造着一种世界是平坦的错觉”[2]。

这样的信心并非没有现实依据。如果我们还记得“80后”这一代际命名生成与确立的标志性媒体事件——2004年，作家春树、韩寒登上美国《时代》周刊亚洲版，美国媒体以另类（“the linglei”）、叛逆、草根等词语来形容接轨全球新潮青年文化的中国新一代，“从而生产出一种象征性意义，即‘80后’为代表的当代中国人正在融入西方世界、西方文化”。除了人们熟知的市场化以外，全球化同样是命名“80后”的重要时代坐标。[3] 生于1982年的周嘉宁，成长在改革开放的上海市中心，从小浸染在世界文学与西方流行文化里，在国内最好的综合性大学接受文学教育，具备出色的英语读写、翻译与交流能力。甚至，这也不是周嘉宁的第一次域外驻留经历。[4] 这才是爱荷华令人意外的地方，作家直陈自己对世界固有的认知“在短短的三个月中被摧毁了，但这是一种有益的摧毁。人在三十多的时候，可以被摧毁一次”[5]。令人无法不去追问，在爱荷华，究竟发生了什么？

周嘉宁记得，国际艺术家们最初的交流，似乎沿着“世界是平的”的常识推进，但她逐渐觉察到热闹背后的阴影。人们就欧

---

[1] 参阅周嘉宁：《我所理解的世界》，《上海文化》2018年第1期。

[2] 周嘉宁：《再见日食》，《收获》2019年第5期。

[3] 参阅石岸书：《作为起源的“漫长的90年代”：“80后”的代际视角》，《文艺理论与批评》2023年第3期。

[4] 2012年春天，周嘉宁在爱尔兰圣三一大学驻访三个月，参与爱尔兰作家的翻译项目，同时推进长篇小说《荒芜城》的写作。

[5] 周嘉宁、吴琦：《一场二十一世纪的“考古”》，《上海文学》2023年第1期。

美主导的文化常识与娱乐话题相谈甚欢，却在真正触及异见的重大话题前默契地后撤。面对主办机构有意设置的争议论题，如俄乌冲突、巴以关系，驻访艺术家们不再像冷战年代一样对峙鲜明。温和的外交礼仪代替了意见交锋，却也极大削弱了交流的本意。在这个过程里，朝夕相处不但没有进一步鼓舞地球村世界游民的信心，反而暴露出不同的政治、文化主体间的区隔与不可沟通性：

> 敏感的作家们大概都很快可以从密集型的交往中觉察到各自所属文化中不可沟通的部分，继而产生一种剧烈的怀疑，我们所谓的共同记忆到底是什么。漫威也好，Netflix 也好，鲍勃·迪伦获诺贝尔奖之后激烈的争论或者庆祝，这些共同记忆是经过筛选的，是西方语境下的共同记忆，是个人体系中间并不至关重要的部分，在那个当下，几乎是一种国际社交性质的记忆。[1]

周嘉宁在“爱荷华国际写作计划”所遭遇的，是典型的新自由主义全球化话语支配下第三世界国家的失语症：同质化的文化养成与思维定式，令人无法真正地自我表达。她目睹被排斥在西方世界之外的文化主体，“一方面急切地希望被他人了解，另一方面又忽视着他人”的怪现象；还有一个闭环式的难题是，因为缺乏应对争执的政治训练，在矛盾真正发生时，只会令人陷入毫无生产性的愤怒与无助。作为一名文字工作者，周嘉宁尤为不安的是，以英语作为通用语的交流，很多时候要牺牲不同语言主体

---

[1] 周嘉宁：《我所理解的世界》。

性的美与复杂。在从爱荷华去新奥尔良的短途旅行中，她与来自耶路撒冷的犹太女作家 G 爆发争吵。周嘉宁沮丧地指出："是英语，是英语让我们纷纷丧失第一人格。"[1] 第二语言放大了误会，并阻碍了误会的真正解决。能否既将"个人体系中间至关重要"的经验拿出来交流，又保有思考的"第一人格"，尊重不同语言的美？以爱荷华作为观察视点，全球化神话发明的世界图景开始松动，考验着作家对时代做出另类思考的能力。

在主体的失语中，"世界"被重新问题化，并且生产源源不断的新问题。"当我们在谈论世界的时候，我们在谈论的是同一个世界吗？又怎么可能是同一个世界呢？"从发问的一刻起，周嘉宁釜底抽薪地反思"同一个世界"的普世主义价值，也开始重审内置于自己世界观、写作观里的"全球化幻觉"，"我十八岁的时候网络时代到来，我几乎是在全球化的幻觉下长大的"[2]。"80后"一代在中国加速融入世界资本体系的发展主义话语笼罩下长大，深受以互联网为代表的第三次科技革命、"大国崛起"与"地球村"叙事影响，这是代际认知结构的"全球化幻觉"的有机组成。评论者分析，这种"全球化幻觉"源于一种文明等级序列中处于弱势位置的个体面对强势他者的焦虑，其危险在于，前者压抑自身的文化特性，习惯用强势文明的眼光看待和表述自己，进而压抑了真实感知和主体表达的滋长。[3]

---

[1] 周嘉宁：《我们在南部停止了抽烟》，载《单读 16：新北京人》，台海出版社，2017，第 240 页。

[2] 周嘉宁：《我所理解的世界》。

[3] 参阅李琦：《在时代洋流中考辨自我——论周嘉宁近年来的小说创作》，《小说评论》2023 年第 4 期。

与王安忆在日记、书信、小说、访谈中留下细密的访美记忆不同，周嘉宁对爱荷华经验的表达始终慎重，只交出了一篇以“国际写作计划”为原型的中篇小说《再见日食》，还有两篇随笔《我们在炎热的南部停止抽烟》《我所理解的世界》。除此之外，在采访中，周嘉宁一再表示“不知道怎么开口去谈论”，“很难说清楚”。“太好的事情根本不舍得让其他人知道”，借这句小说里的话，周嘉宁表达了对爱荷华记忆的珍视，藏之于心而迟疑于言谈。2024 年 10 月 21 日聂华苓逝世，享年 99 岁，她传奇的一生与文学界的哀悼活动，和《再见日食》中乌卡的葬礼虚实互映。在最近一次接受笔者采访时，周嘉宁表示：“聂华苓去世的事情，我其实还没有真的去消化，包括爱荷华往事，我觉得八年过去了，我尽管写了《再见日食》，但爱荷华的事情其实仍被我封存在了一个地方。”

我们唯有在文本中找寻作家的心迹。《再见日食》2019 年初刊在《收获》杂志的版本与 2022 年收录在小说集《浪的景观》里的版本之间，存在明显的差异。《再见日食》的修改痕迹，记录下周嘉宁 2017—2022 年间的思想转变与创作动态。李琦已经对杂志版作了精彩的分析。[1] 如果仔细比对两个版本，通过小说的修改方向，比如意识形态与身份议题从赤裸的政治讨论转向内敛的对白，人物关系删繁就简，弱化人物命运的戏剧性色彩，删除了与《新世纪福音战士》等作品的互文……我们可以为考究周嘉宁怎样在写作困境与“世界危机”中酝酿出新的写作方向找到线索。篇幅缘故，本文不对此展开讨论，但仍想指出这篇小说拥有

[1] 参阅李琦：《在时代洋流中考辨自我——论周嘉宁近年来的小说创作》。

继续延伸挖掘的空间。

《再见日食》里位于美国中部的小城佩奥尼亚，处处都有爱荷华的影子。在这个仿佛世界历史进程之外“悬置着的中间地带”，周嘉宁虚构了一个青年艺术家驻留计划。小说从2017年回望1995年：各国年轻人曾带着对新大陆的憧憬在此相聚，经历友谊与爱情，关心着冷战结束后世界是向乌托邦还是恶托邦而去。在“美国梦”的破灭与二十年多的时代演进中，年轻人们以佩奥尼亚为入口进入严酷的现实，各自“找寻新的世界的出口”，最终四散。创办者乌卡去世后，佩奥尼亚依然在每年夏天迎来送往更年轻的一代人。

这个关乎憧憬毁灭、废墟上的价值重建、一代又一代人青春轮回的故事，浓缩了周嘉宁访美归来后新的写作主题：如何找寻新的世界出口，继而再造世界。小说借1990年代青年之口追问乌卡“新的秩序如何建立”，其实是在追问如何开辟替代性道路，“一种替代性的生活方式、自我表达方式和国际文化交流方式，以挑战由新自由主义全球化所开启又一轮忽视个体文化历史差异的同质化过程”[1]。乌卡表示这已不是她能理解的事——革命与流亡年代的范导者经验失效了。在此意义上，世界视野下的“80后”一代，需要从分歧丛生的代际经验与青年本位重新出发，靠自己走出全球化时代的迷雾。

只有这样才能解释，周嘉宁在访美归来后写出的第一批小说，为什么大幅引入复杂的地缘政治问题，又为什么辗转于跨时空、跨语际的复合语境，执意刻画人与人之间的误解与不可

[1] 王晓珏：《去冷战批评与中国文学现代性》，《南方文坛》2018年第6期。

沟通。从作家的个人创作历程看，“渴望人与人之间真正的贴近与沟通”延续了《荒芜城》时期的母题，但在被政治历史信息夯实的现实地层上，周嘉宁对这一母题展开了有力的掘进。从《基本美》到《浪的景观》，她要写的不仅是无往不在的“不可沟通性”，更要在充分认知时代演变造成的坚硬的鸿沟、边界、壁垒之上，想象和建立能够恢复沟通、重现交流活力的可能地带。

比如《基本美》里，无论是奥运时代的北京模糊了人与人的界线，还是香港的在场让身份区隔变得锐利，都无损香港乐队主唱洲与内地青年致远之间友谊的动人。“一半是反对，一半却一致”，正如粤语与普通话、繁体字与简体字之间无法抹平也不必抹平的差异，并不影响他们“一起迈向困难重重的自由”[1]。《再见日食》里，拓与泉隔着彼此难以理解的国家创伤，依然能借助非母语的谈话“描述着内心从未被认真描述过的部分，那里几乎有一个新的人格和一个新的世界”。拓将写作语言从日语改为英语，是为了散落全球的朋友有一天可以读到，“在东方审美和西方价值观之间撑起一片虚拟的时代，守护着现实中原本不可能存活下来的美”[2]。承认隔膜，却艰难地迈向团结。这无疑接近一种“不可能的任务”，却也见证周嘉宁的写作如何走出危机并迸发出明亮的理想主义势能。

《了不起的夏天》里，秦与师傅代表两代人背反的未来想象。申奥成功之夜后，秦天真地向往着 2008 年北京奥运会；师傅却

---

[1] 周嘉宁：《基本美》，上海文艺出版社，2018，第 246 页。

[2] 周嘉宁：《浪的景观》，上海文艺出版社，2022，第 3 页。

默然离开，回到圣彼得堡求学，近乎失败者的自我放逐，与时代前进方向背道而驰。两人的分歧从表面上看是苏联解体后国家社会主义与共产试验的革命潜能被耗尽，下一代人的青春激情被自由主义全球化接管。但前者作为“执拗的低音”并未消失，并最终被后者听见。周嘉宁有意安排秦来讲述师傅的故事，“后辈对前辈的讲述”是历史重审，更是“我辈”登上舞台前辨明自身的必要环节。秦顿悟了代际落差，但遥望师傅如同“20 世纪的达达尼昂”的青年时代，依然让他肃然起敬。在这个意义上，《了不起的夏天》既不是对申奥口号里的“世界给中国一个机会，中国还世界一个奇迹”的怀旧狂欢，也不是感伤失落的共产主义挽歌。周嘉宁想要追问的是，在秦与师傅之外，是否存在第三条道路，可以将永远那么动人的“社会性青春”传续下去；还有没有其他组织生活与联结人与人的方式，足以与单极全球化的文化支配或冷战的幽灵对抗。

二、“文艺青年”作为方法：青春经验的“回收式写作”

爱荷华之行构成周嘉宁调整写作的外部动力，明确了她“再造世界”的目标，并从两个向度激发了她归国后至今的创作变化。其一是上文分析的，书写人与人之间的不可沟通性，在捍卫多元差异的基础上，探讨理解时代情绪的可能。其二是，为千禧年前后的经验赋形，建造出作为文学形象的“世纪之交”。以《基本美》《浪的景观》《明日派对》三个中篇小说为代表，周嘉宁注入其中的时代肌理，包括散漫宽松的社会氛围，急速更替的城市样貌，阶层与制度还没有固化前的机运，年轻人在规定轨道之外探索、合作与创获的可能空间等等。总之，她笔下的“世纪之交”是一个在不确定与无序感中向上升腾的时代。对内改革、对外开放的国家议程，与“80后”一代尚未定型的青春相交叠，个人的成长和“涉世”与国体的开放和“入世”几乎同步——这俨然是20世纪以来百年“青春中国”话语与成长小说主题在全新历史阶段的回旋。周嘉宁将个人、代际与国家三位一体的青春寓言收束于她所发明的醒目的“浪”的喻象：迈向成人世界的“80后”既是浪，也是造浪者与冲浪手；他们与改革开放的时代主潮浮沉共振，互为代言。

将上述两个向度组织起来的，正是行动的人物——这些小说主人公的身份，几乎都是文艺青年。应该说，通过重返自己亲历的21世纪初，深描文艺青年的“创造性行动”，周嘉宁“再造世界”的写作路径与意图得以进一步现身和承载。梳理周嘉宁多年的文艺青年书写，笔者发现作家采取了一种可称为“回收式写作”的重写策略。在全球化经济与改革开放史的微观层面，周嘉宁回收念兹在兹的青少年时代爱好与记忆，把文艺青年放回到生产、传播、消费的链条中，将自然经验历史化与对象化。由此，“文艺青年”被充盈为一项重要的社会历史参数，他们的行动与交往，映射出改革开放与全球化浪潮在“80后”生活史中的踪迹。以《基本美》开启的新写作里，周嘉宁回归一种文学对社会生产的观察，以“文艺青年”作为方法，重新掌握“‘有我’的历史”的讲述权与解释权。

文艺青年早已是周嘉宁笔下标识性的人物群体，她写过诗人、小说家、乐手、调查记者、摄影师、策展人、杂志编辑。对于这一偏离主流规则，因为对文学、电影、音乐的共同爱好聚集在一起的群体，周嘉宁至今兴致不减。从爱荷华归来后的变化之一是，她有意让人物都“行动”了起来：他们在北京、香港、上海、南京、青岛、浙江，在中国的大地上跑来跑去，做生意，交朋友，跨越边界，“重新回到了和外界的互动，也更主动地去面对问题”[1]。她笔下的文艺青年形象，摆脱了过去孤独、内倾、自我消耗的静止状态，从“密林中”走出，在跑动中，实现与他者、现实世界的有机联系。

《浪的景观》是这样开头的，“我”就读的大专在“非典”期间惨遭解散，一时间“既不用去上学，也不用去上班，不知道该做什么”。在“与社会上的一切正式脱离了关系”的状态下，“我”与好友群青意外得到了接盘地下城服装档口的机会。两人用外贸服装个体户的身份，开启了一段兑现摇滚梦想的商业冒险。恰逢线下零售向网购转折的时代风口，他们赚到了第一桶金，最后在日渐恶劣的商战与市场洗牌中出局。《明日派对》同样包含“事业”与“友谊”的双重叙事：“我”与王鹿相识于 2000 年的罗大佑演唱会，两个女大学生后来合作主持一档电台音乐节目，并通过电台与网络论坛，聚集起更多热爱摇滚的年轻人。节目昙花一现，没能逃过电台商业化改制中被关停的命运，但这段成长输送的精神热量，将庇护她们步入下一程生活。

《浪的景观》《明日派对》如同姊妹篇，均采用了双主人公叙事，共享了“开端／相遇—协同创造—终结／解散”的故事结构。颇具意味的是，《浪的景观》《明日派对》的主人公都是以“高考失利者”的身份登场的，但没有落入常见的颓废、前途暗淡的

[1] 罗昕：《周嘉宁：小说不是记忆，是现实的一些阴影》，“澎湃新闻”APP 2022 年 10 月 11 日。

“失败者故事”窠臼，相反，成为另辟未知新天地的起点。年轻人从应试教育与按部就班的人生计划中滑出，过上了一段有周嘉宁特色的“脱离现实的集体生活”：贫穷，热烈，富有自由表达精神与冒险的决心。这是校园、家长所无法传授给他们的，却被当时的社会环境所纵容。小说里文艺青年们的“共同事业”，无论是创办网络论坛、组织地下俱乐部，还是一起主持电台节目、做服装生意，都为他们续写了高考失败后的一段“出路”。这“出路”是暂时养活自己的生计，更是精神、情感与归属感的安排。在告别学校、进入社会前的“交叉地带”上，年轻人在松散的文艺共同体里收获了重要的自我教育，经由同辈圈层与文化互授，完成了对内的身份认同与对外的象征抵抗。

周嘉宁很清楚，这些活动是尝试性、过渡性的，终会落幕。但与人们向来斥责文艺青年“逃避生活”的论调不同，在她看来，文艺与生活实践不能做简单化的二元切分。毋宁说，是在外界条件的包容乃至支持下，文学 / 文艺帮助青年人展开了对生活的参与和准备，哪怕是以缓慢、无目的、非线性，看似“浪费时间”的方式——这一点，尤其与绩优主义强调竞争与效率、明确追求线性提速的成长道路拉开了距离。[1] 这些文艺青年们能够联合行动起来，离不开 1990 年代至 21 世纪初市场化、商业化持续扩张

[1] 周嘉宁多次提及，因为千禧年前后的社会规则较为宽松，让“80 后”有更多探索的时间与空间。在接受《好奇心日报》采访时她表示：“我觉得我们是浪费时间的一代人，然后浪费得还挺开心的。而且我们二十几岁的生存空间比你们宽容一点。因为社会规则没有像现在这么确定，当时不确定的部分更多。不确定的部分多的话，你如果正好有一个不确定的人格的话，你摆动的空间是很大的。你找到自己的位置的几率也是很小的，会花更多的时间。”见《作家周嘉宁谈写作和这个时代：挺希望自己可以尽到自己的责任》，“小鸟与好奇心”微信公众号 2018 年 3 月 8 日。

提供的机遇。社会各领域都在经历转轨、改制，给缺乏经验但敢于闯荡的年轻人留出了缝隙。在这个意义上，文艺青年群体的活跃期，恰恰是特定社会历史时期的产物。事实上，回顾整个20世纪中国文学史，文学／文艺青年在文学叙述里的浮现、隐退与重返历史舞台的时刻，往往呼应着不同时期主导的精神氛围的变化，考辩这些历史语境也就显得格外重要。

熟悉周嘉宁的读者，很容易从她的近作里看出其本人的亲身经历，尤其是一些精神图腾般的文艺符码，从出道至今，反复出现在她的书里，如同作家与读者之间的暗号闪动。最具代表性的，包括村上春树的小说、平克·弗洛伊德乐队、美军风衣、匡威帆布鞋、罗大佑的校园民谣，等等。之所以没有陷入自我重复，是因为周嘉宁“回收式写作”的处理策略。“被回忆的并不是当时的事件，而是变成了以当下的视角去看待的它，并且它很有可能还在不停地发生新的变化。”[1]相同的符码，被不同的感受与思维方式打开，成为值得分析的“有意味的形式”。

为了更直观地展示“回收”的进路，在此试举两组小说原文为例。一是2000年前后，周嘉宁中学住宿时收听东方广播电台《动感冲击波》《流行音乐一小时》等节目至其关停的记忆。二是周嘉宁高中时用打口碟听平克·弗洛伊德乐队的记忆。

第一组：

2000年末，我喜欢的三个电台节目——《动感冲击波》、

[1] ［德］阿莱达·阿斯曼：《记忆中的历史：从个人经历到公共演示》，袁斯乔译，南京大学出版社，2022。

《流行音乐一小时》、《今夜不太晚》同时退出我的视野。好像有什么东西硬生生地要把我和过去隔绝开来，把我往前顶。很坚硬的，很疼痛的。晚上我再也不会把收音机一直开着，开到耳朵里满是沙沙的电波的声音。我再也没有了一种对于深夜的祈望，好像是失去了思想。

…………

关于未来我们不能够预计什么。

有时候忧伤的感觉致命。[1]

我在高考前最后的那些夜晚听无线电里的小说，在拥挤的宿舍里空睁着眼睛望着天花板……总是会一直听到念完，天空露出鱼肚白来。

…………

我一直听的那个会在夜间朗读小说的电台节目突然之间就停掉了，毫无征兆……突然好像我们都已经变成了老人……我们已经不太清楚外面世界的变故，幻觉里，我们可以永远地赖在这里。[2]

欧老师在会议开始前找到我和王鹿，告诉我们张宙的节目停播了。除了持续低迷的收听率之外，主要的原因是从今年起，所有的节目都将实行广告自营，简单说来，以后只有

[1] 周嘉宁：《激情歌诗》，载《流浪歌手的情人》，东方出版中心，2001，第 252 页。以下引文中的着重号均为笔者所加。

[2] 周嘉宁：《往南方岁月去》，春风文艺出版社，2006，第 102 页。

能拿到广告赞助的节目才有资格继续生存下去。[1]

“张宙在节目里最后说了什么？”王鹿问。

“他说再见。”潇潇说。

“没了？”王鹿问。

“没啦。但他那样说，你会觉得，你们再也不会再见。”潇潇说。

“其实我们都没有再继续听张宙的节目了，不知道从什么时候开始。”我说。

“那真不错。我想是因为你俩已经度过了最困难的那段时间。”潇潇说。[2]

第二组：

我从书包里拿出耳机塞在耳朵里，按下 PLAY 键，不久以前我还是和安康一起坐在操场边上，我还可以把头倚在他的肩膀上，然后看着天亮起来。

是平克的音乐吗？

安康的眼睛里是平淡的目光。他说，那堵墙终于倒下来了，颓然倒下。

压碎了我的童年，我的青春，我的爱情，我的人间。我在心里默念。[3]

---

[1] 周嘉宁：《浪的景观》，第 203 页。

[2] 同上，第 207 页。

[3] 周嘉宁：《后来》，载《流浪歌手的情人》，第 48 页。

> 然而泉先开口："请问断电那天，无线电里放的是什么音乐？"
>
> "我想是平克·弗洛伊德乐队的《月之暗面》。"拓回答。
>
> …………
>
> "你真的见过日食吗？"泉问。
>
> "从没见过。"拓回答，"你呢？"
>
> "嗯。八年前月亮的阴影正好落在从中国西北角延伸到长江入海口的狭长地带。"[1]

> 有一次活动上放的是平克乐队的迷墙现场录像带，结束以后大家的情绪格外激动，迟迟不甘心散去，于是我和群青又跟着他们去了大学附近的一间酒吧。……虽然我当时对柏林墙的事情一无所知，但其他人一路聊到布拉格之春，我昏头昏脑地听着，被感动得一塌糊涂，结果出来的时候回吴淞的末班车已经没有了。[2]

《激情歌诗》与《后来》均出自周嘉宁大一创作的《流浪歌手的情人》。在这本如同私人音乐收藏夹的散文体小说集里，听的是什么并不重要，重要的是听音乐引发了"我"对自由的感受。这些摇滚乐、民谣的片段拼贴"只是一种无关紧要的感动，很破碎的印象，然后就喜欢"[3]。《激情歌诗》和《往南方岁月去》的原始场景里，几档上海东方广播电台的音乐节目，只是一个高中女

---

[1] 周嘉宁：《再见日食》，《收获》2019 年第 5 期。

[2] 周嘉宁：《浪的景观》，第 77—78 页。

[3] 周嘉宁：《激情乐队》，载《流浪歌手的情人》，第 243—244 页。

生枯燥无聊的校园生活的出口，“拥挤的宿舍”里隔出一角私人天地，“我”沉溺于幻想，既阻隔了空间上“外面的世界”，也悬置了时间上对“未来”的预期。喜爱的节目停播，引发失去的惆怅（“致命忧伤”与“疼痛”）和年华老去之感，都是最典型不过的少年愁绪。

《明日派对》激活并转写了这段电台情结。“我”与王鹿一开始都是张宙节目的狂热听众，张宙给了她们重要的精神启蒙，但早在节目停播前，偶像的使命就已完成。“最困难的那段时间”已经迈过，她们可以独立去向更广阔的明日天地。周嘉宁的叙事主体，从躲在宿舍角落，多愁善感、被动的聆听者，变成了“电台新来的青年人”。她们闯入制度化的空间内部，争取年轻一代异质表达的自由，“未经训练的声音和想法将被传播到如此坚固有序的城市里”；当然，也在一线工作中看到了广播电台代表的旧媒体，在市场化冲击下的生存真相。《明日派对》里，与偶像郑重、洒脱的告别，是成长仪式的一半，另一半则体现在青年参与者的能动性之中：“我们”通过电台发出自己不够成熟的声音，并亲手创造了“有我”的历史现场。

第二组“回收”平乐·弗洛伊德记忆的案例，则集中展示了周嘉宁对文艺青年幼稚通病的自我省察与自我更新。早有研究者指出，“80 后”青春文学大量借用摇滚乐，但往往只是“拿来”标榜个性的外壳，摇滚乐在发展过程中曾具有的接轨现实的精神，反战、反文化、反权威的历史起源完全被悬置，变成一个空洞的能指。[1]《后来》中借“墙的倒塌”抒怀“压碎我的童年、青

[1] 参阅蔡郁婉：《悬空的玻璃房——从〈萌芽〉作者群透视 80 后写作》，文化艺术出版社，2021，第 166 页。

春、爱情、人间”的忧伤校园男女，《浪的景观》里感动得一塌糊涂的“我”，都对 1988 年柏林墙倒塌指涉的冷战史缺乏感知，更不了解平克·弗洛伊德背后，战后欧美社会 1960 年代的青春反叛运动的精神谱系。二十年后，周嘉宁从两个层面作出反省。其一，文艺青年往往借助“对电影，小说以及歌词的复刻和反复的练习”[1]来模拟生活，不加反思地“极其自然地使用着从小说和电影里学到的经验”[2]，任由二手知识将他们的头脑引向某种“不在地”的符号关系之中——正像是姜涛所提醒的，这种抽象、空洞的符号系统，未必会带来主体的充盈，“恰恰容易导向一种依附的、不稳的甚至内在空洞的造型”[3]。泉与拓关于歌词与真实世界的“日食”的对话，提示着廓清幻觉，去过一种及物的、有实感的生活之必要。其二，西方摇滚乐传入中国后，的确释放出巨大的启蒙效应与精神号召力，但也必须认识到内置其中的诸多历史、经验、知识与情感的结构性错位。如果不谨慎思辨中西语境的差异，轻率的“拿来”与生吞式的模仿，很难避免丧失独立的自我言说能力，并有再次陷入“第三世界的失语”的危险。

从浪漫幻想中祛魅，转入具体、务实、历史化的生产现场，这一“回收”逻辑，也被用于周嘉宁大学时去服装市场淘衣服的记忆。对 Levi’s 等美国品牌服饰的向往，始于乐迷对摇滚偶像形象的效仿。亚文化强调以独特的发型、着装等视觉风格张显自我，以西方偶像为摹本，1990 年代在中国青年中兴起的亚文化

[1] 周嘉宁：《基本美》，第 190 页。

[2] 周嘉宁：《浪的景观》，第 29 页。

[3] 姜涛：《公寓里的塔：1920 年代中国的文学与青年》，北京大学出版社，2015，第 16 页。

符号消费潮，也是跨国资本主义文化体系影响力的体现。周嘉宁曾写《密林中》里的摄影师大澍，“穿着从襄阳路服装市场买来的仿制 M65 美军风衣，紧身牛仔裤。双手交叉在脑袋后面，仰面躺着”[1]。数年后，她一路“考古”至外贸产业链的版图深处，从华亭路服装市场（1984—2000）、襄阳路服饰礼品市场（2000—2016）、七浦路市场（1980 年代至今）到人民广场地下的迪美购物中心（1995 年至今），还原出一条改革开放后上海个体服装市场变迁的历史动线。“我”与群青驾驶货车，出没于充满写实细节的外地工厂、城郊仓库、铁皮棚批发档口，深入鲜活的劳动世界。尽管同样出身摇滚乐爱好者，他们以找货、抢货、斗殴完成与生活贴身肉搏的实践，与小说里另一群大学歌友文艺青年们的“阴郁气氛”相区别。

现在，我们可以从两个维度，归纳周嘉宁的“回收式写作”策略。首先，文艺青年形象，从孤独、避世的内倾者，变为一种“创造性行动”的联动的主体。他们不再是关在室内的小说家、诗人，或出入咖啡馆沙龙的空谈，或受困于个人的创作焦虑；也不再是悬浮、空泛的符号消费者。周嘉宁把“买唱片的人”变成“制作唱片的人”（《基本美》），“听电台的人”变成“做电台节目的人”（《明日派对》），把“淘牛仔裤的人”变成“卖牛仔裤的人”（《浪的景观》），文艺青年被她赋予“经济人”与“社会参与者”的双重身份，通过将他们重新置入生产、传播、消费流程，周嘉宁回归了一种文学对社会生产史的观察。跟随着文艺青年们在公共与地下空间的位移，小说也打开了改革开放上海城市史中独特的

[1] 周嘉宁：《密林中》，广西师范大学出版社，2015，第 14 页。

人文地理脉络。正如前文所说，文艺青年实则是一项不应被遗漏的“社会参数”，这一群体的活跃期或是沉寂期，都与特定的历史气氛相呼应。周嘉宁笔下文艺青年热烈的集体行动，显露的是中国“世纪之交”或“漫长的1990年代”自由、混乱与包容的社会内涵。

其次，早年符号化的精神图腾被复原为“文艺产品”，尤其是外国文艺产品，以“物”的实体形态，被整合进政治经济链条与文化意义生产系统里。比起过去缥缈的浪漫诗意，现在的周嘉宁，更关心浪漫诗意是如何被生产的：西方的文学作品、音像制品如何传入中国，如何被青年群体所接受，又被怎样压缩、糅杂与误读。需要强调的是，“我”与群青销售的外贸原单，正是从中国工厂为外国品牌代工的货品中流出来的。其市场繁荣背后的灰色生产来源和贸易渠道，本就是全球化产业分工布局带来的商机。又比如，打口CD、VCD、打口磁带曾大量出现在周嘉宁、郭敬明、张悦然等“80后”作家早期的青春写作里。作为一代人记忆坐标的打口碟，起初也是生产过剩的外国正版音像制品，包括光碟、磁带、黑胶唱片、录像带等，遭特殊打口处理后，从欧美、日韩等地通过走私等非正规渠道进入中国市场。因为价格便宜，受到文艺青年的喜爱，乃至派生出中国的“打口一代”。就更不用说在缺乏版权意识的年代，大量流通的盗版音像与印刷制品了。[1]外贸服饰也好，打口碟也好，均为全球化工业系统的产品或副产品。可以说，“80后”文艺青年很大一部分重要的文化教育，来自未经授权、非正规途径流入的外国文艺产品。这些

[1] 参阅颜峻：《中国盗版和“打口的一代”》，《中国对外服务》2002年第6期。

商品扮演了大量中国年轻人与全球化第一次亲密接触的“触点”，充实了偏离主流观、抵抗规则的青年文化。因此，文艺青年们的领受，尽管幼稚、感性，却依然能摆荡出全球化进程在中国落地的实体踪迹。

三、“自我”的，如何是历史的？

周嘉宁回忆 1990 年代大量西方流行文化涌入，带来了青春期的冲击，也掀起了生活世界的物质变化。“我们这一代之所以能够被构成，是因为在 90 年代经历了一个开放窗口期，在这一时间段里出现非常多从未存在过的事物。”[1] 翻译小说、唱片封面与歌词里展现的陌生的词与物，她从未在生活里见过，比如“村上春树小说里出现的 24 小时便利店”。1993 年，港资背景的百式便利店落户长阳路，是上海开出的第一家“引入 7-11 经营模式”的便利店，到 1997 年，上海的便利店已突破一千家，进入规模化发展期。麦当劳、哈根达斯冰激凌、星巴克咖啡店，这些携带着“发展时差”的名词概念，经历了一个从文学虚构变为生活现实的过程。

毫无疑问，这是改革开放的功劳。一旦考虑到这背后的货物经济脉络，特别是随着改革开放的深入，1992 年邓小平视察南方谈话发表后，上海重新回到中外文化往来、交融最前沿的地缘优势，就不能再把“用模仿文艺回避生活”简单视作一种预设好

[1] 周嘉宁：“名家新作系列讲座·城市变革与个人史的书写”，2023 年 5 月 26 日于上海图书馆。文字稿见“中国作家网”，https://www.chinawriter.com.cn/n1/2023/0605/c403994-40006690.html

的姿态。应当看到，是政治、经济与文化发展形成的合力，为生活在1990年代上海的少年男女提供了选择，使之成为可能。他们是被结构性地制造出来的幻想者、消费者与认同者。[1]在这个意义上，“文艺”绝不仅是青春白日梦的模板，更扮演了全球化降临中国的预告片与活教材。在全球化贸易以可见、可感的方式改变家家户户的饮食起居之前，小说、音乐、电影率先闯入年轻一代的文化视野，唤起对新的物质与精神世界即将成真的盼望，“以为在虚构当中属于别人的生活也可以出现在我自己的生活中”[2]。这种“生活在同一个世界”的渴望渗入“全球化一代”的性格形成期，似乎也有力地解释了周嘉宁的“全球化幻觉”是从哪里来的。只是后来随着全球化经验的全面铺开，地区差异被拉平，这一起源被深深隐藏起来。

早在2015年写作《密林中》时，周嘉宁就坚定地宣称“文艺青年的问题是我们这代人面对的一个问题”，建立起“自我—文艺青年—‘80后’代际”的穿透性关联网格。多年后，周嘉宁以“文艺青年”作为方法，其实也就是以“自我”作为方法，回过头去，挖掘和清理“80后”成长的社会结构，并终于触达这些重释一代人成长史的起源时刻。那些深植于青春记忆里、碎片化、文艺性的“物”（比如一支乐队、一档节目、一场演出、一本小说等）被历史化，被回置到一整个“有我”的生活世界。为了小说

---

[1] 在周嘉宁的早期作品里，可以看到全球化经济如何以国际连锁的消费场所和城市景观，自然渗透进年轻一代的日常里。比如，周嘉宁曾热烈表白对麦当劳的家园归属感：“有时候车子把我从远在东北角的学校一路带到最繁华的市中心，看到麦当劳的黄色标志，满心满脸的开心，好像是一种回归感，不可救药的。”见《激情乐队》，载《流浪歌手的情人》，第251页。

[2] 周嘉宁：“名家新作系列讲座 · 城市变革与个人史的书写”。

创作，周嘉宁做了大量前期调查、采访、口述史搜集等工作，包括走访当年的服装摊主、顾客、电台节目主持人等。这些“自我的格物”，进一步加深了她看待城市与人，如何在相互作用下一步步变化至今的眼光。快速消逝的千禧年城市经验，数字化的网络环境变化，加之薄弱的档案意识，令许多共同记忆变得难以保存。这些都让周嘉宁产生了“不能够再等待”的紧迫感，“毕竟，随着等待的时间越长，过去消失的资料就变得越来越多”。身为曾经的文艺青年，这种新的写作／行动／工作方式，近似社会学民族志的做法，其问题范围与责任伦理，早已溢出小说创作。而巴赫金早已告诉我们：“人的成长和历史的形成不可分割地联系在一起。”[1] 追问“自我”如何形成的动力学，只要足够专心持久，终将深深汇入并激荡追问历史如何形成的动力学中。

诚然，要在语义学、思想史、社会文化史的意义上对“文艺青年”展开知识考古是一项非常复杂的功课。在现代中国，我们至少可以上溯至“五四”新文化运动制造出的“文学青年”，就近，则需要在 1990 年代市场化的资本活力与阶层重组中，考察“小资”向“中产阶级”变化过程出现的生活方式、价值理念与文化情调。世纪之交语境里诞生的“文艺青年”，阶级属性含混。对这个群体的划分依据，大多基于他们的阅读品位与精神取向，他们敏感、忧郁、不切实际的气质，尤其是他们与现实的紧张关系。在新世纪以来的媒体与大众话语里，“文艺青年”从无到有，从中性走向贬义，与互联网扩张带来的技术平权，自媒体兴

[1] ［俄］巴赫金：《教育小说及其在现实主义历史中的意义》，载《巴赫金全集》（第三卷），钱中文译，河北教育出版社，2009，第 227 页。

起后的网络话语增殖相关。尚有许多问题有待进一步清理，但无论如何，人们一向对“文艺青年”的社会意涵讨论有限，仿佛他们天然是与现实脱钩的。对此，已有论者提出，需要在个体日常与“文学”的关系重建中，去重新定义一种能动的“文学／文艺青年”：文学或文艺是一种被赋予了类似“世界观”或“信仰”功能的知识体系，个体以此为中介，实现“自我”与周遭世界的互动。[1] 这是将“文艺青年”再次问题化的有力辩护。

周嘉宁则走得更远，她重新将文艺青年塑造成一种具有社会介入、社会参与能动性的角色。姜涛曾梳理过作为 20 世纪中国特定人格谱系的“文学青年”形象，并指出“虽然一个人在年轻时，会天然地亲近于文学，但作为一个群体，‘文学青年’的生成却并非如此自明、纯属‘天然’”，一系列外部与内部的社会条件都会作用其间。[2] 那么到了“80 后”这里，如同周嘉宁的小说所揭示的，“文艺青年”群体的形成及其文化政治潜能的激活，要从改革开放中国特色的市场经济加速建成、西方文化工业爆炸式引入、全球化时代的消费与文化认同、互联网的诞生与初代网民的文学参与、“自我”的情感结构与普遍的个人化书写中寻找答案。

这种带有社会学民族志性质的小说创作思路，是周嘉宁从爱荷华归来后开始的，也是她拨开代际历史的迷雾，“再造世界”的另一种途径。在个人史与时代史的交织中，周嘉宁将自我经历的“世界感”，与“世纪之交”或“漫长的 90 年代”所形塑的“80

[1] 参阅方岩：《文学青年编年史》，上海文艺出版社，2023，第 90 页。

[2] 参阅姜涛：《公寓里的塔：1920 年代中国的文学与青年》，第 12 页。

后”对自我、国家与世界的“世界观”——思维认知、情感构造，联系起来。这种视野的形成，不仅帮她突破了从前“密林中”式的精神与写作困境，也让她持续从宽容、混乱、热烈的千禧年青春经验里汲取了肯定性能量，去面对世界普遍下行，从全球化幻灭走向逆全球化所伴生的重重危机，如她所言：“因为我的青年时期热烈和自由。即便中间和所有人一样经历挫折和失望，当时的能量也都没有丧失，反而缓慢增长，并支持我如今的人生。”[1]

是时候重新评价周嘉宁小说的价值了。尤其是在“80 后”文学代际典型的意义上，她的作品何以被赋予“重大写作的诞生”或“一代人的交卷之作”的文学史价值。回顾她的作品评价史，从一开始，周嘉宁就被视作“80 后”青春文学的典型标本。赞美和批评者不约而同地指出“自我”之于周嘉宁的重要性：“自我”既成为“直指内心的魅力”的真诚标志，又无可回避地暴露她的局限。[2] 很长时间里，批评者不满于周嘉宁将封闭的“自我”区隔于他人与社会，无法用“自我”之轻承托历史之重。这种论调并不让人陌生，它仍在“80 后”青春文学受人指摘的延长线上，如耽溺“自我”“个人与历史脱钩”等缺陷，已成批评的定见。“80 后”写作者“因为无法找到历史与个体生活之间的有效的关

---

[1] 刘欣玥、周嘉宁：《被照亮的世纪冒险与个体风景——周嘉宁访谈录》，《写作》2022 年第 1 期。

[2] 在过往对周嘉宁的评论与研究中，“自我”是被谈论最多的范畴，如行超的《“自我”即是“世界”——周嘉宁小说论》一文（《西湖》2014 年第 11 期）；李振在《眺望在成人世界的门槛——周嘉宁论》（《当代作家评论》2017 年第 5 期）指出：“有一个‘我’总是游荡在周嘉宁的小说里。”李伟长在《无处安放的身体和灵魂：周嘉宁〈荒芜城〉阅读笔记》（《上海文化》2014 年第 1 期）指出：“如果真有‘80 后文学’这个说法，它就应该是周嘉宁小说这个样子……周嘉宁真正的写作对象只有一个，就是她自己，以及投射形成的影子。”

联点，所以不能在个人生活中建构起有效的历史维度，另外一方面‘暂时性’的参与历史的热情又不能持久和加固，这一切导致了一种普遍的历史虚无主义”[1]。对“脱历史的自我”的不满，长期弥漫在对“80后”文学居高临下的批评中，或者说弥漫在对他们“告别青春”或“转型”的殷切期盼中。

这样的不满背后，没有脱出现实主义传统一贯所持的总体性期待。它的核心关切是，一代人能否以自身的生命经验为原料，以文学为介质，有效地接通他者与共同体，又如何提炼和表述属于自己的时代症结，完成一代人的历史叙事。总体性的任务，对于任何青年写作者都不会轻松。周嘉宁并没有否定这种批评，甚至将一部分不满内化为自我警惕。不过，她也做出过辩解，自己并非对外部世界漠不关心，只是不擅长沿用既有的写作规范去书写时代。不妨说得直白些，“不擅长”其实就是一种观念与美学上的不信任：总体性的任务是否只能以被宏大历史深度塑造的“50后”“60后”发明的写作方式来执行？新一代的文学创作者应该怎样以写作本身解决“自我与世界”的问题，同时又能以新的美学建制去捍卫一种负责任的主体性？

在“80后”一代的美学发明里，周嘉宁的特殊在于她对“自我”的捍卫与拓展。她没有复制前辈的做法，也没有慌乱地去与宏大历史衔接，最终是从“自我”之中涌出了充沛的历史势能，走通了他人无法代笔的“我与我们的时代”的叙说之路。同样，周嘉宁也没有轻率地“告别青春”，相反，她始终与自己的青春经验之间保持着一种既真诚又反省、既信任又警惕的内在

[1] 杨庆祥：《“八〇后”，怎么办？》，《东吴学术》2014年第1期。

紧张感。在她二十年的写作里，“自我”是美学的，诗学 / 哲学的，是认识论的，也是可持续与生产性的。以立足“文艺青年”的成长经验为例，正因为在寻找“自我”位置的自发过程里，“文艺”充当了一种参与社会、安排自我的途径，在个体与世界的沟通中塑造了她的世界观，她才固执地想要为这种主体经验，寻找独立、清晰、饱满、能与当代经验对话的文学表达。“自我的拓展”注定是一个极其艰难的过程，但周嘉宁做到了，并用她的写作证明，专心致志的自我书写不仅不会与历史脱节，相反，坚持追问自我之所是，生活之所是、最终得到的回答里，也必将包含代际之所是，历史、世界之所是。

如果说，青年写作承载着代际主体认知自我并将自我历史合法化的欲求，那么个中不容含混的关隘恰恰在于，代际主体的置换必须通过历史叙述范式的更新来获得正名与正义。因此，“80后”作为中国改革开放与全球化时代的孩子，必须创造出与之相应的独特叙事。“告别革命”与“历史的终结”以后，“80后”成长在1990年代普遍非政治化语境里，被全球化想象所接管。这些“90年代之子”要如何以文学叙述恢复社会的有机性？所有的道路都不是现成的，“没有人在全球化的幻觉下为西方世界之外的我们给出清晰的答案”[1]，一切都只能凭自己去创造。

在“80后”文学史化的视野里，黄平指出，世纪之交的“青春文学”和2017年以来的“东北书写”是“80后”一代先后继起的两种写作范式，二者的转换深刻折射出时代的变化。[2] 在全球

[1] 周嘉宁：《我所理解的世界》。

[2] 参阅黄平：《父之名：论郑执小说》，《扬子江文学评论》2022年第2期。

化狂飙突进的时代，郭敬明所代表的“小时代式”的上海想象风光无限；在中国经济进入“新常态”后，双雪涛等人的“新东北写作”擦亮了父辈的尊严，也擦亮了普通人的尊严。[1] 石岸书延续了这一思路，指出“80后”在处理自身的“漫长的90年代”与父辈的“短二十世纪”的关系时，存在两种典型方式：一种以郭敬明为典型，以极端的消费自我实施的“断裂”方式；第二种则是以早期韩寒与“新东北写作”为典型所采取的“打通、接续”方式。[2] 两位学者都以郭敬明、“新东北写作”作为“80后”写作的两种典型范式。而笔者想要提出，在“80后”写作范式的典型意义上，周嘉宁的写作既不同于郭敬明，也不同于“新东北写作”，属于第三条道路。

周嘉宁与韩寒、郭敬明同为从世纪之交“新概念”青春文学起步的写作者，有别于郭敬明迅速沉沦于“小时代”的金钱拜物教寓言，在上海长大的周嘉宁，将“自我”的书写贯彻到底，最终讲述了从全球化崛起到幻灭的完整代际经验，并创造出“全球化一代”的阐释模式。延伸开去说，周嘉宁既不同于韩寒以“乡下人”“郊区韩”自居对上海的拒斥批判，也不同于外来者郭敬明创造的向资本权贵俯首称臣的“上海梦”。周嘉宁从爱荷华归来后的写作，既是从作为“全球城市”的上海心脏出发，讲述的全球化的幻灭与可能，也是从《萌芽》与“新概念”标定的“80后”文学发源地上海出发，讲述“80后”与青春书写的嬗变与潜

---

[1] 参阅黄平、刘天宇：《东北·文艺·复兴——“东北文艺复兴”话语考辨》，《当代作家评论》2022年第5期。

[2] 参阅石岸书：《作为起源的“漫长的90年代”：“80后”的代际视角》，《文艺理论与批评》2023年第3期。

力。在这里，周嘉宁作为“80后”写作典型的另一个侧面，也许还包含着对“上海”的重新测绘：“80后”文学的上海，是中国的上海更是世界的上海。

其次，以双雪涛、班宇、郑执为代表的“东北作为隐喻”的代际书写范式，当然非常重要，但“新东北写作”的基本框架，是在“父与子”的关系里，唤醒1990年代的中国经验，进而通往社会主义时代的遗产问题。“子一辈”的故事，结构性地无法脱离“父一辈”的故事而成立。与之不同，周嘉宁展示了另一种同样重要的路径，她是以朋友、友情所表征的“我辈”的复数经验，去理解与构造“漫长的90年代”的。在周嘉宁的小说里，父辈的身影始终被淡化，与之形成鲜明对比的是友谊的强势在场。非制度性的友谊网络，折射出“我们共同成长”的时代际遇，“这种好运是，我不是一个人成长起来的，我是跟一群人一起成长起来的”。在这个维度上，周嘉宁的典型性在于，她代表了“80后”写作自起步以来二十多年间，连绵的、从未断流的逻辑：始终以“自我”的本来面目示人，写这一代人内部生长出来的“个人体系中至关重要的部分”。不是谁的后代（“子一辈”）并不代表他们所承担的历史重量更轻。这在无意中呼应了学界所呼吁的，改革开放的文学语法需要发育出与“每个置身其中的中国人甚至世界人的观念、情感、心理、精神结构等的错动、重组和再造”相匹配的反思力与审美力。[1] 立足于“我辈”与友情政治的书写，最后也成功登陆了一代人历史的核心地带。

---

[1] 参阅何平：《如何看改革开放长史？怎样发明新的文学语法？》，《文艺争鸣》2024年第5期。

尾声：回到一九九九年

> 这是一九九九年的夏天，最后一页历史考纲从装订线里脱落出来，我钻出晒不到阳光的屋子，穿上红裙子，发现手臂苍白，装着一脑袋的世界历史但仍然一无所有。[1]

这是 17 岁的周嘉宁参加第二届全国新概念作文大赛的初赛作品《明媚角落》的开头。1999 年的夏天，是周嘉宁从高二升入高三的暑假。半年后，美国代表团落地北京，专程就中国加入 WTO 展开谈判。两年后的夏天，周嘉宁的第一本书即将面世，她第一次坐火车去北京，被狂欢庆祝申奥成功的首都人潮吞没。同一年底，在漫长的等待与谈判后，中国终于正式成为 WTO 成员国。备战高考的学生背了“一脑袋的世界历史”，却仍旧感到“一无所有”——这句宣言在 1986 年工人体育馆的被崔健首次唱响，一切被安排好的道路全都取消了，现在，是新的时间的开始。如果“世界历史”不再是一个高中生头脑中被灌注、被测验的知识，那将在他们面前展开的世界和历史，会是什么样的？

那时候的周嘉宁，当然还不知道未来等待她的是什么，站在十八岁的门前，步入文学与步入成人世界的钥匙同时被转动。回望 1999 年，“80 后”的文学创作资格起始于一个今天看来再无任何复制可能的历史风口。周嘉宁和她的同龄人，成名甚早，风光一时，“轻捷地就跨越了前几代作家漫长磨砺的学徒期”[2]。这

[1] 周嘉宁：《明媚角落》，载《“中华杯”第二届全国新概念作文大赛获奖作品选 A 卷》，作家出版社，2000，第 310 页。

[2] 何平：《文学：上海青春的秘密和成长》，《上海文学》2015 年第 1 期。

是早熟的好运。随后的二十年，他们将带着千禧年授予的青春烙疤，“80 后”也好，“青春文学”也好，去面对自我与社会共同发起的“文学的考核期”，这其中的缠斗、自新是另一种漫长。对他们中间选择继续在写作长路跋涉的人来说，年少成名的殊荣，早已变成无法摆脱、必须与之长期共存的历史债务，不知道这算不算是好运的代价。周嘉宁这一届的获奖作品集里有一篇《萌芽》杂志主编赵长天所作的序言：“我们希望有一大批文学新人从这片土地上诞生。”但没有人能真的在开端猜中结局。“新概念”大赛的造星运动落幕，煌煌数卷历届获奖的“文学新人”长名单如今只剩下很少的人。历史残酷但公正，希望的兑现总是需要时间。生于 1980 年代的作家，在建设独立、自足、负责任的写作传统，并将阐释权握在自己手中。

在周嘉宁这里，一代人立足“自我”的历史书写，不是要建造一座怀旧博物馆或纪念碑，她建造的，是一种在世界中庇护未来的写作——用这一代人青春阶段获得的积极底色。在此时此刻的世界地平线上，如此难得，又如此恒久。“80 后”文学始于忧伤、疼痛、苍白的“青春”，但其成熟，却不是人们一向以为的那样，要以“告别青春”来裁定。要被告别的不是青春，而是对青春庸俗、陈词滥调的旧理解。是周嘉宁的小说让人恍然大悟，始于“青春”的“80 后”写作，通过把社会、历史与青年品格还给“青春”，终于将一代人的世界感与世界观弥合起来，并从中拯救了自己。

2024 年

辑二

乌有之蛙与新南方语言

一、岭南如何消失于冰？

许多人初识林棹，是因为2019年出版的长篇小说《流溪》。这本处女作的出版历经曲折，我们只知道初稿在十几年前已经完成。那时候林棹还不叫林棹，她的才华早在BBS文学论坛盛行的时代就已显露。但这不是今天要讲的故事。

在《流溪》里，林棹笔底的岭南气质已经展露无遗。湿漉漉的沿海物候，草木葱茏的烂漫感与忧郁感，加上粤方言遣词用韵在汉语写作中的自由转换，都让她的文字具有了扑面而来的“南方以南”的地域辨识性。如果说纤敏的感官摄取与再现能力，有赖于亚热带风物经验的滋养，那么倾注在植物、自然与博物学中的热情，则帮助林棹找到了一种特别的知觉与思维。更确切地说，是找到了属于自己的南方语法。

在长篇新作《潮汐图》里，林棹继续扩建她的岭南版图，沿珠江水域一路向历史深处洄游，造访19世纪华洋杂处、声色沸腾的粤海关与广东十三行。《潮汐图》的主人公是一只生活在晚清的雌性巨蛙。小说讲述了巨蛙以广州为起点漂泊、传奇的一生。这一意外的“非人”设定，其实延续了林棹的知识趣味和“去人类中心”的观看世界的方式。不过她无意前往某种万物有灵神秘学，也不讲述传统的动物寓言，只是近乎纯粹地施展文学虚构的自由与自觉。历史是实存，巨蛙是乌有。林棹以不破坏原有历史地层的方式，创造出一座前所未见的南中国蜃景。

小说伊始，巨蛙开口说话，交代自己被虚构的身世。“我的万能创世主——我的母亲，一九八一年生在省城建设四马路某工人新村。”[1]这给《潮汐图》罩上了元小说的透明外壳，壳中世界，是诗是史，是巨蛙的幻梦，也是当代人对前世家园的打捞与想象——《潮汐图》的当代性，我们在后文还会提到。但这些自我调侃的、解构的时刻，并不影响《潮汐图》整体上呈现为一个严肃、脆弱、情深且哀的动人文本。叙事在可靠与不可靠之间恣肆摆荡，本事与虚构形成狡黠的张力，伴随读者静听巨蛙的自述。但也正如题记里那句古老的粤谚“听古勿驳古”提示的，说书人事先声明“故事纯属虚构”，人物情节概不接受质疑，听众自然也不必较真，孰真孰假尽可自行裁决。某处书写对应了历史上哪件真人真事？如此逼真，当真在现实历史中从未发生过吗？……这样的疑问，大概会一直萦绕在读者心头。《潮汐图》里最不缺的就是历史肖像碎片，如冲上沙滩的贝壳，有心人如果要追问答案，也一定会找到林棹在故事背后藏好的知识富矿。当然何种读法都全凭各人自由，这是《潮汐图》虚实交映的魅力。

巨蛙一生风波不断。它曾被靠海求生的疍家巫族视为祈雨灵

---

[1] 林棹：《潮汐图》，上海文艺出版社，2021，第 3 页。

蟾，后被诱捕，落入西洋冒险家手中，摇身一变成为未解的东方之谜，被画入标本图册，编入帝国物种收藏，并最终飘零欧洲。巨蛙不断与各种身份、命名、传说相纠缠。曾被富商炫耀性圈养，被驯化成宠物，也曾做过万国博览会的展览品，作为战利品或遗产债务在不同的野心家之间倒手。从天真懵懂到历遍世事兴衰，巨蛙一生见多识广，却也是囚徒、俘虏、独行的一生。“我和寰球之蛙将组成风景，供智人远眺、自恋；我们将变成颜彩落在纸心，像冰块冻住的完美尸体；我们的骨肉终将腐烂，我们不知所谓的艺名长存。”

巨蛙被世人围看，亦同时在看世人。毋宁说，它被创造出来，长寿、孤独地活到了最后，就是为了让那些被历史淹没的同类更好地被看，更平等地被看。透过巨蛙的眼睛，水上女儿的悲喜命运被照亮，客死他乡的亡魂重见天日，灭绝的物种复返人间，带着伤口、屈辱和对霸权从未停止的讥讽。“我要看见、记住，我要活得长久，我要双目圆睁，哪怕变做囚徒（我已经是了）、标本、摄青鬼，我也要从牢笼、博物馆、旷野永恒地看。”这头东方异兽的身上，浓缩了帝国时代被笼罩在战争、盗猎、杀戮阴云下所有花木珍禽奇兽、女性、有色人种、贫弱者的命运。只不过相比于后者，巨蛙是幸存者，也是得到虚构者庇护与赋权的记忆者——“我将终生铭记它们的真名，以一种无法言说的方式。”

所以，在缜密的殖民史、寰球贸易与地方志案头工作之外，自然人文与博物学色彩的加入，让人格外能读懂林棹的写作伦理，或者说，一种世界观。我们也因此看见，《潮汐图》的名目、术语、磅礴知识，乍看令人眼花缭乱，实则有林棹自己的美学意志与认识论秩序。“帆船时代”即将落下帷幕，工业时代蠢蠢欲动。组成这幅 19 世纪浩浩汤汤寰球“潮汐图”的，不只有乘风破浪的冒险家，更有被迫永远离开家园的各种肤色的人、受难的动物与植物。推动洋流奔涌的，有美的文明、丝绸、茶叶、异域珍宝，更有不美的野蛮、施暴、白银、烟土与血的熔浆。

小说中最感人的段落之一，是十三行画肆的画师冯喜与巨蛙超越物种的友谊。冯喜曾对巨蛙讲述北方的“冰”的故事：“水手将冰锁入船舱，将这种北方法术带走。不过，冰是潜逃大师。水手打开舱门，冰不知所踪。那时刻，船已经远在火红色热地南方了。”亚热带生出的人，只能将没有见过的冰想象为法术与奇迹。这让人联想到《百年孤独》里“见识冰块的那个遥远的下午”。仿佛浪漫得令人心碎的回响，小说尾声，封存巨蛙遗体的巨型冰块消失在一个寄往帝国自然博物馆的包裹中，只留下一封信笺。至此，一只雌蛙封存了一个物种自足而亘古孤独的完整历史。

岭南如何消失于冰？诸如此类的惊奇想象都是林棹式的。与巨蛙一同在冰中化为乌有的，还有不复存在的绮丽故土，完好自然。在巨蛙的流离一生中，曾得到过各色各样的称谓：蛙仔、蛙怪、灵蟾大仙、Polypedates Giganteus、老蛤蟆、从大唐帝国远道而来的巨蛙太极、湾镇巨蛙……每一种想要行使命名权的语言，都试图对巨蛙进行殖民，带着各自的好奇、多情、幻想与误解，展开文化权力或文明暴力的撕扯掠夺。但最终，依然没有任何一种命名可以完全覆盖它。但是，巨蛙本身既是乌有之物，也就无法被任何人真正地囚禁与占有。在这个意义上，它从诞生之初就内在地是自由的，反殖民与反讽的。巨蛙的逃逸，也反身性地构成理解《潮汐图》一则寓言。“两种光景以双重曝光的形式相印”[1]，林

[1] 林棹：《潮汐图》，第 281 页。

棹要写出一种新的岭南风景与生命情状，珠江的前世今生、语言的此在彼在，自由交缠在一起，通向难以轻易归类却也不必太快定论的文学奇境。所以到最后，读者会吃痛地真心一笑。大家都心知肚明，巨蛙已完成了它在人间地狱的游历，从酷烈真相中逃逸而出，只留下一个空洞。洞中是对历史的反问、戏弄与调笑。

二、晚清广州与粤方言生态缸

在晚清广东的真实史地貌上，《潮汐图》画出一条 19 世纪的航海路线：巨蛙的人间游历，始于珠江疍家渔船船底，辗转于广州十三行与澳门，由珠江入海口流向大西洋，一路向欧陆殖民帝国中心去。在以“海皮—蚝镜—游增”的标题对应广州—澳门—欧洲的三章里，林棹渐次尝试了糅杂晚清民歌、俗谚、口语的粤地方言，雅正的现代国语，再到英语文学翻译腔的狂欢，展现出随物赋形的强大语言才能。加之地方志、商贸史、殖民史、博物学、船舶史与近代辞书，共同构成巨大的词汇吞吐量，令《潮汐图》在整体上呈现为一个趋于辽阔、复杂、语言无限增殖的书写过程。

小说开篇，即已宣告一个众语喧哗的时代被照亮：“我是虚构之物。我不讲人物，因为我根本不是人。我有过许多名字，它们一一离我而去，足以凑成我的另一条尾巴。我会说水上话、省城话和比皮钦英文好得多的英文。一点澳门土语。对福建话、葡萄牙话、荷兰话有一定认识。认得十几个字。”[1]巨蛙拥有类人的心智和语言习得能力，它以生吞的方式认识大千世界，从懵懂无

[1] 林棹：《潮汐图》，第 3 页。

知到见多识广的远游一生，也是南腔北调在巨蛙腹中交横绸缪的一生。《潮汐图》的故事发生在 19 世纪初鸦片战争前夕，此时南中国正处于历史飓风来临前的不安盛景之中。作为独口通商的口岸城市，广州吞吐着洋舶、白银、丝茶与寰球知识，也吞吐着来自世界各地的语言与文化。“总有人从远方来。又或者，人声滴落纸上，被纸长存，从远方来——不是搭船，就是搭纸。偶尔搭风。你见过远方来客吗？他们有无令你木笃的心翻生机？”[1]小说借十三行画肆的画师冯喜之口，道出老中国陆地尽头与海洋文明、与西方现代文明相逢时刻的耳目躁动。

林棹所要写的是一个什么样的广州？我们可以对小说锚定的历史时刻本身稍加打量。当时民族共同语将立未立，以粤语为主的广州，是日益强势的通用语尚未能完全触及的地方。这也为粤语文学书写的繁荣提供了生机。同时，倘若人们转动一下地理参照系——如果说在大清帝国版图上，广州是相较于北方政治 - 文化中心的边缘，是南蛮鴃舌与山高皇帝远；那么在气象廓大的寰宇航贸图卷里，却是中国最得风气之先，与世界相遇的前沿。用小说中的话说，“寰球词与物，尽在此间搁浅”。外来文化的剧烈冲击下，这是一个新词激增的年代，更是一个拒绝陈腔滥调的年代。弄潮者的人声曾滴落纸上而被纸长存，林棹又借由纸上无声的外销画图考、纪实文献的本事考、文字考，重新召唤一个前所未见的文学广州，它是磅礴的、有声的。

于是读者进入《潮汐图》，如跌入珠江水的漩涡与流摆——一切不可思议的想象力造物如潮水般涌入。尤其是粤方言密度最

[1] 林棹：《潮汐图》，第 67 页。

大的第一章，陌生的粤方言字、方言词与神秘的巫语唱段带来的视读（以及随之引发的听觉）眩晕，对于当代的小说读者（无论是否来自粤方言区）而言都是不小的冒犯与挑战。但是，就如同乘船出海，适应了最初的颠簸与晕眩后，是徜徉未知水域的大畅快。或许再没有比“拆肺，换鳃”更贴合这种阅读体验的了——“你拆肺，换鳃，绿的声音灌满你，你什么都看见了”[1]。读者需要随水上仔女一道，把自己交付给讲古者，便可潜入岭南的莽莽天地，见葱郁花木斑斓百兽，见燃烧珠江与横跨时空的众生百态。在这个意义上，语言是形式也是内容，是摒弃旧秩序，作者与读者间达成新的立法与默契。林棹的写作，要求读者从过去习得的汉语小说语感中走出来，用一种全新的语法与美学，认识这个南方以南的瑰玮世界。

不妨就在小说的第一章《海皮》作停留。巨蛙生于贫贱疍民向海讨生活的中流沙，曾在巫祀中被奉为祈风求雨的“灵蟾大仙”；后被来华的苏格兰博物学家 H 捕获，进入华洋杂处的十三行，成为生物盗猎者与帝国博物学名册里的东方异兽、未解之谜。所以，中流沙与十三行，构成巨蛙成长时期的两翼，林棹也在两个世界中采取了不同的方言策略。在写中流沙时，林棹更突出地使用俗白口语写契家姐、水上人家的对话，用通俗韵文写醒婆、众巫女的唱词，在对话中又织入粤讴、民谣、咸水歌，还原一个鲜气淋漓、地道又有韧劲的江边民生天地。但叙事性与描述性的语言仍用国语，不时嵌入粤方言字和文言表达，并从屈大均《广东新语》、招子庸《粤讴》等处借来鳞光片羽。又譬如她写

[1] 林棹：《潮汐图》，第 53 页。

“中流沙出名的有用人”行乞者烂瘫荣：

> 烂瘫荣从来不阻灵蟾大仙的旗。烂瘫荣流露笑意唱：‘唔好咁易死，死要死得心甜。烂瘫荣发一身麻风，是烂去一半水蜜桃。当其时，中流沙尚未有人认得水蜜桃，但向东四里西关、向东南七里河南岛青砖围起风廊水庭之中，完美无瑕黄泥墙水蜜桃在珐琅彩大盘内码起，经团扇一掉，馨香四溢。团扇是状元坊手工，钉金绣红棉鹦哥。掉扇手腕上松松地挂只玉鈪。若然烂瘫荣命不该绝，就会在某日午后碰上乱转的福音船。那时刻的烂瘫荣已是水蜜桃酱，惟有半截脚是好的，插向酱里似支汤匀。[1]

水蜜桃在此处是妙想与奇诡比喻。烂熟的桃香气，把烂瘫荣因罹患麻风而溃烂的身体，渲染得惹人嫌恶之余又有怜爱。“漂泊不定水流柴”污糟邋遢的生活，和上层居民锦衣玉食器物之美、赏玩之逸趣形成对照，是真假水蜜桃一番联想中的心酸。烂瘫荣口中所唱的《唔好死》，还有寡母巷口的安南婆唱得凄凉的《吊秋喜》，都来自清朝诗人招子庸所编著的《粤讴》。梁启超有言：“吾粤言语，与中原殊途。珠江儿女所常讽之粤讴一编，知文者常叹为神品。”[2]这种民间口头文艺，在广东地区素有“解心”之意。粤语唱词里的“心甜”别具风味，将好死不如赖活着的贱民心态，唱出了一番诙谐惹笑与天真苦甜。

---

[1] 林棹：《潮汐图》，第 12—13 页。

[2] 见梁启超 1902 年 3 月 24 日在《新民丛报》所作《小慧解颐录》，转引自夏晓虹：《觉世与传世——梁启超的文学道路》，中华书局，2006，第 32 页。

而在十三行部分，林棹则起用了更多眼花缭乱的时兴事物与外来词，比如特意沿用了一些粤音旧译，如“诺厄方舟”（挪亚方舟）、“神爷火华”（神耶和华）、“卡老司”（卡洛斯）等。这些陌生译法与国语形成微妙的偏离，读来有还淳返朴的蒙昧，亦带着传教士、冒险家与西洋商贸公司渗透中华的野心。林棹在后记中谈及使《潮汐图》的写作能够成立的重要启发，来自出版于1824年的粤英词典《通商字汇》。这本充满日常会话与实用高频词的词典，被林棹形容其为“一口方言生态缸”，“其中最生猛强劲的词破壳而出，啸叫着，胁迫我开辟一段时空供他们称霸”[1]。

明清以来，粤语的书面化写作已形成一定章法，让林棹的拣字造词有法可依，有迹可循。读者因此读到作者有心留存的繁体字如“南無佬”“靖遠街”“六豊行”，读到“眼甘甘”“烂蓉蓉”“静英英”“静寡寡”“胀卜卜”“青碧碧”“瘦蜢蜢”等生动形容词，“踎”“𥈡”“企”“揾”“睇”“黐”等带有古意的动词。读到“倀仔宝”“竹升”“快脆”“打跤”“打嘶噝”等充满粤音谐趣的语汇，也读到对天文地理、山野百物的粤语俗称，如“马骝”“檐蛇”“过山兖”“南极老人星”等及其背后的迷信或狡狯。这种文白相间、新词与旧译、方言与国语调谐的分寸拿捏，既是为了在“写实”层面上更贴合于其所重现的时代，但更有意义的工作，显然是林棹根据自身语感所做的调整和再创造。粤方言在这里发挥与国语、西洋语相互激活的作用。更准确地说，在多语种、汉语内部的多种变体的互相活化中，林棹探求一种属于自己的语言范式，并在此过程中拓展了汉语书写的所能与可能。

[1] 林棹：《潮汐图》，第280页。

三、养殖一种新的语言地层

2021 年，杨庆祥在《新南方写作：主体、版图与汉语书写的主权》一文中提出“新南方写作”的概念，并从地理性、海洋性、临界性、经典性四个维度阐说“新南方写作”的理想特质。面对新南方写作基建其上的混生文化，杨庆祥将方言视作最具体形象的临界点。“对多样的南方方言语系的使用构成了新南方写作的一大特质，如何处理好这些方言与以北方方言为基础的标准通用汉语语系之间的关系，构成了一个挑战。”[1] 文章随即谈到，相较于近现代以来吴语地区的文学传统，同为强势方言的粤语地区文学经典依然处在一种缺席的状态。

比起将“新南方写作”理解为对既有文学事实的归纳，或具有清晰内涵与外延的写作现象命名，我更愿意将其视作某种“询唤结构”。“新南方”的文学主体性是地理自觉的、文化自觉的、语言自觉的，却仍在生长中保持敞开，尚未定型。如果以方言为切口，“新南方写作”所呼唤的“新的南方方言”的创制所在，显然不在于从方言书写的旧谱系中寻找一席之地，更不在于将过去强调地方性、风景性的老调重弹一遍——这些恰恰是要被爆破的原点。更重要的问题显然在于，重申粤语或泛南方语系上的方言在当代文学中的潜能，其实是在重申汉语写作本身的潜能。只有在这个意义上，“新南方”有别于传统意义上的地方文学、方言文学，并超越“北方－南方”的二元逻辑之“新”才是成立的。

---

[1] 杨庆祥：《新南方写作：主体、版图与汉语书写的主权》，《南方文坛》2021 年第 3 期。

在这个意义上，《潮汐图》确实给人们带来了莫大的惊喜。在《潮汐图》里，林棹不仅创造出一个变幻无穷的奇观世界，更创造出汉语写作的奇观。这位生长于深圳的写作者，有受馈于粤地滋养的天然语感，但其多变、饱满与耳目一新的章法，更充分证明了一种绝不类同于现有的汉语写作的新气象的诞生。我无意指出林棹的写作几乎完美地契合于某种“新南方‘理想型’”的美学期待，也不急于对其可以纳入（或无法纳入）何种范畴展开讨论。但是《潮汐图》对粤语方言的运用方式，的确展示出南方语系对于汉语写作的充分在场与生机注入。毫无疑问，离开新南方的声韵，新南方的神韵也将无从真正谈起。林棹不仅丰富了当代文学读者对于粤语、岭南、广州、南中国、沿海文明等一系列抽象语汇的想象，更以令人意想不到的汉语排列组合方式，撞开了当代文学语言魅力四溅的复杂性与可能性。

粤语群是中国最大的言语共同体之一，得益于珠江三角洲的经济地位与实力，也得益于粤语地区的出版传统与大众文化的广泛辐射，书面化的粤语早已形成了一套较为稳定的书写规范。在语言学意义上，粤语是毫无疑问的强势方言，但在文学书写的意义，尤其对现当代小说而言，却是弱势方言。或许是因为这样，才会有像梁文道这样的读者，将《潮汐图》称作“一部让人期待已久的南方叙事，一座早该由广东人吐露成形的海市蜃楼”。要咀嚼“早该……”背后的失落、冀望与喜出望外，也许不免要回头去讲新文化运动兴起，国音与现代白话文书写强势占位，大陆的粤语写作自 1920 年代末一路式微、退场的历史。学者李婉薇曾以“寻找粤语小说”“语言的格斗”为题对此做过细致梳理与论说。[1] 有趣的是，如上文所言，《潮汐图》所呈现的历史时代，恰恰与粤语书写史上最为兴盛的段落发生重叠。方言字的创造、说唱文艺的出版和流行，加上外来传教士的推波助澜，“这种特殊的文化优势，使粤人可以成为能说又能写的‘语言共同体’（language community），有力地支撑晚清及以后的粤语书写”[2]。这是写作者有心还是无意的巧合，我们不得而知。但林棹的确打捞起了一段曾经充满灵韵的粤语书写好光阴，也以多音性与杂语性的书写，填补了一段尚未被后世文学好好照拂的空白。

但是，我们也不能忘记另一位叙事者的在场。林棹反复提醒读者，真正的叙事者另有其人——“一九八一年生在省城建设四马路某工人新村”的“母亲”。巨蛙是一个生于1980年代的当代写作者的文学想象，随着小说的行进，读者时时可见这个虚构巨蛙的女性作家的身影。林棹设计了一场事先张扬的虚构元叙事，《潮汐图》的套层叙事结构，恰恰提示着读者不要忽略其内在的当代精神。这个“80后”叙事者，是作者林棹的同龄人，也更多地共享了后者的感官记忆与感觉结构。林棹曾在“随机波动”的播客节目中谈及，在儿时仍能听见老广州居民富有古意、古韵的语言表达，古老而年轻的粤语也仍在日复一日地流转。在创作过程里，这种古意与当下感的对话，陌生感与熟悉感的彼此织造被保留下来，助推了《潮汐图》的大胆意图——它不是要修旧如旧地建一座历史博物馆，陈列怀古旧梦或洒向残迹的乡愁。在某种程度上，林棹是站在泥沙俱下、网罗古今的入海口写作，正如写

[1] 李婉薇：《清末民初的粤语书写》（修订版），三联书店（香港）有限公司，2017。

[2] 同上，第36页。

作《潮汐图》是站在今天同时眺望晚清与21世纪，同时追逐真实和虚构的岭南、大洋与世界。

所以，我们绝对无法用“方言小说”（或“地方小说”）来涵盖《潮汐图》对于混合语体和世界视野的吐纳创造。就小说语言的生命感与颠覆性创造而言，《潮汐图》是真正意义上的当代小说与世界小说。

在今日之我与昨日之蛙交叠的造像时空中，林棹养殖了一种新的语言地层。这也再次提醒我们，小说语言同时承担了创世论与认识论的价值：随着小说家行使虚构的天职，南方以南的浮世疆域破海、破土、破岸而出。携带着局部的传说、记忆与知识碎片的人们，再将一切散佚在亚热带维度上的想象，组建成整全的世界形态，通过小说家的讲述认识这全新的疆境。如果小说虚构，可以召唤一座堪称整全的“新南方”，那么方言必将与物候、植被、水土、风习一样，是其内在的生命原力与有机养分。但这方言，也是完全从21世纪生长出来的新方言或新南方语言。

2021—2022年

附录：
与蛙同行，游向三角洲的更深处——与林棹的通信

刘欣玥：林棹好呀！好久不见，很高兴能和你在纸上聊聊天。《潮汐图》出版已经一年了，我们好像也由小说里出走的巨蛙陪伴着，共同度过流速缓慢、感受复杂的一年。在时隐时现的

未知感与被困感中，虚构的蛙好像更能自由出入于现实内外，变成一个格外真实的隐喻。我也越来越多地听到朋友表达类似于“觉得我就是那只蛙”的感受。这一年你主要在做些什么呢，有没有什么特别的经历可以分享？

林棹：欣玥你好。今年是非常特殊的一年，伴随着痛苦、愤怒、迷惑。在讲给孩子的故事里，类似的时空被幻化成黑森林、噩梦时刻、荆棘丛生的恐怖谷。但现实不是故事。如果写诗是残忍的，那么虚构也是。

我没有任何值得分享的经历，在这样一年的终末。比喻、讽刺、戏仿，寓言、童话、谜语，喜剧、悲剧、荒诞剧……或许都是未能直接行动的徒劳的补偿。故事是弱者的安全气囊，是我们围坐篝火时用以自我安慰、互相安慰的道具，它只讲述、文饰一件事：为什么我还能活着，为什么是我活着？

刘欣玥：但这就是一个格外需要围着火堆讲故事的时节啊，故事创造出险境，也带人类穿过深渊。我想起你写过恒河猴、袋狼和粉头鸭的寒夜篝火，巨蛙加入它们之中烤火，问了一个说不出滋味、有点哀悯的问题：人去了哪里呢？而人常在，这些动物却都已灭绝了。

说到烤火，就很想和你分享，今年冬天我开始在家架炉烧炭，烧的是龙眼炭，木炭迸开时哔哔剥剥的细小声令人愉悦，像是在听木头窃窃私语……你知道的，以前我在广州生活从不会有这种体验。但很奇怪的，我身体里的岭南，带着记忆唤出的龙眼的香甜，这时候强烈地在异乡的冬天醒转过来。熟悉的植物（但我真的熟悉龙眼树吗，还是只熟悉童年印在纸箱上的“岭南佳果”？）带着陌生的语词，新的感官，以前所未见的形态击中我，和第一次读到你的小说时很像。《流溪》与《潮汐图》，让一些读者开始以文学的途径，重新发现“岭南”，包括体认植物、粤方言、风习、物候……这是打开开关和没有打开开关的区别。但是，你从第一本书开始，就已经在自觉地讲述一个瑰巍的、杂花生树的“岭南”，而且有意要为“岭南叙事”加入一个开放、多元、有历史纵深的声部。你有过这种对岭南“打开开关”的时刻吗，中间有过感官、知识或阅读孰先孰后的习得过程吗？

林棹：我倒也不是一个严格的环境决定论者，但一地的环境，“物质因素”，和一地的“知识”——文明的、文化的、属人的——之间，一定存在强力关联。“岭南特征”在持续不断的归纳、提纯中呈现，有人称它为一种发现，有人视它作一种发明，无论如何定义，我们也许都会赞同，它永远正在生成、正在变化，它是构成多样性的一个因子；它将在多样性之中愈加彰显，而非相反。

因此，多样性永远是有益的。比较的视野是有益的。交流带来更强的适应性、生命力。特征相互唤醒、相互照亮。

感官总是先行。事实上，我们总是在可以言说之前已经感到。我们是在为我们感觉到的事物发明语言。在我们从未感同身受却必须复述的时候，我们不再是人，只是机械。你提到“打开开关”。我想它不仅是岭南的开关。无法做到让开关一直开着，但希望尽量长时间地打开，不要轻易关上，不要温和地关上。开，闭，开。

刘欣玥：基于处女作《流溪》初稿遗失、停笔和复得重写的经历，可以认为你在正式“回归”写作之前，有过一个“漫游”和“准备”的阶段吗？

比起纸面阅读的智性积累与趣味的养成，我同样很好奇你在大自然环境里实地的游历——你是野外探险、观鸟、摄影爱好者，《初学者》里也记录了你出海学习驾驶帆船的经历。就像你说的，感官体验会比叙说更早出现，而后是语言的发明。随着身体重新认识世界秩序的一部分“实体”，比如风的伟力，比如与岛屿、海流俱生的族群的求生智慧，对“水手们的词库”的掌握，也才逐渐生效、丰满。这种种自然游历给你带来了什么？

林棹：那段日子算不上“漫游”，漫游的意象太浪漫啦，好像只会出现在故事里，天然带着虚构的光泽。也不是自觉的“准备”，就是“度过”，中性的。当日子被度过后，我们可以选择和决定讲述它的方式，我们可以选择和决定在哪个位置切割它。

相较而言，城市生活是确定的、稳定的——那正是城市存在的目标之一。稳定的室温、光线、日程、路线……我们的感官体验在城市保持稳定，进而变得单调。我们的认知被城市驯化。我们的语言被城市裁剪。我们的知识树在城市的夹缝里生长。但城市毕竟只是诸多范式之一种。

海的范式，岛的范式，原生林和经济林的范式，候鸟的范式……种种细节，是除非亲身体验否则永远想象不到的，而亲身体验又反过来滋养想象、确证知识。也许还很难统计它们给我带来了什么，可好奇心确实已经把我带向了它们。奇妙的是，人从城市和城市气氛中短暂地脱离，溜进种种新的、不同的范式里去，心灵和行为也会相应地变化。

刘欣玥： 借用一个小说中令我印象深刻的生动比喻，“范式”的转换，如同“拆肺、换鳃”——陆生者，学着用林莽中的水生者的方式去呼吸、去活。这种对“他者”，尤其是弱势者的同理心，贯穿你的书写，同理心指向孩童、女性、贫民、有色人种，到动植物，甚至非生物。从《流溪》到《潮汐图》，“我—他”之间从来不是泾渭分明的，而是处在互动拉扯的关系网之中。仿佛“我—我们”也可能随时变成“他—他们”，像一个共栖共生的生态系统。你曾谦虚地称，创作的用意在于探索“片面的代入”是否可能。这种代入、这种同理心的有效换位，从来都不简单。在认知与文学叙述的两个层面上，你觉得最难的地方在哪里？

林棹： 我觉得更难的，或者说，更有意义、更有建设性的，是在同理心和行动之间建立一种“知行合一”的紧密连接。文学叙述，也许是介于“发心”和“行动”之间的一个环节。不切实际的空谈、虚伪的漂亮话、反人性的口号，在文学叙述中并不少见，其后果，小至心头困扰，大至人道灾难。所有涉及人欲、道德和实际行动的部分，都需要谨慎对待。这样说来，“为艺术而艺术”倒似乎相对无害了。

刘欣玥： 你的小说出版后，因为强烈的新鲜感与异质性，似乎不容易被妥帖地放入某个现成的“言说系统”。人们厘清《潮汐图》“不是什么”，比如不是“历史小说”、不是“方言写作”，也提出一些新的命名、类属，试着解释它“是什么”。这些热情中，或许也夹缠着谬误。有一阵子，我觉得《潮汐图》自己也有点像蛙：迷人、成谜、难以归类，获得了许多名字。你有留意到这些回响吗，比如说被归入“新南方写作”“南方海洋书写”？作为一名富有地域色彩的小说家，你怎么看待“地方”与“世界”的关系？

林棹：我很感谢读者愿意与蛙同行。我们的经历各不相同，又抱持不同的心态、目的、期待去阅读，所以阅读的过程、所得定然是独一无二的，和蛙同行的旅程也是独一无二的。会有下定义、归类的读者，也会有陈述情感、描述感受的读者，那是因为每位读者都独一无二。能收获到多元的回音，蛙是多么幸运啊。

什么是“世界”呢？世界是那头大象，我们都是盲人。“地方”也是一头大象。个体生命太有限了。我们甚至摸不明白“世界”和“地方”是两头象呢，还是同一头象的两块皮肤。

刘欣玥：《潮汐图》洞开一片令人眼花缭乱的新天地，在读的过程中，能感觉到你也写得笃定、足够尽兴。对于这些已经完成的创作，还有未尽之处吗，接下来有什么想继续探索或尝试的新方向吗？

林棹：我想《潮汐图》是一个开始，我做到了那个阶段的我所能做到的全部，它是一次没有遗憾的尝试。蛙没有凭空消失，而是游向三角洲的更深处，招呼着我。三角洲的魅力在于，从它，可以向时间的两端、向空间的四面八方出发。生于兹长于兹，这是我的幸运。

2022 年 12 月

“家变”与“世变”

一、引言

1996 年在我的内心中是一个十分重要的年份……我感受最大的变化，是那一年发生了很多怪事，比如学校里很多同学都走了。他们离开了田林新村，再没回来的打算。比如我的几位亲人也搬离了这里，曾经封闭、和美的童年的安全感、完满感被彻底打破。从那时起，我对于世界的认识，才得以清晰、缓慢地展开。[1]

我住过三个工人新村。曹杨新村、田林新村、上南新村，至今依然住在新村里，这是我三十年来的全部人生。我所了解的物质生活、精神生活、社会交往、婚姻及男女平等、语言与娱乐并将之整理成文字贩卖以维生……全部的起源同样都产自于新村生活。……“新村”没落了，它的没落

[1] 张怡微：《旧时迷宫》，《上海文学》2012 年第 8 期。

> 无声无息，却不免令依然身处其间的人，从心底生发出怜惜与追缅。像要与童年永诀，但童年自然而然就能出现在梦中。[1]

> 在曾经的上海，工厂制造的商品无处不在，工厂也缺乏新奇感。……这个工业的时代在上海历史上并不算长，它曾经是我童年记忆的全部，也是观看世界的基本模式，直到它悄悄过去了，才发现我并不算理解它。因为写小说的关系，我才记录了一些往事。回头看看，会发现这并不算是“文学上海”的主流，只是一个声部。[2]

生于1980年代末，在上海工人新村里长大的作家张怡微，没有赶上工人新村与新村住户最风光的年代，却生逢城市大开发、住房商品化与新一轮城市空间版图的重新分配。对外界充满探索欲的成长期，与周遭环境“无声无息的没落”正面相逢，这种奇异的张力，在张怡微处浇铸了一段特殊的“工人后代”对工人家庭生活史的记忆与见证。这些见闻和思考，后来被张怡微写进小说中，成为她观看世界和认识自己的起点。[3] 当“一人住新村，全厂都光荣”的共和国篇章翻过，她眼中的工人新村，更多地染上了小市民的凡俗烟火气与“看不到变动的希望”的父辈的

---

[1] 张怡微：《新村里的空间、时间、世间》，“One · 一个”APP 2017年3月16日。

[2] 张怡微：《家族生活的多重宇宙》，《文艺报》2020年12月18日。

[3] “旧新村中的少女”是张怡微对自己最初的身份认知之一。“通过对于在地时间与空间的认知，我也开始学习到自己的来历、历史，开始学习到自己的生活空间与他人的不同。在世俗空间中寻找自己，及我的国家。”见张怡微：《旧时迷宫》，文汇出版社，2013，第290页。

戚容。

2007年左右，张怡微开始有意识地告别青春校园叙事，转而关注上海家庭的日常伦理。在习作阶段，写了《今日不选》《我真的不想来》等以新村家庭为背景的成长主题小说。工人新村自此成为二十岁的张怡微找到的“更写实的立足之地”[1]。从那时算起，张怡微对上海工人新村及其文学书写问题的觉察、理解和诠释，走过了从自发到自觉持之以恒的十五年。随着现实中工人新村的日益凋敝，张怡微愈加认识到这一写作素材的宝贵，也在纤敏的回忆与琐细的家庭生活记录之中，融入了更多对空间变迁、社会分层与城市想象范式的反思。学界对张怡微的讨论，大多围绕题材论上的“家庭”或“世情小说”传统展开，对家庭镶嵌其中的物理空间即工人新村，虽有所注意，却鲜少有效的讨论路径。本文尝试对张怡微工人新村书写展开梳理与集中讨论，意在指出，张怡微笔下流连的不仅是私人情感、血缘、伦理意义上的“家变”，后者与更复杂开阔的“世变”动态相连。位于个人、家庭与城市之间的工人新村，正是勾连“家变”与“世变”、接通“父辈”与“我辈”的文学中介。

近年来社会学、城市史、文化研究领域均出现了一些对工人新村的反思性研究。比如，起初新村的居住权多是劳模、干部等少数人的福利，对于解决工人住房问题实则杯水车薪；又比如，在房屋质量、配置设施、布局设计上存在许多不便利、不合理之处。在文学研究领域，更引人关注的，是工人新村在城市文

[1] 张怡微：《哑谜道场——几篇小说的创作手记》，载《我自己的陌生人》，华东师范大学出版社，2014，第134页。

学的审美谱系里有多少更新的潜能。“十七年时期”的小说、电影、画册里，作为先进城市象征的工人新村形象为人们所熟知。它们展示计划经济时期的整齐、朴素、朝气昂扬的社会主义美学，也是国家对“工人阶级当家作主”的政治承诺与宣传图景。[1]但新时期以来，尤其是老上海“怀旧热”商业文化兴起后，工人新村地位一落千丈。在“谁能代表上海”的争论中，石库门压倒了工人新村，成为强势的上海建筑地标，后者则日益淡出大众视野。[2]近年来只有《繁花》等极少数的文学作品，发掘出了一些上海工人新村书写的新面向。[3]

开篇三段引文，可以视为张怡微这些年思考的一则侧记。一系列核心问题伴随作家的自我梳理浮出水面：比如，作为成长叙事的“内”与“外”，个人内在的心灵波动、工人后代的情感结构，怎样与工人新村的外部空间体验互相穿透与支撑？在年轻一代的笔下，逐渐退出历史舞台的“工业上海”与消隐中的城市工业空间能否获得被重新讲述的生机？又比如，在花园洋房、石库门、弄堂、国际化大都会主导的“文学上海”想象秩序之外，今天当如何讲述一个工人社区里的上海，接通霓虹灯光圈外的另一种“海派文学传统”？

---

[1] 《上海的早晨》中对曹杨新村的描绘，《千万不要忘记》《今天我休息》等电影中的镜头，都是此类讨论的经典案例。相关研究可参阅罗岗：《十七年文艺中的上海“工人新村”》，《艺术评论》2010 年第 6 期；徐刚：《“工人新村”与城市空间的文学建构》，《文艺理论与批评》2013 年第 1 期。

[2] 参阅《谁更代表上海？石库门 VS 工人新村》，《解放日报》2003 年 8 月 20 日第 6 版；朱大可：《谁主沉浮：工人新村 VS 石库门》，《南风窗》2003 年第 12 期。

[3] 相关研究可参阅贾海涛：《工人新村经验与居住空间透视——从插图看〈繁花〉》，《海南师范大学学报》（社会科学版）2019 年第 3 期。

“发现”工人新村看似是张怡微基于成长际遇的自然选择，实则有着独辟蹊径的立意与苦心。沿着这些问题，作为一种文学空间的“工人新村”，遂在小说虚构与城市史、集体记忆、街道建筑、社区空间、阶层印记、日常生活的交界处，催生了许多值得探索的可能。

二、田林新村作为“原风景”

新中国成立后，为配合“消费型城市”向“生产型城市”转型的工业化任务，解决迅速增长的城市人口与职工住房紧张之间的供需矛盾，借鉴苏联经验的工人新村建设计划被提上日程。1951年，作为试点与示范性项目的曹杨新村成为上海第一个工人新村，此后相继有了“两万户”等工人住宅基地的大面积开发。半个世纪以来，这种布局规整、由三到六层砖混结构住宅构成的行列式小区，已成为上海最具特色的住宅类型和城市景观之一。在1990年代后加速的旧城改造中，不少工人新村被拆除，居住工人新村的身份尊严与优越性也被抹去，代之以物质空间衰颓的“老破小”。在今天，不再热闹的工人新村依然留有社会主义城市建设的乌托邦印记，也是几代人真实的居住环境，其中就包括像张怡微这样的“新村第三代”。[1]

根据自述，张怡微生于一个典型的工人家庭，外婆是纺织厂

[1] 杨辰在其上海工人新村演变史研究中，将新村工人的社会身份划分为“新村第一代”与“新村第二代”。如果依据杨辰的划分标准，张怡微应当属于从祖父母辈起就居住于工人新村的“新村第三代”。参阅杨辰：《从模范社区到纪念地：一个工人新村的变迁史》，同济大学出版社，2019，第四、五章。

工人，母亲在无线电厂工作，父亲则是海员。张怡微五岁时从曹杨新村搬入田林新村后，在此地居住了整整十七年。与新中国成立初期率先得到开发的曹杨新村等地不同，田林地区的工人新村主要崛起于 1980 年代。[1] 田林位于上海市区西南角，曾长期归上海县管辖，直至 1980 年代仍留有相当的乡野风貌。张怡微回忆“童年时对田林的印象，就是一整片汪洋般的农地”[2]。整齐划一的工人新村与小闸镇的农舍、棚户隔街相望。在城市化浪潮大举席卷之前，她算得上是亲眼见过了上海市区乡村余晖的最后一代青少年。这种地理位置偏僻、发展迟缓、城乡杂处却不乏生机的“另类上海经验”，正是田林的特殊所在。

日本文学评论家奥野健男提出“文学的原风景”概念，用以指称作家固有的、自己形成的空间。“我想是在该作家幼年期和青春期形成的。从出生到七八岁，根据父母的家、游戏场以及亲友们的环境，在无意当中形成并固定在深层意识之中。多年以后带着不可思议的留恋心情回想起时，小时候不理解的那些风景或形象的意义会逐渐得到理解。”[3] 工人新村堪称张怡微的“原风景”，它最初出现在作家笔下时，总是被童年的光晕、对故乡的眷恋所笼罩。这种“封闭、和美的童年的安全感、完满感”，也可以从工人新村自给自足的配套设施中获得解释。田林地区从住

[1] 1950 年代后期，随着上海自动化仪表一厂、上海玉石雕刻厂、上海电视一厂等工厂企业迁入，田林地区的工人住宅初具雏形。至 1980 年代，田林地区从上海县划归徐汇区管辖，被列为上海市新辟的十二个居民住宅小区之一。

[2] 张怡微：《旧时迷宫》，第 2 页。

[3] ［日］奥野健男：《文学中的原风景》，集英社，1972 年，第 29 页。转引自［日］芦原义信：《街道的美学》（上），严培桐译，江苏凤凰文艺出版社，2017，第 141 页。

宅、学校、医院、公园、宾馆到殡仪馆一应俱全，在单位制尚未解体之前，工人家庭的“内部顶岗”制度也维持着工作资源的循环稳定。在张怡微早期关于“消失的小闸镇与田林”的作品中，新村的“原风景”大多还未褪去青春叙事的痕迹。更多的是通过主人公少年的懵懂之口，怀念逝去家园的环境景观，借以抒发“青春梦被踏平”的感伤、惘然与怀旧情绪，尚未有太多回应深层社会变迁的自觉。[1]

广告媒体打造的“大上海形象”，与工人新村中陈旧的建筑、清贫实惠的生活气息、过时的政治记忆相去甚远。对于前者，张怡微因缺乏经验而充满隔膜，进而觉察出工人新村在上海文学光谱中的缺位。走在新村的街道上，“沿街可算是最上海不过的风貌，却没有什么像样的文艺作品去留意它”[2]。为了反拨这种被“包括在外”的失语感与错位感，张怡微以田林为据点，正面进入了“仿佛是上海的背面”的工人新村文学世界，也对城市空间中心 / 边缘的权力划分提出疑问。事实证明，“上海想象”越是固化，其内部就越容易出现源自真实生活经验的分歧与反叛。或者不妨说，正是这种有问题的固化的城市想象，生产出了它自己的解构者，为重绘城市地图注入了新的叙述动力。

将这种动力落实为写作的过程中，一个具有事件意义的节点，是张怡微在复旦大学攻读创意写作学位，从王安忆处获得了

---

[1] 这一批早期作品主要收录于张怡微的短篇小说集《旧时迷宫》。记者已梳理过张怡微写作与小闸镇变迁之关系，参阅沈轶伦：《张怡微：沧海桑田小闸镇》，《解放日报》2019 年 3 月 1 日第 11 版。

[2] 张怡微：《大自鸣钟之味》，载《你所不知道的夜晚》，上海文艺出版社，2012，第 190 页。

专业的文学写作训练。王安忆堪称严苛的现实主义小说家，这种现实主义体系与技艺的师承，为张怡微的写作带来了可见的影响。[1] 比如王安忆对于“写你熟悉的事情”的教导，激发张怡微对自己“最熟悉不过的”工人新村做了大量史料文献功课。又比如王安忆要求学生在正式动笔前为主要人物写传，让张怡微将笔头从自我转向对父辈“成长史”的家族考证，在“元场景”的写作练习中建立几代新村人的经验档案。这些都构成张怡微的硕士毕业作品《你所不知道的夜晚》重要的准备工作。

中篇小说《你所不知道的夜晚》是张怡微对父母一辈青春往事的“纪实与虚构”，也是她迄今唯一涉及 1950—1980 年代的作品。女主人公茉莉的原型是张怡微的母亲，在茉莉后来的丈夫何宝荣身上，也能看到张父的影子。小说一上来以大段文字铺陈田林新村的历史沿革，以此为序幕，家住田林路 65 弄的“工人新村的女儿”茉莉登场。尽管叙事声音青涩，这样的开场仍看得出对《长恨歌》第一章鸟瞰上海弄堂世界，引出“典型上海弄堂的女儿”王琦瑶的效仿。在这场重头戏里，张怡微将焦点放在了上海内部的“城／乡分野”和“田林人的上海之梦”上——住在城乡交界处的田林人，虽然能以“这里也是上海，我们也是上海人”自我安慰，却总忍不住向慕那个以繁华的淮海路为轴心的上海传奇幻梦。在看似安于务工、务农的平淡日子流逝中，饱受着“城市身份”权力等级的诱惑与折磨。

因此，对茉莉而言，“恢复真正的上海人”的焦虑，既结构

[1] 张怡微多次谈到王安忆的小说课堂、教学方法对自身写作的影响。参阅张怡微：《写作课的秘密》，载《我自己的陌生人》；《故事开始了——王安忆创意写作课程记录》，《扬子江评论》2016 年第 7 期。

性地内在于田林人尴尬的地理／身份处境之中，又与她少女时期的身体秘密、青春苦闷的精神内耗并行。在响应国家政策号召的时代浮沉里，茉莉在各种身不由己的空间迁移中度过了前半生：离开儿时建国西路的多层洋房—寄养在常州乡下—搬入田林工人新村—插队闵行塘湾镇——回城—嫁入大自鸣钟何家。从建国西路到田林路65弄，再到大自鸣钟，每一处地名都镌刻着顽固的空间价值等第。茉莉决心逃离工人新村，对“上海摩登”的认同强烈到超乎革命规训，并受其驱使，完成了被“上海城心”放逐后的回归。在新时期来临的历史转轨时刻，茉莉试图借助一场婚姻告别田林新村，看似是反抗革命话语对个人价值的压抑，实则付出了家毁人亡的惨痛代价。

在《你所不知道的夜晚》里，田林新村扮演了一个相当暧昧的空间符号，它曾经给予茉莉“家”的庇护，但集体主义的桎梏、落后的物质经济条件，又始终不见容于茉莉的小布尔乔亚上海之梦。茉莉逃出新村的“绝情”之处，在于连带着把“家”的价值也一同否定和摧毁了，以至于最后陷入彷徨。这种两难，与其说是小说主人公的，毋宁说是作者本人的——小说在一个戏剧冲突激烈、血肉模糊的切面上戛然而止，许多历史褶皱处理含混，且未能找到妥善安置主人公身心归宿的答案。张怡微也承认结尾的仓促，称其“像另一个故事的前戏”，“还没有写完”。《你所不知道的夜晚》对1950至1980年代的理解、对人物身世的体贴，多少有去历史化的隔膜感。但这种“前史”整理工作，仍为张怡微讲述“子一代”的新村故事奠定了有益的基础。在以后几年的写作里，工人新村得到了更熨帖于“情”与“史”的价值重估，被驱逐的“家”也在更复杂的空间单位、伦理单位中被找了回来。

三、“家宅”与离散

上海工人新村在 1990 年代后的式微，原本是新城开发、旧城改造全面启动后客观的结果，其能内化为作家深刻的个人记忆，与“离散经验”的冲击密不可分。在张怡微的小说里，“离散”的具体意涵，关涉到原生家庭的破碎、至亲的逝世、亲戚与儿时玩伴的搬离，当然，也包括工人新村自身的拆迁和消失。但对张怡微而言，恰恰是现实中的离散，协助她以文学的方式重新锚定了工人新村中“家”的意义。此乃“离散”与“团圆”的辩证法。

在散文《旧时迷宫》里，张怡微回溯 1996 年接连发生的家庭变故：外公猝然离世，阴差阳错地耽误了父母升级房产以挽救婚姻的最后机会。“当时正值第一批置换房屋的潮流，我们全家都去彭浦新村看过房，几乎就要下定，无奈出了如此变故。而后我父亲离家，我和母亲索性就在田林扎根似地住下，顽固得很，也看不到变动的希望。”[1] 父母分道扬镳，许多亲戚搬出田林新村，张怡微就读的田林三小也有不少同学出国，从此音信杳无。张怡微与母亲成了“留在新村里的人”，初尝被生活淘洗、弃置于队列之末的酸楚。用小说里的话说，“是父母的分离令我逐渐揭开了成人世界的面纱，也是原生家庭的逐渐瓦解令我意识到生活的严酷”[2]。

当我们尝试放入一个更大的历史镜框就会发现，这一系列事件同时发生，并非完全出于偶然。1990 年代中期，商品房小区

[1] 张怡微：《旧时迷宫》，第 8 页。

[2] 张怡微：《细民盛宴》，人民文学出版社，2017，第 139 页。

建设速度加快，住房产权改革令新村里的房屋变成了可交易的商品，引发新村工人前所未有的居住流动。具备经济能力的原著居民选择离开，搬入品质更高的社区，甚或加入出国移民的大潮。但是同一阶段也是国企改制、工人大面积下岗的时期，一部分本就拮据的新村工人更加难以改善住房条件。新村从其内部产生了个体与家庭进一步的社会分层、分流，形成“混得好的都搬出去了，不会留在这种地方”的自我认知。[1] 新世纪以后上海房价快速上涨，一再错失置换房屋良机的人，不得不接受彻底留下的命运。毋庸置疑，原生家庭的残缺，是张怡微一再写作的主题。但如果没有这种更大的“世变”镜框，“家变”或将仅仅是一桩私事范围内的情感纠纷与意外，但张怡微显然不愿止步于此。找到穿透“家变”与“世变”的方法，对于作家来说，是离散后的个体如何修复创伤，重建新的情感凝结，追问更大的群体命运的关键。

在命名为“家族试验”的写作计划里，张怡微先后写了十几个非常规家庭的离合悲欢，涉及离异、再婚、单亲、失独、丧偶、过继等，“试图写一些非原生家庭却拥有‘不是滋味的团圆’”[2]。“试验”二字，可以理解为多元家庭形态的探索，以“反家庭”的实验姿态提出对传统家族文化的怀疑；也可以视作“个人”以“家”为媒介，在血缘、伦理、情感不同界面触发的试炼与考验。在这其中，具有强自传色彩的《细民盛宴》是唯一的长篇小说，也是“家族试验”总纲性的作品。[3] 女主人公袁佳乔的

[1] 杨辰：《从模范社区到纪念地：一个工人新村的变迁史》，第142—144页。

[2] 张怡微：《我所理解的世情小说》，《名作欣赏》2014年第25期。

[3] “家族试验”创作成果已结集出版，包括长篇小说《细民盛宴》（2017），中短篇小说集《樱桃青衣》（2017）和《家族试验》（2020）。

父母离异后又各自重组家庭，令她在成长中不得不周旋于四个大人之间，一边应付世事人情的重负，一边摸索成人成家之路。在袁佳乔父母离婚的段落，张怡微投入了最大的情绪与笔墨，并楔入了大量对 1990 年代工人新村、工人命运的思考。

与不少讲述国企改制的“阵痛叙事”不同，《细民盛宴》没有正面刻画买断工龄、工人集体下岗的宏大历史，而选择用未成年的女儿——工人家庭下一代成员的旁观者之眼，敏锐地捕捉了一场婚变风波前后大人的落魄情状，同时也节制地表达出一个孩子被裹挟进入的仓皇之感。小说中的父亲是一名海员厨师，母亲是无线电厂职员。在父亲出海的日子里，袁佳乔目睹了母亲如何冷落父亲的家书，又是如何悄无声息地展开了一场婚外恋。此时正逢国企改制浪潮袭来，父母情感生变，工作与生计也陷入危机。母亲被迫从科室转岗到日夜颠倒的流水车间，继父曾是工会文艺骨干，在工会解散后再无用武之地，只能提前退休。令母亲与继父靠近的，正是彼此身上相似的不幸与失意。

继父怎样入侵、瓦解她的三口之家，都被袁佳乔看在眼里，却无力阻拦这外来的威胁。“各种转折时代的惶恐与不安，令他和我本无一技之长的母亲有了越来越多惺惺相惜的共同话题。他们对老厂有感情、对旧时代有感情，甚至对食堂里做的蝴蝶酥和鸡胗鸭胗都有感情。他们那么重情重义，又怎会对彼此没有感情？”[1]面对母亲与继父的不道德行为，女儿的声音是微讽的，但在用“重情重义”来调侃下岗工人的出轨动机时，又不免透露出对其命运因果的怜悯。摘去“母亲”与“继父”的身份标签，他们

[1] 张怡微：《细民盛宴》，第 39 页。

首先是大时局飘摇中两个自身难保的中年人。他们彼此间的情感依托，在患难与共的悲凉笼罩下，多少超越了私德污点。除此以外，错失置换新居机会的经历，也被移植到了袁佳乔身上。“上海许多人家改善住房，然而这一趟顺风车，我们家族的每一个人都没有赶上。”在工作、婚姻与住房规则的改革中，父母与继父继母都是受损害的、弱势的一方。同为“这个时代掉队的人”[1]，他们身上的共性大过了爱恨制造的分裂，也令一切为了分担风险、保障生活的重组都显得情有可原。作为这场婚变的目击人与受害者，袁佳乔尽管受伤，却也表达出了最大程度的不忍之心。甚至可以说，《细民盛宴》的核心线索之一，正是经由主人公对时代凉薄嬗变的亲身体会，走向对“父辈工人”命运与抉择的“同情之理解”，抵达和解。

一个值得辨析又时常被忽略的问题是，汉语中的“家”实则含有不同方向的意指。家族成员关系的“家庭”（family）、物理居住空间的“家宅”（house）、身心归属感的“家园”（home），我们至少能从中拆分出这三层含义。可以说，从前对张怡微小说的讨论，大多侧重第一层面的“家庭”（其中又牵涉到血缘伦理亲情、婚姻关系、生育制度与代际互动等），却很少论及“家宅”与“家园”。但后者同样是理解“家”不可或缺的维度——尤其考虑到她对工人命运的把握，向来与工人新村的命运紧紧相连。父母婚姻的终结与工人新村中的家的实体的失去，是“离散”二位一体的内面与外面。

“我和我父母的家，在上个世纪兴建的工人新村筒子楼里，

[1] 张怡微：《细民盛宴》，第 129 页。

是一间小小的一室户。”[1]拥挤的起居环境里，再小的矛盾和摩擦都会格外显眼，更遑论婚变大事。从父母分房而睡，到继父在客厅留宿，成年男性在狭窄空间中的去留，都曾带给袁佳乔“家不成家”的焦虑。后来母亲改嫁，母女二人搬入继父名下更大的房子，“搬家”仪式性地启动了新生，却也宣布了“新村中的旧家”彻底终结：

> 好像真正的结束是从那一刻才发生的，我、我父亲、我母亲，在我们三人活着的时候，再也没有了一个完整的家。而当我们死时，也将分崩离析地属于三个墓冢，就像我们从来没有在一起生活过、亲密过、埋怨过。这一场薄薄的在世缘分，终于尘埃落定。[2]

“家宅”是容纳三口之家记忆与往事的容器，新村中的家，是一家人曾共同栖居、筑造亲密共同体的物证。在伦理意义的家解体后，住宅空间意义上的家充当了亲缘关系的剩余物，却也不得不面临永别。因此，“搬离新村”时幻灭与哀悼的心声，被写得格外惨痛，以至引发生离死别的“墓冢”联想。这种对“家宅”物理空间执拗的占有欲，还曾在《丰年记》《樱桃青衣》等小说里出现。《细民盛宴》里尤其富有想象力的一跃，是将“完好的工人新村”与“完整的家”相互叠合、彼此转喻。“家”与“工人新村”一体化的价值，也在破坏性的场面里得到反向强化：

---

[1] 张怡微：《细民盛宴》，第 64 页。

[2] 同上，第 65 页。

> 我只能眼睁睁地目睹着日常里丧失，是以这样具体、理性的面目一点一点铺展开它的破坏之力。直到很久以后，当我走过一个又一个工地，看上海各个新村怎么拆房子。“怪手”一点点地凿着楼房外墙，倏忽就落下一个电风扇，不经意又掉了一面墙，一个阳台倒塌了，一只马桶噗噗地坠入废墟之上。每一寸土地上曾有过多少爱恨都显得极其轻盈，也极其虚无。[1]

齐美尔指出，在空间的社会建构里，充满了人的情感与意义的投入，而且与时间相比，空间具有更强的对于社会形式与社会记忆的“固定”能力。在他看来，人们本质上更容易触及的是空间，特别是对那些造成了剧烈情感震撼的事件而言，记忆与空间场景尤为密不可分。[2] 在张怡微笔下，无论指向“家变”还是“世变”，工人新村的拆迁景象正是这样将记忆结晶化的产物。经由一种空间性的语言，时间被塑造成一座可视化的有机体：楼体外层剥落，暴露出碎裂的内脏，居民楼的拆除，提醒着童年家庭生活、工人新村与工人地位甚高的年代彻底一去不返。随着新时代“一点点积累成颠覆的强力”，旧时代的家、家宅与家中人终成废墟。

四、“工人后代”的文学位置

“没有在上海生活长大的人，大体是分不清楚什么是弄堂、

[1] 张怡微：《细民盛宴》，第 44—45 页。

[2] 参阅［德］齐美尔：《空间社会学》，载《社会是如何可能的：齐美尔社会学论文选》，林荣远编译，广西师范大学出版社，2002。

什么是石库门、什么是新式里弄、什么又是新村的。日益崛起的新兴住宅又以破竹之势篡改着这座城市尚未冷却的居住记忆。”[1]借力于这种“土生土长”的认知优势，上海作家从未停止寻找住房特色背后的生活真意。随着工人新村成为张怡微具有个人特质的小说基地，她对于“工人后代”的身份认同也趋于明朗。“和我一样经历的上海年轻人还有很多……我们一起成长起来的工人的后代们当然会有自己的世界观、价值观，自己对父辈的认识，自己的审美，自己见过的一生一世。”[2]理解这种“工人后代”的要义在于，第一，不同于阶级、职业属性意义上“工人”身份的继承，它更像是基于血缘、基于共同生活经验的代际传续与情感纽带。第二，复数的“我们”取代了孤立体验的“我”，随着这些有相近背景的“80后”“90后”在建筑、美术、传媒与文学等领域分别作出探索，一个工人新村后代的生活、情感与知识共同体也初具雏形。关于“我是谁”的探问，因而能从他人身上激起多重回响。张怡微尤为强调这种同代人结构的力量，用她的话说，共同体内的所有人都是所有人的影子，“我没有不认识自己的理由，我在他们所有的微小的抉择中都看到自己，看到自己的未来”[3]。作为这个队伍里的文学创作者，张怡微曾经同情、不满足于上一代工人自我言说意识与能力的匮乏，这也是她扎进新村，探究“上海的背面”的历史真相的动因之一。

不过需要辩证看待的是，一方面，这种身份认同的明确化，

---

[1] 张怡微：《哑谜道场》，载《我自己的陌生人》，第133—134页。

[2] 张怡微：《幽谷与过渡》，《当代》（长篇小说选刊）2017年第6期。

[3] 张怡微：《新村里的空间、时间、世间》。

赋予作家更具批判力的目光。比如在《细民盛宴》中，张怡微表达了对消费主义文化重新弥漫于上海的反省，这是在《你所不知道的夜晚》时期仅凭伤感与怀旧所无法触碰的面向。但另一方面，作者接受了作为工人后代的身份，却无须仅仅局限在单一化的阶层或子女亲族的观念里。随着 1990 年代后工人与工人新村的解绑，在新村的生活格局里，至少还有邻里、有流动的新的陌生人的相遇，协助她不断校准新的视角，看待曾经持有的价值。

在结束了对父母和自己青春往事的“过去时”书写后，张怡微将焦距再次拉回“现在进行时”的新村。上海的工人新村并没有完全消失，再现新村里的人情百态，也是为了打破对工人家庭单调、刻板的传统印象。沪方言耐人寻味的话外之音，居住环境造成的烦恼，完美体现了小市民生活智慧的“晾衣竿政治”——新村主妇通过古怪的劳动暗中较量，抢夺晾衣的公共空间资源，却未尝没有一种惺惺相惜的情谊与乐趣。在《春丽的夏》里，退休女工春丽与丈夫经营了一家新村照相馆，接的订单却多是老人的遗像。这里面有他们的老工友，也有新村里未必相处和睦的老邻居、旧相识。“拍摄遗像”遂从一个家庭小作坊的营生，被抽象为一个群体处境的借喻。由于许多居民都是垂垂老矣的退休工人，工人新村里常年笼罩着一股挥之不去的死亡、衰败、被遗忘的气息，除了小说，也能在《残酷新村断想》《新村里的幽冥人间》等散文中读到。[1] 但有人离开，就会有人搬进，新村也在悄悄变换新的人间。比如群租房里的外来务工人员，楼上楼下快递小哥、外卖骑手的身影，都以最贴近当下的生活情状，不断对作

[1] 这组文章均来自张怡微在“One · 一个”APP 上开设的专栏“上海新村故事”。

家提出新的应对要求。[1]

想要进一步破译这样的新村生活密码，并非容易的工作。就如同短篇小说《度桥》里，男主人公是从事表情包研究的社会学博士后，却无法读懂那个伴随他长大的神秘的新村交通协管员。这个“新村畸人”意象无疑是高度象征化的：一个假扮成交通协管员的失能者，二十多年来兢兢业业地指挥、维持着工人新村里的道路秩序，而大部分居民从未觉察她的虚假身份。摇摆于具有欺骗性的旧惯性与失序的真相之间，对混沌的新村现状赋形，着实具有挑战性。但在张怡微看来，这个历遍时代冲刷，不断被击沉的地方，恰恰孕育着富矿般的文学性转机。她将其比作“一个充满道具，但剧本还没有写好的地方”，像是一种特殊工作伦理的自勉。“不管它的内涵经过多少次修正，如今的工人新村并未消失，且日常生活又一次成形，新的情感逻辑也随之建立起来，那倒是我真正感兴趣的部分。”[2]

至此，我们可以大致将张怡微的工人新村书写分为三个阶段。第一阶段，始于对童年遗失的生活方式的怀念，在现代城市化背景下梳理新村历史，勾勒自己的“原风景”，主要抒发对工人新村的景观怀旧。第二阶段，随着作家“工人后代”身份意识的觉醒，以家庭为透镜，呈现 1990 年代至世纪之交社会变革中工人、工人新村的命运，并在“离散”视野里重新锚定工人新村的家园意义与情感向心力。第三个阶段，尝试从当下工人新村杂芜、散漫的日常生活流中提炼新秩序，在与陌生人的碰撞中，创

---

[1] 参阅张怡微：《窗外的骑手》，“One · 一个” APP 2018 年 8 月 24 日。

[2] 张怡微：《新村里的空间、时间、世间》。

造更多新村中的他者故事。这是从工人新村的“前世”转向“今生”，也是一个情感落地、将知识转化为行动的历程。这样的转变，对于张怡微或者说一个年轻写作者的意义，在于催动其走出个人经验与情感的框限，去认识复数的他者与开阔的现实世界，去实践“征服或者说改变世界的欲望”。“这个欲望不会粘着在‘自己的经历’上难以脱身，相反是要甩掉这部分负担之后，轻装上阵体验并驾驭虚构的能量。”[1]

的确如研究者指出，上海从未停止涌现更全面的文学空间测绘，如何用一种不仅是给城市经验“做加法”的方式打破曾经的固化印象，仍是一项未竟的工作。但可以确定，只有借助文学的言说，城市经验的流变才变得更加易于把握。在上海这样拥有强大城市文学传统的地方，找到与城市之间的“位置”关系尤为重要。[2] 可以说，正是借由对工人新村的文学再造，张怡微不仅在这座城市里，也在城市经验的“重生”中，找到了自己独具一格的写作位置。

人们已经可以清晰地看到，工人新村不仅是一个中性的物理空间，更是一个生活世界——一个拥有自身历史、居民、道德准则和权力关系的，与整座城市有着深刻联系的空间和社会单元。[3] 随着张怡微这样年轻一代居民的成长，新村也生产出了把故事继续讲下去的人。值得一提的是，近几年除了写作，张怡微还积极参与到包括重走上钢新村的城市漫步、“探微工人社区

---

[1] 张怡微：《虚构的邀约》，《钟山》2018 年第 5 期。

[2] 参阅朱羽：《悬置移情的写作与上海经验的呈现方式——关于〈繁花〉的琐思》，《中国现代文学研究丛刊》2020 年第 8 期。

[3] 杨辰：《从模范社区到纪念地：一个工人新村的变迁史》，第 13 页。

的情感结构”的线下活动之中。这些出入于文学内外的实践，使得“从现实中来”的工人新村阅读、知识、思考与想象脱出纸面，尝试兑现“回到现实中去”的综合性活力。旧的空间规则瓦解，下一代的言说与行动，势必展现出重新占有空间的潜能。这潜能正不断召唤、充实着上海城市文学中一个独特的声部。

2021 年

再见路小路，再见

在写作、阅读与传播都暗中提速的今天，耐心似乎已变成了一种奇缺的创作品格。比如在《繁花》出现之前，人们已经快要忘记酝酿了几十年后纷至沓来的好故事是什么模样，又比如已经很少能看到作家用十年之久的时间讲述同一个人物的故事，就像路内笔下的路小路那样。从 2008 年出版的第一部长篇小说《少年巴比伦》，到《追随她的旅程》《天使坠落在哪里》与之组成的“追随三部曲”，再到最新出版的短篇小说集《十七岁的轻骑兵》，路内以一种超乎想象的耐心和持久的叙说动能，不断搭建着路小路的世界——根据作者本人的介绍，这本书也终于要为“路小路系列”画上句点。四部小说构成彼此的前传、续作或番外篇，在这个浑融一体的闭环里，无论从哪一本读起都没有太大的问题。在某种意义上，《十七岁的轻骑兵》的确是路内在对路小路的肖像画进行最后的添墨，同时也是对一个人物，和一段创作的生命路途的告别。

十年前，在遍布着化工厂区的灰蒙蒙的戴城，一个名叫路小路的少年出现在街头，带着左右突奔的荷尔蒙和诗意，从此进入路内的文学时间。他是技校的小混混，是糖精厂的学徒，是在1990年代国企改制和工人下岗大潮里受到冲击的最年轻的一代工人，当然，也是无数后来进城失败的小镇青年之一。如果说在文坛崭露头角时就找到了属于自己的小说主人公与叙事腔调，是路内的一种幸运，那么当最初的一切变成长达十余年和近百万字的跋涉，却依然能保持相当的鲜活好看，令人不得不叹服作者讲故事的才能。收录在《十七岁的轻骑兵》里的十三个短篇，写作跨度亦有八年之久，路内对于书写1990年代的不舍与执着，早已超出个人回忆所需要的剂量。可以很确定地说，他在自觉地对1990年来中国当代史中一个极为重要的段落进行文学重构。这是属于一个小工人的1990年代，也是他从少年到青年，不断在废墟中寻找自我存在与未燃尽的历史余热的漫游时代。

而这一次，路内要讲述的不是三十岁的路小路，也不是十八岁的路小路，而是十七岁的路小路。从成年向未成年边界的这一小步后撤，并不是为了给理想和天真腾出空间，相反，在《十七岁的轻骑兵》里，我们读到了比从前更浓稠的灰暗与压抑。身体的寒冷与饥饿、精神的无聊，像铁笼子一般罩住了路小路，他只能通过有限的暴力进行象征性的反抗。作为戴城化工技校89级维修班的学生，十七岁的路小路灰头土脸，对成长为一名工人的未来充满沮丧。像样的恋爱尚未发生，甚至连离开戴城的梦与决绝都还未找到。出生于1973年的路内，将故事的指针定格在了1990到1991年之间，这也是小说家自己的十七岁。如果说在“追随三部曲”里，路小路给我们留下的深刻印象，更多地来源于1990年代中后期工厂改制风暴前后的茫然与溃败。那么《十七岁的轻骑兵》在时间上向着1980、1990年代之交这条边界线的前溯，则更多地让他置身于政治转折后青年学生中普遍弥漫的沉闷与混乱无序。路小路的十七岁，面临着两个历史段落的前后夹击，承受着学生与工人两重身份的遏抑和被牺牲感。

或许我们有必要在这主人公的名字后面加一个复数：十七岁的路小路们。路小路只是89级化工技校维修班的四十个男生之一，即使每个人身上都有着他的影子和气息。当他们在温州发屋里理了同样的莫西干头，路小路想到的是“我将和他们一样，或永远和他们一样”（《四十乌鸦鏖战记》），四十个“我”构成了“我们”；与此同时，每个个体的丧失与挫败也都是集体的丧失与挫败，“他知道自己已经失去了她，这个‘自己’包括我们所有人”（《赏金猎手之爱》）。在这本完结篇中，路内似乎有意要在让路小路在四十张之多的面孔中模糊、隐没。给全班放黄色录像带的瘟生，偷书的飞机头，捅了老师一刀的刀把五，舞男大飞，不断追问空虚的花裤子，还有在这群技校生之间穿梭的形形色色的女孩。迷闷又孱弱的十七岁似乎要乘以四十倍才能得到一种虚张声势的底气，不再是一个人的战争。当然，当轻骑兵们手无寸铁的失败和疲惫乘以四十倍，路小路提前宣告无路可走的青春，也就获得了前所未有的普遍性和集体共情。

需要指出的是，当我们不可避免地要用“青春”来谈论路小路和路内的写作，首先有必要认识到，在整个20世纪，青春都是与中国的政治、历史及未来想象极为密切的关键话语。它不应被后来出现在文学与电影市场中特指的“青春文学”或“青春电影”所窄化。路小路的青春，那些游手好闲、打架斗殴、不可抑制地迷恋风与云朵一样的女孩的反常举动，看似是在持续走下坡路的生活面前无处发泄的本能，背后其实有极为具体的时代精神学与生命政治。可以说，个体的青春，从来都如同晴雨表一般能折射出历史变迁的温度与湿度。就承担特定历史年代里青年人的历史情绪的这一点而言，路小路可以称得上是当代小说中一个难得的典型，即使今天的文学批评几乎已不再使用这个落满了灰尘的词语。但在这一个历史时段里所呈现出的饱满的征候性，他的令人难忘，却又都不如“典型”来得恰切和有力。

“轻骑兵”这个浪漫、骄傲却又显然不够强悍的兵种，暗示着路小路们的青春，几乎难以避免地要陷入与无物之阵的搏斗，并且最终一无所获。路内如此命名路小路的十七岁和他的 1990 年代，以回到开端的方式给予一切以终局。这背后的历史本体与小说家更为倾向于悲哀的历史观，其实仍存有很大的讨论余地。但在道别路小路的时刻，《十七岁的轻骑兵》最大的成功，或许在于写出了 1990 年代初期那种前所未有的沉闷、难测与无能为力，这是对路小路的个体生命与历史又一次共振的重要增补。在一个边界更清晰的的历史范域里，我们有幸看到了后来的工人路小路、进城青年路小路，在成为自己之前，在他最后的学生时代里做过虚妄而有限的努力——“但他举起了投枪！”

2018 年

永诀的，重逢的：路内《关于告别的一切》读记

时间会透露作者对于小说形式的偏好。从2008年的《少年巴比伦》算起，《关于告别的一切》已经是路内的第八部长篇小说。如同长途爱好者，路内对长篇的钟情、专注和游刃有余，近年来，随着历史维度在个人经验中的进一步显影、伸延，表现为把握“时间全景”的信心。离开了路小路们1990年代的青春，路内以四十余万字的《雾行者》完成了一部文学青年、江湖儿女在中国大地上漫游，纵横千禧年（1998—2018）的群体传记。两年后，新的小说主人公李白不再远游，他化身华东地区的小城浪荡子，一个彻底的怀旧主义者。时间扩容至1985到2019年间，世界在外面天翻地覆，李白在苏州小城吴里从少年到中年，仿佛走过一趟原地不动的感伤长旅。这种应对历史的特殊姿态，用小说里的话说，近乎“一种终极的呆立”。

李白生于1970年代中期，在吴里的太子巷长大。他有过多个为人知晓的身份，“李乌龟的儿子”、农机厂子弟、亲眼见过狮子吃人的人、风流的不婚主义者、过气的中年作家。生活在一个相对封闭的熟人社会里，这些身份有的曾让他蒙羞，有的则平添

了他身上的传奇和神秘。李白与诗仙同名，实则不过分别取了父亲李忠诚和母亲白淑珍的姓氏。这种原本寓意“爱的结晶”的中式语法，随着父母婚姻崩溃，变成了伴随李白一生的撕裂感与反讽底色。李白一家三口，是典型的精神分析式的关系，与人私奔的美丽母亲，暴虐又无能的父亲，儿子在街谈巷议的嘲笑声里长大。白淑珍在李白十岁那年去往深圳，从此音信全无，留下李家父子做了一对弃子。此后李白经历一长串的恋爱、告别与重逢，忽至中年，发现父亲已成了阿尔茨海默病初期患者。

母亲白淑珍不告而别的一幕，构成了整部小说关于“告别”的“元叙事”。相似的关系模式，此后在李白与众多女性的情感纠缠中一再重复。与初恋、爱人、情人、冤家、近邻告别，与父亲共同拥有的记忆告别。李白执着于好好履行每一次完整的告别，像要弥补母亲造成的缺损，但每一次告别又都像是对童年创伤残忍的重温。这透露出李白性格里的隐隐的自虐倾向，“分离—怀恋—重逢—叙旧”的循环重奏，令他痛苦且沉醉，自恋也自弃。路内要写一个时代与命运让人和人不断失散的年代，而“告别”是打开那个年代的一把密钥。

于是小说的时钟，被路内擅长的倒叙、补叙与预叙拨乱，浪漫伤感的与玩世不恭的叙事者交错着出现。《关于告别的一切》被呈现为这样一种矛盾的声音集合：抒情与反讽，共同组成了自反的小说语调。李白的第一人称“我”在第三人称叙事中自由出入，感伤的自我意志时而撑破了往事，滑向媚俗，但很快又被反讽抵消。抒情与反讽的两面，都来自那个人们所熟悉的路内。所以，我疑心路内试图呈现的，是极致的怀旧姿态和对怀旧的极致悖反，他放大了色情、矫情与滥情，再毫不留情地将它们掷入对

“中年”心境的自嘲之中。

如果自虐式的疗伤是“告别”的精神内面，那么，在外部历史的层面，“告别”继续通向国营工厂解体后留下的历史症结，比如共同体承诺的失效，比如社会情感纽带的断裂。不同于“追随三部曲”，《关于告别的一切》里，路内不再正面处理下岗大潮，只一心一意地用文字雕刻一座厂区浴室的命运。如同缩微胶卷里的一抹光影，小说借用农机厂的浴室，捕捉到了集体主义时代最后的灵氛。叙事者用肃穆、富有宗教感的声音，描述记忆中1990年代国营工厂的集体浴室，李白与玩伴冯江曾在此处度过难得的欢乐时光。崭新的瓷砖，午后明亮的白色光线，热腾腾的蒸汽弥漫，略显奢华的拱顶设计超出了人们对工人阶级的想象——但那确是被后来泛滥的复古影像所遮蔽的一种历史真实。对于来自著名的荒谬之家，从来不受人待见的李白而言，反倒是在厂区，在与工人身体的赤裸相对中，感受到了难得的尊严、仁慈、平等与包容：

> 对他们来说，工厂才是象牙塔，在获得尊严感的同时，你也会铭记那种美学：粗劣、简明、节省，肮脏与整饬交错，远方哄哄作响，像公路片的场景，无数成年男女在此终老的必然结局，以及某个安静的下午让李白体会到些微荒凉与忧伤的质地。曾经的年代，全中国的国营企业都近似，一种从寒带到亚热带城市的共同情绪。

农机厂生活区成为一个提供抹去差异、提供庇护的乌托邦，他们在难挨的成长里谈论什么是衰老，一种看得见尽头的生活安排为其托底。但改制大潮终于袭来，下岗那天，工人们纷纷涌入浴室“洗最后一个告别的热水澡”，却以荒诞剧的方式散场：为了寻找一枚落入池中的金戒指，放空了一池热水，此后自来水与蒸汽皆尽告罄，无法再续。浴池当然是象征，热气散尽，人们身心透凉。“一种从寒带到亚热带城市的共同情绪”的平坦想象、集体温情也烟消云散。中国此后也分化为北方、南方、南方的更南方……李白面朝“南方”的哀凉与怨怼，一己心绪的悲悼与低回，就这样再次触抵了时代脉搏中的悲悼与低回。

而那个“南方”究竟是什么？在《关于告别的一切》里，这个方位，指向 1980、1990 年代珠江三角洲的新兴城市及更南端，如同磁极一般，以“南方”之名诱惑着吴里的人。然而，吴里本就在南方，那片南海边率先起飞的经济神话发源地，繁华温柔异乡，更确切地应该叫“南方的南方”。隔开两个“南方”的，不仅是空间地理纬度，更是中国不同区域与现代化竞速的时间差。白淑珍已经熬过了最严酷的知青岁月，1980 年代的日子眼看着要好起来，此时的决然南下，究竟是为了爱情，还是为了金钱？随着周安娜姐妹、张幼苹、卓一璇都不约而同地去往广州、深圳，在李白心中，“南方已经从一个模糊的说辞，变成比喻，变成现实，变成逻各斯，最后变成陈词滥调。”通信技术落后的年代，追逐财富的社会狂热，人口加快流向沿海地区，这一切都为无由的失散、易逝的爱情，提供了理由充足的写实性和文学可能性。两个南方的割裂，让一个南方告别另一个南方，将其识别为他者的同时，也知觉了自己被背叛的历史命运，直至李白也不再发出“带我走呀，带我走呀”的喃喃痴语。

李家父子目送俞莞之和曾小然母女离开太子巷那天，父亲的背影也同时落入少年李白的眼中。那是一个怎样的历史位置？“既非拐角，也非十字路口，没有桥，没有灯，没有岗亭，总而言之，无以标注。”在大历史面前，路内一向更加倚重个人经验与记忆，也一直在用文学的方式，为种种下坠、游离的人生争取空间。这并不妨碍他的小说通向一种提问：林林总总诞生于1970年代的历史主体，如何在“无以标注”的长路上认出自己，并认领自己的时代？无论是国营企业所有制改革，还是城市拆迁改建，小说都有意安排李白从历史巨变的侧面轻擦而过。因为李白代表了一类不愿意承担也无法承担责任的历史主体形象。他侥幸于“不用为某种天然的承诺负责”，却也为越来越无法理解下一个世代而感到焦虑。在小说的后半部分，无论是与流氓物业的鏖战，与文学编辑关于小说“阉割”问题的争执，与读者的网络骂战，还是面对李一诺棘手的教育难题，以“旧时代人”自居的李白屡败屡战，依旧难掩无力感。

路内式的年少轻狂，一步步演化为中年的幽愤、不甘与虚无。当太子巷终于被改造成网红打卡的复古商业街，飘满举着拍摄机器的异装少女。在这个充满历史必然与历史荒谬的场景里，李白与老友故地重游，如同置身幻境的白头宫女，只能闲坐说说往事。他们频频扭头向后的怀旧里，有逃避和自保；溃败之姿里，也有困惑之问：前方究竟还有没有更好的路可走？

回头去看，《关于告别的一切》中写得最好的，或许仍是描写青少年李白的段落，路内依然是再现国营工厂“光晕”最出色的写作者。青春欲念浮动于屈辱的长夜里，困窘的成长与国营工厂临终前的好时光相遇。终极承诺一片片坍圮，李白做好了诀别后永不重逢的准备，也彻底地不再计划未来。然而，敏感如预言的诸多伏笔早已经深埋在小说家最熟悉也最迷恋的八九十年代里。那时关于告别的一切，经由新世纪之手的揉搓变形，也将有可能成为关于一切的重逢。尽管被撕裂的，未必需要被缝合，也未必能够被缝合。

李白十八岁时，逃学去吴里动物园闲逛，意外目睹了狮子咬死饲养员，这头肇事的野兽在当日被原地射杀。此事轰动小城。作为事故唯一的见证者，李白近距离看到了环环相扣的杀戮，心中系念的却是狮子是否得到了“有尊严的死”。就像《老人与海》中的圣地亚哥一样，此后他数次梦见狮子，随着时间的流逝，梦中雄狮的面容竟然和自己一同老去。时隔数年，中年李白重返凋敝的动物园，为了救一只流浪猫而孤身闯入熊山，半睡半醒的黑熊近在眼前，我们的主人公生死未卜。小说就结束在这个寓言性的千钧一发之际——弱者的性命、猛兽的尊严，在涉险与脱险之间，那一场跨世纪的终极呆立是否也正要从极度不安的大梦中醒来？

2022 年

折返 1990 年代

一、烟囱的倒塌

“那个我们共同经历过的时代，被时间关在无声无息的黑暗中，消失了。而我们依然在世界某处孤独行走，我对她的找寻，不知将会持续多久。时间很公平，经过时间，你所爱的人，所恨的人，全都成为过去。”电影《少年巴比伦》的最后一幕，董子健扮演的路小路坐在空旷无人的大礼堂里，观看大屏幕上他与白蓝昔日并肩游荡的黑白回忆。在这个酷似《天堂电影院》的结尾里，两个孤独而迷茫的年轻人的眼前身后，是由烟囱、冷却塔、厂房组成的灰蒙蒙的戴城糖精厂。伴随着这段对于一个时代“消失”的独白，和董子健翻唱的张楚的《姐姐》，电影的最后一个镜头，是烟囱和冷却塔的轰然坍塌——对于时间的体认在此被具象化为空间景象。全片结束，歌声继续。

在这一抒情、感伤甚至不乏悲壮意味的处理中，这首曾在1990 年代到处流传的歌曲，不仅唤起了特定年代的文化记忆，其与厂区空间坍塌的声画结合，更在情感上强化了电影的历史主题：属于国营工厂的时代的终结和工人群体的集体退场。烟囱的倒塌及其寓意，令人联想到前几年引发知识界热议的电影《钢的琴》。在那个以“后改革时期”老东北工业基地为背景的故事里，难逃被炸毁命运的两根烟囱，同样指向工人无力扭转的被时代淘汰的定局。在 1990 年代以“阵痛”为名的国企改制中，八千万工人阶级的人生被“买断工龄”和下岗大潮所改写，而厂区的拆迁显然是这一历史创伤可见的延续。在《钢的琴》里，就烟囱作为象征符号所承载的情感与历史意涵而言，老工程师汪工的一番话可谓点睛之笔：“这两根大烟囱，在我看来，他们是某些人成长的记忆，也是某些人回家的坐标，但他们更像是两个被我遗忘的老朋友。我不知道是应该极力地挽留，还是应该默默地看着它们离去。……时光荏苒，社会变革，如今为了时代的发展进程要求它们离开，我们总还是要试着做点什么。如果我们成功，它们将会成为一道亮丽的风景；如果我们失败，它们也将成为一段美好的记忆。”

从《钢的琴》到《少年巴比伦》，“烟囱倒塌”的场景复现，或许已经成为工厂影像的修辞定式之一。事实上，如果对新世纪以来的电影作品略加梳理的话，可以看到一份从纪录片《铁西区》开始，到半纪实半虚构的《二十四城记》，再到最近几年的《钢的琴》《黑处有什么》《少年巴比伦》《八月》和《六人晚餐》，以 1990 年代国企改制与厂区变迁为背景的国产电影清单。其中几位新人导演对于 1990 年代记忆与工厂题材的关注，以及他们对自传性的少年 / 童年视角的共同选择，尤为值得注意。伴随着烟囱的倒塌和厂区的拆迁，在某种近似于马克思所说的“一切坚固的东西都烟消云散了”的整体情绪中，社会主义实验、工人阶级的日常生活和国营工厂的转折年代被一再回溯，提醒着我们对于近年来渐次浮现的工厂影像的讨论未尝或已。

二、再现厂区空间

虽然也有学者曾使用“工业元素”的提法，旨在与新中国成立后的工业题材电影做出区分，但总体而言，目前学界和评论界对于这一具有类型共性的新现象尚未给出有效的清理与命名。[1]不过这并非本文讨论的重点所在。更引起我注意的，是“国营厂区”作为社会主义实验中的特殊产物，其所携带的历史、意识形态及社会主义余温在这些电影里的往日重现。在这里，“空间”视角的引入或可提供一种新的讨论维度。简单来说，使用“厂区电影”这一含有“最大公约数”意味的称法的基础，在于电影对于国营厂区在空间上自觉、有机、完整的再现。在这些作品里，厂区往往不仅是故事与人物活动的布景与道具，更作为一份 1990 年代特殊的文化记忆的时空标本，成为这些电影结构性、叙事性的组成部分，并为主题性的回忆、怀旧或反思立场提供具体的细节与对象。

稍加留意就能发现，即使分别拥有着钢厂、军工厂、飞机厂、糖精厂、电影厂等五花八门的名目，这几部电影所呈现的

[1] 在访谈中皇甫宜川说：“从类型的角度来说，这部影片对工业元素的挖掘，是我们以前的电影中非常少见的，有开拓的意义。这里我更愿意用‘工业元素’这个词，是因为我认为这部影片与我们以前的‘工业题材’电影有所区别。”见张猛、皇甫宜川、石川、蒲剑：《〈钢的琴〉四人谈》，《当代电影》2011 年第 6 期。

空间结构与日常生活形态，实际上是高度相似的：由工厂与家属区构成完整的集体生活单位，将生产、生活、教育、娱乐活动与消费融为一体，是封闭的、自给自足的熟人社会。具体而言，这种集体主义的空间感，首先表现在大量对于世俗、琐碎的厂区日常生活的记录。熟人社会的生活底色，悄然无声地以偶尔令人不适却又带有真实感和亲密感的方式出现在电影里：《六人晚餐》中邻居对母亲秘密的刺探，晓蓝和丁成功两家父母的流言蜚语可以迅速传到子弟中学里；《少年巴比伦》中楼上楼下挨挨挤挤的家属大院，工厂爆炸和地震发生时，厂区里敲锣打鼓集体逃命的场景；《八月》中电影厂职工齐心协力的推车与拔河比赛，孩子们晚饭后在大院里的嬉戏，邻居们分批涌来观赏母亲栽种的昙花；等等。随着电影镜头从厂区的“生产空间”转向更广阔的“生活空间”，借助年轻的主人公晓蓝、丁成功、路小路、张小雷、曲靖等人的眼睛，我们看见了关于“工厂”更为丰富、敏感的表达层次。“留住好时光”是《八月》海报上最醒目的宣传语，即使在属于社会主义工厂的红火年代灰飞烟灭以后，厂区依然是废墟状态的永恒家园，依然能够被指认为“好时光”而获得缅怀。

《钢的琴》的导演张猛曾以“工厂情结”解释自己的创作动机：“我们在东北长大的孩子，对工业时代有特别深的情结……我一直都在活在那个年代里，现在这个年代让我有点惶恐，不如那会儿有序。《钢的琴》，最开始是因为想缅怀那个时代的。”可以与之对读的，是同样在厂区长大的导演张大磊试图通过《八月》再现那个“简单的年代”的初衷：“那个时代或者是那个时代里的人，还有人和人之间的关系都是特别的简单，没有那么多的目的性。”“我更想说是我们的经验，那一代人，或者同样有过大院生活，或者同样有过八九十年代还多少残留着社会主义的那种生活方式那种观念，那个时代过来人的一些共性吧。”[1]需要指出的是，为他们所缅怀与亲近的那种“大院式”的生活形态与人际交往方式，本身就是计划经济年代的政策性产物。新中国在1950年代仿效苏联规划模式集中建立的一批批厂区大院，既可以视作对社会主义政治经济学的某种理想图解，也是在生产力水平不高的发展阶段，实现各单位供给自足的现实需要。[2]而伴随着计划经济向市场经济的全面改革，这种提倡均等与福利保障，实则生产效应不高的单位大院终会被资本主义式的现代城市建制所取代。

就像列斐伏尔所说的那样：“空间并不是某种与意识形态和政治保持着遥远距离的科学对象，相反它永远是政治性的和策略性的……空间一向是被各种历史的、自然的元素模塑铸造，但这个过程是一个政治过程。”[3]当电影主创在高度资本化、阶层秩序打碎重组后的当下语境里，回望那种亲密、均等、稳固

[1] 见“声色场所”专访张大磊：《〈八月〉导演张大磊：我特别热爱那个简单的年代》。文字稿见 https://movie.douban.com/review/8162567/。

[2] “由于旧有的城市是消费城市，为了发展经济，工业建设被提到了城市建设的最前沿。许多城市在上世纪 50 年代初都提出‘变消费城市为生产城市’的方针，这一方针的主要内容就是‘所有的城市都应有自己的工业’，为的是每个地区不论消费品还是生产资料都尽可能自给自足，因而造成了城城设工业、处处冒烟囱的景象。”关于工厂与“大院城市”的历史，可参阅戴志康、陈伯冲：《高山流水——探索明日之城》，同济大学出版社，2013，第 30—34 页。

[3] ［法］亨利·列斐伏尔：《空间政治学的反思》，载包亚明主编《现代性与空间的生产》，上海教育出版社，2003，第 62 页。

的集体精神与家园感时，空间就不再仅仅是一个特定年代的容器，其形式本身就是集体记忆与社会转型的文化标本。而另一个值得注意的现象是，在纷纷聚焦于1990年代初期的叙事段落里，种种消费、娱乐场所作为新的空间意象在厂区里出现。无论是《八月》中的台球厅、夜市，免费的职工电影院改为售票观看好莱坞进口大片，响应“有偿使用国家资产”的号召；还是《六人晚餐》里十字街上的工人电影院变成了夜总会，《少年巴比伦》中的露天卡拉OK，《黑处有什么》中放映港台三级片的录像厅……它们是一代人成长中真实的回忆坐标；在大院子弟、工人后代独特的社会参照系里，这些新的消费空间，同样也折射出外来流行文化和商业资本对厂区无处不在的渗透、侵蚀与改造。在这以后，厂区最终以土地产权移交、拆迁等方式彻底在空间上消失——就如同被炸毁的烟囱一样。在《二十四城记》里，原国家大型军工企业四二〇厂的原址被华润置地收购，《六人晚餐》里不断拆迁的工厂，连埋葬逝者的墓地也难逃“商业开发”的命运。电影里动态变迁的厂区空间，展现了1990年代的一个重要的历史横截面。而“回望变迁”的行为带来的启示是，在一定程度上，电影对于厂区空间的集体再现、缅怀是以一定的时间距离作为前提的。或许值得再次借用福柯那句“重要的是讲述神话的年代，而不是神话讲述的年代”：社会主义实验性的那一页已经翻过去了，“从有到无”的时代变迁也已经完成，至此，厂区才成为了一个可以被自觉清理、重绘、讲述的历史对象。

三、青春叙事与文化乡愁

正如上文所提到的，少年 / 童年视角是张大磊、相国强、王一淳、李远等几位青年导演中不约而同的叙事选择。[1] 在一定程度上，《少年巴比伦》《八月》《六人晚餐》和《黑处有什么》，多多少少都可以看作工厂元素、1990 年代记忆与青春电影相互糅合的产物。与父辈正面遭遇的国企改制并线展开的，是工人阶级下一代的青春、成长问题，以及他们同样需要做出的选择——对这一主题的思考与探索，可以在此前王小帅导演的《青红》《我十一》，以及贾樟柯导演的《二十四城记》里找到踪迹。值得注意的是，在这几部电影里，对日常生活与集体记忆里工厂内外景象的呈现，很多时候是通过几位年轻的主人公的"闲逛"和"旁观"完成的。以《八月》为例，电影厂改制与父亲的下岗发生在张小雷升入初中前的夏天。在这个没有暑假作业、无所事事的八月，张小雷游走在家属大院、学校、电影厂、游泳池和台球厅之间，有足够的时间去打量工厂和成人世界里发生的变化，同时独自面对青春初来的启蒙和困惑——电影通过大量张小雷趴在窗外和门框外偷听、偷看的构图，强调了他作为旁观者的在场方式。在工厂生死转折的时刻，张小雷四处游荡的姿态，令人想起《阳光灿烂的日子》中同样终日游手好闲的马小军们。他们以闲逛的方式打开了"文革"时期不同于主流想象的"街角社会"，《八月》可谓

---

[1] 相比于由导演自编自导的《八月》和《黑处有什么》，《少年巴比伦》和《六人晚餐》分别改编自"70 后"作家路内、鲁敏的同名长篇小说。由于存在文学改编的环节，对于电影叙事视角的选择可能是导演、编剧及原著作者多方协调后的结果。比如《六人晚餐》原本在小说原著中由六个人平均分配的叙事结构，在电影里基本被换成了晓蓝一人的观察视角。

与之有着异曲同工之妙。[1] 可以说，企业改制在国家、工厂与家庭等不同层面引发的波动，与焦灼、隐秘的个人成长心路重叠在一起；将两者缠绕在一起的既是 1990 年代的时间坐标，也是一种共通的失序感、不确定与迷茫感。

作为青春叙事的特殊语境，厂区首先是或温情或压抑，或热血或烦闷的成长空间，也是见证了父辈理想与共同体精神溃败的生活世界。《六人晚餐》的片头，晓蓝的独白显得格外直白：“那时企业正面临改制，厂区里大批员工被劝退下岗。”“总感觉生活摇摇晃晃的，不踏实。”在穷极无聊的漫长青春里，工厂如同一座精神监狱，无法提供关于未来的其他可能。就像《少年巴比伦》的开场，镜头扫过糖精厂，画外音里响起路小路对于戴城的描述：“我生活的城市只有工厂，抬头就是烟霾。在这里我无处可去，只能当工人，我也无人可爱，只能爱自己。那年我二十岁，是我的青春最香甜、最腐烂的时候。”伴随着“无处可去”与“外面的世界更精彩”的精神夹击，“留下还是离开”成为工人后代所必须面对的选择——路小路与白蓝，晓蓝与丁成功之间始终充满了“错位”的爱情，或许是这一主题最为通俗化的表达。而当离开厂区、摆脱工人的阶级烙印正式成为下一代内心的难题与暗疾，工人身份与工厂也悄然剥落了昔日中心地位的辉煌，逐渐

[1] “街角社会”来自程光炜在《读〈动物凶猛〉》一文中借用威廉·富特·怀特的概念，对马小军的闲逛对于开启另类的“文革”景象的意义的分析：“中国的‘文革史’研究虽然在海外汉学和国内现代史领域取得了赫然成就，但被青年红卫兵和工人巨大身影罩住的‘少年’群体，这个被怀特称作‘街角社会’的社区仍‘默不作声’，也不能说不是一个遗憾。在这个角度看，《动物凶猛》这篇小说可以说是眼光独具。”参阅程光炜：《读〈动物凶猛〉》，《文艺争鸣》2014 年第 4 期。

变成封闭、落后与边缘化的能指。

在这些电影里，很难再看到传统工业题材电影中热火朝天、机器轰鸣的劳动场景，青春叙事的耦合和调色，也在很大程度上绕开了对于“阵痛”悲愤、犀利的正面表达——但我们依然可以在“下岗的父亲”构成的人物序列身上，找到他们对这段创伤个人化的存储方式。相比于依然拥有选择权、可以随时离开厂区的年轻的路小路和晓蓝们，中年下岗的父亲们作为承担“阵痛”的主体，更多时候才是真正的无路可走、无处可去。而有趣的是，在重现工人阶级被集体抛弃时的辛酸、痛苦与无力感时，电影往往采取了象征化的、表现主义的手法。某种程度上，这些回忆段落几乎是先锋的或浪漫的，饱含着工人阶级的子女的感伤想象。无论是《六人晚餐》中丁伯刚在灯下翻看昔日的“先进工作者”的劳动奖章和奖状的场景，从倒闭的工厂里不断捡回废铜烂铁，直到罹患失忆症，被厂区里的火车撞死；还是《少年巴比伦》中从父亲被告知下岗，到戴着防毒面具在厂区里游荡的黑白场景的蒙太奇；又或是在《八月》里最令人印象深刻的、同样充满了表现主义的色彩那一幕——曾反复吟诵着“人不能低下高贵的头颅”的父亲，在深夜醉酒后赤手空拳对着空气进行搏击，俨然一个身陷“无物之阵”的悲情英雄。

倾注在“下岗的父亲”身上的凝视目光，在无形中实现了两代人之间一次自下而上的找寻与沟通，也完成了叙事位置的交接。此中记忆、情感与认同的互动显得耐人寻味。下一代的感伤，无疑为被遗忘的工人阶级和“阵痛”记忆提供了重要的情感催化，并在致敬之中完成了超越伤痛的认同——就如同《八月》的片尾题词“谨以此片献给我们的父辈”一样，在此时响起的音乐是 1985 年电影《青春祭》的主题曲《青青的野葡萄》。在自身的青春迷茫，以及对于父辈的青春的眺望之间，我们得以清晰地看到工人后代身上那种近似于“乡愁”的情绪：对曾经的、业已逝去的社会主义工业年代的生活方式、文化方式的怅惘、追怀与祭奠。电影中不再占据舞台中心的父亲们，显然更像是《钢的琴》里陈桂林等中年下岗工人的同辈。随着“讲故事的人”的话语权悄然发生“青春化”的位移，叙述视点在不同年龄层之间的滑动，在题材的意义上，指向了在今天重新讲述被忘却的工厂故事的可能性。在这个意义上，《二十四城记》中将“三代厂花”的人生并置在一座工厂的兴衰史里的做法，或许可以视作一次有限的尝试。

“流亡期间最让人怀念的并非过去和故乡本身，而是我们和友人、同胞分享的文化经验的这一潜在的空间，其基础既不是国家也不是宗教，而是选择性的各种亲切感受。”[1]随着工人后代的成长经验成为新的叙事资源，厂区空间及其携带的集体主义的余热，通过大众化的电影媒介实现了影像化的重建与传播。而这些工人后代的文化乡愁，或许也在提示着我们，同为“亲历者”，参与和见证工厂衰落的方式与身份本身就是多样的、复杂的。当不同年龄的亲历者以各自的方式重返改革记忆的“痛点”，为他们所筛选、还原的历史面目，也会随着情感动机与审美诉求的变化而有所不同。换句话说，在陈桂林的故事之外，还存在路小路的故事、张小雷的故事，他们提供了故事的“其他讲法”。我们

---

[1] ［美］斯维特兰娜·博伊姆：《怀旧的未来》，杨德友译，译林出版社，2010，第 60 页。

也因此看到，除了对历史进行尖锐的质问与批判，或对劳动价值与工人文化进行正面重建之外，文化乡愁与集体记忆其实同样是一种“拒绝遗忘”的方式——在工厂元素呈现回归之势的电影版图上，这或许正是“其他讲法”的故事价值所在。

当然，在这种新的叙事趋向里，电影市场上类型化的青春片对于工厂题材的改造，同样出现了值得警惕的商业化、媚俗化的弊病，但这是需要另外撰文讨论的话题。但就“青春化”策略的正面价值观之，如果我们可以把文化乡愁视作一种对“历史失忆症”的反抗，把厂区电影视作对共和国工业记忆的某种激活，那么或许可以说，青年导演们正在以某种暗角、侧面的方式实现历史摄影机位的增补。发生在 1990 年代的青春经验，被特殊的工厂历史所捕获、赋形，散落的个体回忆，也逐渐汇流、上升、转化为对时代集体记忆的有意识的反顾。而这股情感的、动态的、反思的活力，无疑也为工厂影像的探索与表达提供了更多的动能。

2017 年

当我们再次走进动物园

一

2024年2月，一只名叫Flaco的猫头鹰去世的消息登上《纽约时报》等媒体的头条版面。哀悼的市民们自发相聚在纽约曼哈顿的中央公园，这里曾是它生前喜欢待的地方。

Flaco学名欧亚雕鸮，它从小被送入纽约中央动物园，在那里生活了整整十二年。直到去年，有人破坏了它的笼网，Flaco越狱出逃。但是，这种广泛分布在欧亚大陆的物种并不是美国本土鸟种，换句话说，动物园之外也没有它的同伴。从没有过野外生存经验的Flaco很快掌握了捕猎技巧，动物园和警方最终放弃了对它的抓捕。从此它开始以网红鸟的身份在纽约流浪，享受着过去十二年未有过的自由。这个孤独身影的一举一动都受到人们的瞩目，直到一年后，它突然死于高楼撞击，此后更详细的尸检报告显示，Flaco患有严重的鸽疱疹病毒。此外，它的体内检测出多种被纽约广泛用于消除鼠患的抗凝血毒药，以及已被人类社会禁用五十年的DDT农药的降解残余。尸检报告指出，即使没有外伤，疾病与中毒也必将在不久后致其死亡。[1]

是城市最终杀死了这只鸟。

中央动物园当然不是它的家。坐困钢筋混凝土丛林的中央公园，也不是真正的自然野地。逃出了动物园的铁网，也逃不出更大的城市囚笼。米兰·昆德拉说："面对一只动物，人就是自己。他的残酷是自由的。人与动物之间的关系构成了人类存在的一种永恒的深处背景，那是不会离弃人类存在的一面镜子（丑陋的镜子）。"[2] 深陷不自由的今日世界，人们徘徊在动物园门前，眺望一只反抗圈养的鸟，也是揽镜自照。镜中映出的，是间接参与了杀戮的施害者，还是同样无往而不在枷锁之中的自己？

一只猫头鹰宁死也不回到笼中的生命落幕，将人们的目光再次引向动物园这一历史久远的机构。前现代的动物园雏形，是君王展示权威、财富与荣耀的场所。到地理大发现时期，殖民帝国的统治者将动物视作原始自然的象征，像集邮一样掠取更多种类的动物，以此宣告征服世界。人类通过将动物囚禁、收藏、展览、交易，证明文明对自然的统治和支配，也促成了包含医学、博物学、解剖学在内的科学革命的起飞。19 世纪前后，作为休闲娱乐公共场所的现代动物园在巴黎、伦敦相继诞生。中国读者熟悉的里尔克的名诗《豹——在巴黎植物园》，正诞生于世界上首个现代意义的动物园。1793—1794 年前后，路易王朝贵族化的动物园，作为君主政权压迫的象征被推翻，凡尔赛宫中的幸存动物被移入巴黎植物园，用于民众游览与科学研究。这种向大众

[1] 参阅 Fangorn：《一只网红猫头鹰之死》，"果壳"微信公众号 2024 年 4 月 8 日。

[2] ［法］米兰·昆德拉：《相遇》，尉迟秀译，上海译文出版社，2022，第 225 页。

开放的动物园建制，很快在欧洲推广开来。一百多年后，现代人观看兽笼与笼中兽的场景得到诗学定格，文学将动物园编织到更分裂也更辽阔的社会现实、心灵与哲学思考中。“它的目光被那走不完的铁栏／缠得这般疲倦，什么也不能收留。／它好像只有千条的铁栏杆，／千条的铁栏后便没有宇宙。”铁栏杆将人与动物分隔开，但是目光让二者重新相连，看似清晰的二元化分割受到质疑。毫无疑问，发现这个秘密的作家里，里尔克不是第一人，也不是最后一个。

20 世纪，两次世界大战推动了人类对生命、自然认知的剧变，建立城市动物园成为全球性浪潮。到 20 世纪末，动物园演化为集科学研究、自然教育、动物保护与娱乐四大功能为一体的机构，每年近全世界人口总量十分之一的游客前往动物园参观。随着动物福利观念兴起，环境与生态保护运动推广开来，动物园所映射的权利不平等，使其越发被视作具有“原罪”的场所，近年来不断有取消动物园的呼声。

动物园是动物与人、自然与文明强制性相遇的地方，人类发明围栏与笼舍，用于划分人与动物、文明与野蛮人的边界。根据历史学家 E.E. 卡明斯的观点，典型的动物园意味着“视觉的混乱”，人与动物错杂的视线交织，使其成为探究人性与真实的绝佳场域。“正是凭借动物园，人类才能暂时忘却城市生活的一成不变。然而，从另外的角度看，它也意味着一个真实的宇宙……是我们自身社会归属的间接表达。”[1] 动物园是说不尽的观看之

[1] 转引自［美］伊恩·J. 米勒：《樱与兽：帝国中心的上野动物园》，张涛译，光启书局，2022，第 1 页。

所，也是看不尽的叙事之所。游人如何透过兽笼看动物，反之，动物如何回看游人，如何看待自己的被看，动物有没有权利拒绝被看？动物园如何力图还原野外生境，都无法改变笼舍作为“景观”和“人造自然”的本质。站在兽笼前，我们感知人与自然的复杂纠缠，也更容易将自身的情感和社会焦虑，在动物身上投射、反照。同时，“观览动物园的兽笼就是对催生这些兽笼的人类社会的理解过程”[1]。

“在人类向自然的高歌猛进中，人性本身已多少有所迷失。现代性那令人震惊的客观法则，将人性从对自然法则的屈服中解放出来，然而却又将其囚禁于一个不辨方向的镜像体中，在那里我们视野所及的几乎每种事物看上去都像是我们的自身的投影。”[2] 这也许是为什么，动物园故事总是关于“人”的故事。动物园的形象，随着人类的权力欲望、认知与自然观念的演变而变，并一再敦促人类自问：什么是现代人与现代性，又是什么构成了现代文化？

二

让我们再次回到 Flaco 的故事上。

动物从动物园中逃跑，闯入城市，引发骚动，这样的新闻时有发生。这类逃逸案例，用越界之举挑战了城市制定的人与动物的地理划界，也搅乱了城市化进程中有关“自然”的设想。“在当

---

[1] ［法］埃里克·巴拉泰、伊丽莎白·阿杜安－菲吉耶：《动物园的历史》，乔江涛译，中信出版社，2006。

[2] ［美］伊恩·J. 米勒：《樱与兽：帝国中心的上野动物园》，第 373 页。

代都市生活中，‘真实自然’本身就是越界之物，是需要被隔离与驱逐的存在。”[1]安全边界被打破后，在现实中制造出混乱、惊愕和人与动物他者的对视，这是葛亮《猴子》的故事起点。《猴子》里，西港动植物园（原型是位于中环的香港动植物园）的一只红颊黑猿出逃，到它被抓回园中，耗时五十六小时。饲养员确信猿猴是自己打开密码锁逃跑的，但没有人相信这个近乎不可能的真相，饲养员为此引咎辞职。短短不足三天，这只红颊黑猿赚足了媒体眼球。它先是闯入中环豪宅区中的女明星家中，引发轩然大波，致使女明星被指控发疯并关入精神病院；又进到偷渡入港的底层人家中，带给残疾女孩短暂的温馨，后被女孩的父亲驱逐。最终，猿猴在闹市区被缉捕队的麻醉枪击落，残疾女孩因急于靠近而葬身车祸。

无论是在纽约低空掠过的欧亚雕鸮，还是葛亮笔下现身香港民宅的红颊黑猿，都是一只动物出现在城市里某个它本不该出现的错误地方。城市原有的空间秩序被破坏，再次将动物从橱窗后的展品，还原为具有野性、会威胁人类安全的“入侵者”。在葛亮的故事里，猿猴没有袭击人，却有人因它失业，失去人身自由，甚至有人因它而死。不受欢迎的“入侵者”如此危险，必须被关押回笼中。但事实是，没有一种入侵不是经由人类之手造成的。在《猴子》里，人为这次意外付出了代价，两败俱伤。

葛亮采用了文体拼贴与多视角叙事，各章节中的辞职信、新闻报道、娱乐公司声明和残疾女孩的日记，作为次生文本，与正

[1] 黄宗洁：《它乡何处？：城市、动物与文学》，南京大学出版社，2022，第213页。

文中饲养员、女明星与移民父亲的第一人称自白，组成对“猿猴出逃”的讲述，众语喧哗。《猴子》用浓缩的戏剧化场景，映射香港高度密集的居住空间与社会问题：稀缺的空间资源、令年轻人困窘的职业环境、娱乐工业资本的残酷游戏、移民身份与生存压力、人的孤独与信任危机，等等。或许再没有哪里比高楼林立的香港，更适合表现城市与动物之间的紧张关系。城市密度越大，人对于可能受到的威胁就会越敏感。

每个与猿猴相遇的人，都在与它的对视中看见了自己，“我回过头，却看见那只猴子的眼睛。人一样的眼神”[1]。从中环半山到富人豪宅区，再到底层街区，猿猴短暂地以人所没有的自由之身疾速通行，在不平等的空间中制造出平等的混乱。然而，《甩绳马骝大闹中环半山豪宅》《女明星走火入魔自编自导》的报道可以抢占各大版面，一个底层儿童的死却静悄悄的，无人知晓，话语分配的不平等依旧赤裸。“真搞不懂，西港人为了一只猴子，要长篇累牍地跟踪报道了三天。黐线。”《猴子》最后借记者之口讽刺报业，同时暴露出媒体人自身的傲慢和更复杂的不平等。“这世道，真是畜生比人金贵了。”[2]

城市人无法拒绝自然的召唤与魅惑，但更多时候只能躲在都市森严、便捷的管理逻辑背后，在安全的想象中寻找寄托。我们可以将看得见的动物，放回看得见的栅栏之中，恢复视觉、心理上的安全。但小说家更关注的是“看不见的栅栏”：文明统辖自然的区划想象，野性与人性泾渭分明的人类自我认同，

[1] 葛亮：《猴子》，载《浣熊》，中信出版社，2017，第 51 页。

[2] 同上，第 71 页。

当真如此坚固吗？逃逸动物“真正跨越的是一条隐形的心理界限”[1]。不安的裂痕一旦出现，未必能再修复如初，却能让文学继续滋长。小说家会问，如果让令人不安的“越界”反向而行，让城市人进入动物园的笼子里，又会如何呢？胡迁的《大象席地而坐》和路内的《关于告别的一切》，都结束于这样一个“人在兽笼”的时刻。

《大象席地而坐》里，主人公到花莲动物园寻找一头传闻中一直坐在地上的大象，这个诡异、灰败的巨大形象吸引着生活陷入绝望的“我”。为了弄清大象为什么始终坐着一动不动，“我”翻越了围栏。大象不知看向哪，人却看着大象走向地狱：

> 等我贴着它，看到它那条断了的后腿。它看上去至少有五吨重，能坐稳就很厉害了，我几乎笑了出来，说实话我很想抱着它哭一场，但它用鼻子勾了我一下，力气真大，然后一脚踩向我的胸口。[2]

凭大象的杀伤力，这一脚下去，不死也是重伤，哪怕是一头断腿、受辱的象。翻过围栏背朝人群走向大象的“我”，是对满是侮辱与损害的人类社会的弃绝。归根结底，主人公与大象惺惺相惜，因为都是身处边缘的弱者，人与动物同在笼中的形象，既并置对比，又相互界定。也只有边缘者，会无法忽视动物遭受的粗鲁恶劣的对待，会想要走近前去，看清另一个边缘者隐藏起

[1] 黄宗洁：《它乡何处？：城市、动物与文学》，第 64 页。

[2] 胡迁：《大象席地而坐》，载《大裂》，九州出版社，2017，第 27 页。

的伤口。2017年，胡迁在小说改编的同名电影上映前自缢，《大象席地而坐》极致性的伤害，也成了“小说家之死”永远沉重的谶语。

《关于告别的一切》中的吴里动物园富有精神分析色彩。主人公李白儿时逃学去动物园闲逛，意外目睹狮子咬死饲养员的血腥场景。狮子被原地射杀，李白系念的却是猛兽的尊严问题。“他们用人类的仪式处决了它，就像海明威所吹嘘的，他们给了它有尊严的死。”[1] 后来李白反复梦见狮子，从少年到中年，“有尊严的猛兽之死”以梦的变形渗透到人的生命中。小说结尾，他为了救一只橘猫，跳进了动物园的坑式熊山，留下自己与半睡半醒的黑熊对峙。这是动物园里最后一只大型肉食性猛兽，常年笼养，精神不正常了。人和猛兽皆老，李白因恐惧而战栗，又忍不住浮想联翩，小说在千钧一发之际结束。

动物园在《大象席地而坐》《关于告别的一切》里的形象，都是荒凉的、凋敝的，难以想象参观者能有什么游兴，它更属于被遗忘和被放逐者。在这个展示规训教化的空间里，无论是受伤麻木的大象，还是囚养太久患上精神疾病的黑熊，何曾是它们的族群在自然中真正的样子？事实上，动物受到不当饲育乃至虐待的历史几乎与动物园的历史等长。无论是屈辱地活，还是有尊严地死，都暴露出生命的不平等。讽刺之处在于，只有当人进入兽笼，人命受到威胁，“生死”才在动物园中成为一桩大事。德里达尤为看重人与动物的“照面”的意义，他在《动物故我在》（*The Animal That Therefore I Am*）一文中提出，正是这一照面建

[1] 路内：《关于告别的一切》，上海文艺出版社，2022，第81页。

构了积极驳斥人类中心主义的动物伦理。当人们与受苦的动物照面，看到它们肉身的脆弱性，会给人带来直击灵魂的触动。动物受苦与脆弱召唤着人的同情心，这一无法否认的“情动结构”，让“照面”具有中断性的力量，它打断了人的正常活动，并驱使人们去思考动物与人的关系。[1] 小说人物逆向而动，向栅栏内的禁区“涉险”，是一次主动制造的近距离“照面”，也是对人与动物之间的界线发出的质询。

三

说起动物园，人们可能会自然联想到儿童。动物园总是挤满了孩子，带孩子的家庭，学校组织的集体队伍，今天依然是动物园的游客主体。不过，儿童与动物园的关联不是天然的，正如儿童概念也是现代社会的发明。要到 19 世纪，动物园才开始关注儿童的需求。随着学校教育的进步，儿童在家庭中的地位上升，儿童之于动物园的重要性突显。动物园的公众教育意义随之大幅提升。捷克人埃里克·泰林内克曾将动物园称为“最好的儿童学校”和“成人的补习学校”。[2] 从 19 世纪末到 20 世纪上半叶，动物开始统治儿童的想象力，这一时期，童画书、动画电影对动物采用拟人化表现，逼真的动物毛绒玩具也成为孩子中的新风尚。动物园里的动物，为孩子心中的虚拟想象充当了现实例证，他们

---

[1] ［美］马修·卡拉柯：《动物志：从海德格尔到德里达的动物问题》，庞红蕊译，长江文艺出版社，2022，第 164—165 页。

[2] ［法］埃里克·巴拉泰、伊丽莎白·阿杜安－菲吉耶：《动物园的历史》，第 183 页。

走进园中，是为了求真，更是为了“求证”。那些缺乏活力、目光呆滞的动物可能会让孩子疑惑：它为什么和我想的不一样？流行文化中被拟人化、商品化和去脉络化的动物符码，有可能分化、覆盖动物园里真实的动物形象，使后者的主体“消失”，是至今存在的另一重争议。

大多数人都有逛动物园的童年记忆，有愉快的，也有不快的。对成年人来说，逛动物园是对童年的故地重游，动物园或许是抒发怀旧、亲近与缅怀天真的避难所。“他们自己也希望在那个复制的动物世界里重新找回某种纯真，那些铭刻在童年记忆里的纯真。”但现实可能会让这一期望落空。[1] 尽管如此，一座辜负了“童年期待”的、去浪漫化的动物园，依然可以扮演“成人的补习学校”，不仅在自然教育的维度，更在对动物与人的关系的重新审视。

王占黑的《献给芥末号》，李静睿的《艳光四射动物园》，大头马的《所罗门王的指环》和张玲玲的《给渡渡鸟的短颂歌》四篇小说，让成年人重新置身动物园。在大人和孩子、囚养与自由的两端之间，小说家们有不同的落点。当成年人再次走进动物园，他们因何而来，会看到什么？有什么是从前没有看见的，她们希望引导读者去发现什么？

在《献给芥末号》里，王占黑写了一个推翻童年印象的动物园故事。女主人公嘉宝和动物园里的黑猩猩海蒂娜，生日只差一天，从十岁起，母亲每年都带她去动物园和海蒂娜一起过生日。母亲总对女儿说：“你看，和你发起脾气来一式一样的。”“你看，

---

[1] ［英］约翰·伯格：《为何观看动物》，刘彬译，商务印书馆，2023。

和你想不开的时候一式一样的。"[1] 女孩将"一式一样"的暗示潜移默化为缘分和认同，与黑猩猩缔结了孪生姐妹式的情感纽带。十年间，海蒂娜表现出孤僻、不合群，出现烦躁的刻板行为，包括它对游客的敌意，都被嘉宝看在眼里。她觉得海蒂娜像人一样"记仇""生闷气"，却没有细想背后的原因，甚至曾羡慕黑猩猩不用上学和考试。但残酷的事实是，对海蒂娜来说，眼前的一切，包括嘉宝，都是没有意义的。动物园将动物隔离开来，为了方便分类管理和保障寿命。"在某种限度内，动物自由自在，但它们与观察者一样清楚自己被禁锢的事实。"在长期的禁锢状态下，它们的正常反应能力逐渐退化：

> 这一切令人产生幻觉。周边什么都没有，只有它们无精打采或者过度充沛的精力。它们缺乏任何主动性——除了短暂地食用饲养者提供的食物以及非常偶尔地与分配给它们的配偶进行交配。（因此，它们常年的行为成了没有行为客体的毫无意义的行为。）最终，依赖性与隔离状态决定了动物的反应能力，导致周遭的一切——通常发生在它们眼前，也是游客的所在地——在它们看来都是毫无意义的。（因此，它们显示了一种本来只有人类才拥有的情感——冷漠。）[2]

约翰·伯格在《为何观看动物》里有一个著名观点：在动物园，无论人们如何看动物，看到的永远是已经被绝对边缘化的

---

[1] 王占黑：《献给芥末号》，《小说界》2023 年第 6 期。

[2] ［英］约翰·伯格：《为何观看动物》。

东西。游客的视角总是错的，动物以人们想象和期待的形象出现，这就像在看一幅没有对上焦的照片。嘉宝十年间对海蒂娜的“看”与理解，就处在伯格说的“长期失焦”状态。直到她自己也经历了一段失去自由的时间，才突然明白了海蒂娜的处境，开始将黑猩猩视作与自己平等的生命主体——“如果没有突然间成为她，我大概一辈子都不会认真考虑她的事情。”这才是真正的“一式一样”。“姐妹情深”“一起过生日”只是人类中心的一厢情愿，不仅幼稚，简直令人懊悔、羞愤。顿悟一切的嘉宝在园外大哭，她所能做的就是不再走进动物园，“海蒂娜从不希望谁去找她”：

> 这才多久我就受不了了，海蒂娜呢，她有天台吗，想尖叫吗，她平躺在水泥地上偷偷抹过眼泪吗？无聊到跟随远处楼顶的钟声数数的时候，她会突然反应过来，自己将在这个有秋千和假山的地方住一辈子吗？那她怕了吗？为了不害怕，她想过死吗——[1]

直视深渊是痛楚的。摧毁一起长大的珍贵记忆，并不比承认自己盲目的优越感来得更容易。面对海蒂娜，嘉宝从将它视作自己的影子，到视作一个需要道德保障的独立生命体，其中关键的一步，是确真地识别出动物的痛苦。“我们还能以什么为根据来划出这条（人与动物间）不可逾越的分界线呢？……问题不在于‘它们能推理吗’，也不是‘它们能说话吗’，而是‘它们会感受

[1] 王占黑：《献给芥末号》。

到痛苦吗'。"[1]在主人公的泪水里，王占黑的小说让人思考，人类童年对动物园的喜爱，这感情曾是清白无辜的，后来发生了什么？我们是否准备好了面对真相，比如，发现自己的感情其实是善恶兼具的混合物？按照段义孚的观点，不要忽视感情在人类与动植物不平等的关系中发挥的效力，感情同样会被用于控制和支配。"感情并非支配的反面，而是支配的抚慰，是具有人性面具的支配。"比起更尖锐粗暴也更容易识别的权力，感情"使支配变得柔软并易于接受。……以至于我们乐于忘记，在我们并不完美的世界上，关照几乎不可避免被庇护和屈尊俯就而玷污"[2]。我们在审视无所不在的权力运作时，被审视的还应该包含我们的情感。

同为不自由的自由之书，李静睿的《艳光四射动物园》可以与《献给芥末号》形成对读。故事再现了自贡小城一座民营动物园在异常状态下的求生意志，即使空无一人，也要张灯结彩。守着没有游客（也就没有收入）的动物园，经营者王一帆与动物朝夕相对。剥夺了游赏功能，动物园退化为一处诡谲、滑稽的存在主义式空间。"动物园在茫茫黑夜中像一所简陋的诺亚方舟。"[3]对王一帆来说，实实在在地带领全部动物和自己一起活下去，比什么都重要。"方舟"的隐喻之下，人是动物的"救世主"，也是自救者。关得太久以后，动物们对突如其来的自由无动于衷。李

[1] ［英］边沁：《道德与立法原理导论》，时殷弘译，商务印书馆，2009，349—350页。

[2] ［美］段义孚：《制造宠物：支配与感情》，赵世玲译，光启书局，2022，第9页。

[3] 李静睿：《木星时刻》，广西师范大学出版社，2023，第190页。

静睿用诙谐、举重若轻的喜剧性语气，发出孔雀般的哀音：

> 我打开了所有的笼子，但大家都呆呆的，望着敞开的门，不明所以，骆驼是这样，八角是这样，连孔雀儿也是这样，原来孔雀儿已经忘记了西双版纳，它可能也不再需要蘑菇，它会留在我们的动物园里，一直开屏，一直开屏，开到死为止。[1]

四

大头马和张玲玲的两篇作品，都涉及一种情形：无法正常融入社会的孩子，在动物园意外获得希望。大头马为《所罗门王的指环》找到了一个美妙如 DNA 双螺旋的形式结构：一条线索的虚构故事发生在 1980 年代至新世纪中国，单亲妈妈舒晓英独自抚养患有自闭症的儿子，为儿子寻求治疗的途中，从医生变成了动物园院长，儿子也成为他心爱的大食蚁兽的志愿者讲解员。另一条非虚构的线索，有关奥地利科学家康拉德·洛伦兹如何走向动物研究，如何在 20 世纪世界大战、纳粹种族政策、科学与伦理的激烈争议下开创动物行为学的一生。小说的标题，与康拉德的动物行为学科普著作《所罗门王的指环》同名。

大头马的许多思考，来自她 2022 年在南京红山动物园做志愿服务的实践与观察。[2] 小说瞄准了一个失焦已久的靶心：动物

[1] 李静睿：《木星时刻》，第 200—201 页。

[2] 参阅《一个十年不上班的人，如何确立自己的存在？》，“GQ 报道”微信公众号 2023 年 7 月 14 日。

自身的主体性。“每一种动物都有独属于它自己的语言和情感的表达方式。”[1]儿子对动物的兴趣，为陷入僵局的诊疗打开了一扇窗，他在以自己的方式“理解世界”。在正常人、病人与动物之间，自闭症不过是人类存在的一种样貌。当自闭症患者与动物相遇，常被划入“非人”的二者之间建立起交流，依循的不是常规性的“人”的方法论，却比一般人更靠近“理解”与“尊重”的真谛。由动物推及人自身，谁有资格来定义什么是“人”，什么是“正常人”？大头马反思人类的狭隘与妄尊自大，谬误性的认知与想象是如此普遍，不仅体现在如何对待他者，也同样体现如何对待同类上。动物园是做人类学与动物学双重田野调查的好地方：

> 理解另一个人，和理解一只动物一样，都需要极为耐心的观察、无微不至的关怀，才能逐渐找到与对方建立连接的秘诀，而这个秘诀是如此简单：任何对方和自己一样，是生灵的一种。给予他们充分的尊重，充分的自由，充分的存在必要性。你和我不一样，也不必成为我。[2]

《给渡渡鸟的短颂歌》里，因为医生建议尝试接触动物治疗，主人公夫妇带着智力发育迟缓的儿子来到动物园，与另一个带着生病孩子游园的家庭相遇。当无法负担昂贵的治疗课程费用时，动物园变成了廉价易得、普通病人家庭孤注一掷的选择。两家人

[1] 大头马：《所罗门王的指环》，《小说界》2023 年第 2 期。

[2] 同上。

因为制止投喂动物产生口角。在动物园里，投喂动物的伤害现象屡禁不止。喂食的愉悦看似十分纯粹，实则发自隐形的、以优越性和权力为基础的快感机制。[1] 张玲玲设置了多组的“看与被看”，用以叠放有关“照面”的数重伦理困境：人在看动物，也在看投喂动物的人，同时躲避着投喂者向自己投来的目光。两位母亲丢给对方的“你的孩子有病”，无意中刺痛了双方家庭共有的、极为脆弱的隐疾。动物园可以平等地属于受教育程度不足、经济上更困窘的人吗？大声斥责“不文明行为”的底气里，是否存在“何不食肉糜”的精英化傲慢？比起被规定的公共美德与素质对错，更棘手的永远是人的执行，更苦涩的是动物的处境永远比人更弱势、更被动。

儿子的病让全家活在荫翳里，张玲玲将夫妇二人在游园中的“离心”写得足够微妙。围绕这家人关于物种灭绝的对话，《给渡渡鸟的短颂歌》提出另一个疑问：比起近在咫尺的、琐碎具体的人的痛苦，一个动物种群的消亡，要紧吗？妻子善于移情，她清楚地记下动物灭绝的时间、种群锐减的数据，从四百年前的渡渡鸟，到近在眼前的北部白犀牛。“一六年五月。去年夏天。最后一只去世时，已经很老了，活到了北白犀牛的寿命极限。”[2] 这绝非“外在于我”的知识，毋宁说是一种愤怒与压抑的转移。丈夫让自己趋向粗糙，对动物“过得不好”视而不见，给妻子贴上“（极端）环保主义者”的苍白标签。比起自己家中的不幸，渡渡鸟、白犀牛的悲剧显得太遥远，令人隔膜且无力，“如此多的事

[1] 参阅［美］段义孚：《制造宠物：支配与感情》，第 131 页。

[2] 张玲玲：《给渡渡鸟的短颂歌》，《山西文学》2019 年第 9 期。

物在消失，失去它们也许并不是什么大不了的灾难”。[1]

但是，即便是已经“消失”的动物，也还在给人类带来启迪。儿子记住了渡渡鸟灭绝的年份，1689 年，这对常人而言，只是一串转身即忘的数字，但对于这个家庭，却是绝处逢生的一线转机。张玲玲提出的都是难以简单作回的问题，却能激起有意义的持续思考。《给渡渡鸟的短颂歌》里的动物园是一个妥协之所，也是一个巨大的怀疑之所。思考是如此重要，因为不假思索的善与不假思索的恶，一样可疑。

小说家笔下的动物园，是面向虚构的再虚构或去虚构化。人类打造虚构自然，将动物囚养在里面，事实上也在同步繁育一种关于动物园的虚拟幻想。“试图在封闭空间内用混凝土做到社会想在自然中做到的事情”[2] 这种幻想是不切实际的。尤其当园中的动物过得不好，远处的自然浩劫不断加剧时，就更显出人类滥用情感、幻想、消费去置换真实的虚伪和残忍。

所以，成年人置身动物园的感受总是模糊、复杂的。“不需要每个人都去狭笼中住一天才能知道动物是否在受苦”[3]，也许再没有什么地方，比动物园更能唤起对动物他者异样的感受力，更灵敏地觉察自身之外的世界。人的主体性，曾经是以动物他者作为基础建成的，将动物的主体性还给动物，需要去他者化、去奇观化、去浪漫化的觉知与努力。在对他者的重新绽开中，当代小说试图解构曾由更早期文学（特别是儿童文学、大众流行读物）

[1] 张玲玲：《给渡渡鸟的短颂歌》。

[2] ［法］埃里克・巴拉泰、伊丽莎白・阿杜安－菲吉耶：《动物园的历史》，后记。

[3] 黄宗洁：《它乡何处？：城市、动物与文学》，第 219 页。

塑造的现实，未尝不是在解放－解救自身。强调这是一种当代话语实践，因为置身历史河流下游的诱人之处，正在于小说家总要先自我更新，才能真的参与更新世界。

五

在长篇小说《潮汐图》第三章“游增”里，作家林棹细致重现了一座穷极奢华也穷极罪恶的殖民帝国动物园。和上文讨论的篇目不同，《潮汐图》起用了一个“非人”的叙事者：一只诞生于晚清中国的雌性巨蛙（“我是虚构之物。我不讲人话，因为我根本不是人。”[1]）。这个大胆的选择，注定了《潮汐图》不是一个主体静态的孤独自白，而是要以“生成中”的主体向世界发起对话。“生成中”，指向一种复杂的、涌现的、吞吐各种变化经验的动态过程。动物终于不再是陪衬人类的沉默客体，林棹用巨蛙与各种本质化的、固化的人类中心主义思想，展开集群性的正面交锋。

在帝国动物园，与数不清的“寰球战利品”一样，来自中国的巨蛙，与来自中美洲的大羊驼、东南亚的马来貘、日本的丹顶鹤，在欧陆帝国心脏的“珍宝苑”比邻而居。展示牌显示，这是“大唐帝国远道而来的巨蛙太极”——和巨蛙有过的无数名字一样，这个充满东方主义谬误的荒唐命名，是西方殖民者的杰作。它展示权力与话语的强取豪夺，但无效。既然巨蛙是一个彻头彻尾的虚构之物，也就没有任何的命名可以真的侵占它。在这个意

[1] 林棹：《潮汐图》，第 3 页。

义上，尽管巨蛙因为样貌奇特，不断遭到人类的笼养与霸占，却是最自由、最具有变革潜能的弱者象征。它是林棹一边言说一边解构掉整座人间动物园的卧底，也是小说虚构本身睁大双眼的在场使者。

林棹借巨蛙的囚徒之身与它的无可遮拦之口，对动物园发出肆意嘲笑："你认为我们冷血。可能。我们无视眼前受苦受难的生命，投入自我感动的欢愉。那欢愉无关苦难或福祉、生或死，只关乎审美、新知，和别的什么说不上来的东西。"[1]随着一场大瘟疫在极寒天气中降临，人类溃散，撤退，大量动物与饲养员冻死，巨蛙逃出了横尸遍地的动物园。它看到的是空无一人的城市，一只粉头鸭和一只袋狼在雪地里烤火。巨蛙加入它们，并问了一个引发哄堂大笑的问题："你们也是动物园跑出来的？"

《潮汐图》的注释提示，粉头鸭与袋狼在20世纪先后灭绝。三者相逢的一幕，是小说里讽刺绝伦却也极尽哀恸的一幕。换句话说，一只虚构之物逃离真实的动物园，遇到了地球上真实存在过的物种，后者真实，然而必死。唯有写作与虚构，成为生命安全着陆的栖息地。"我破笼而出。如果我愿意，早可以破笼而出一万次。"[2]巨蛙的每次逃脱，都是对裹挟性的强权疆域的打破。它实现了德勒兹和伽塔利所说的，在绝对的解域化中，突破一切权力辖制、不断变革、不断生成的"逃逸线"。在《卡夫卡：为弱势文学而作》里，德勒兹与伽塔利以卡夫卡笔下的动物变形，探讨弱者文学的革命势能。在他们看来，所有的"生成－动物"都

[1] 林棹：《潮汐图》，第231页。

[2] 同上，第250页。

是一种“生成－弱势”，“‘生成’以流动的绵延对抗静止的时空，以不断变化的质的瞬间对抗没有差异的本质化的永恒。这是一个不断打破自身同一、生成他者的动态过程，只有这样，发展才是不断跨越自身界限、不断与异质事物发生连接的动态的生成过程。”[1] 所以，文学中的动物变形对“逃逸线”的追求，与其说是寻找世界的出口，不如说是再次寻找世界的入口。自我与他者、人与动植物生命形态间的交互共振，释放生命真实运动的强度，这当然对革新性的文学表达与未来的文学形式，提了极高的要求。《潮汐图》堪称超越强度之作。本文把对《潮汐图》的讨论放在最后，作为对近几年来，当代小说中反思－再现动物园的集束式文本。在这部包罗万象、几乎不可能被复制的华语小说里，林棹的问题意识深植于当下。《潮汐图》里的动物园篇章，并非简单地回望历史，而是一次朝向未来、具有预见性的文学壮游。

动物既像我们，又不像我们。“在这种像与不像的摇摆中，它们提供了能够将读者引入虚构的故事世界的适宜形象。”[2] 在小说对动物园的讲述里，人（游客、饲养员、园长、兽医等），动物，动物园，动物园所在的城市，无论谁是主角，四者之间任意组合出的情感、归属和权力关系，都有可能成为人类倒映自身的隐喻。这给了文学无限延展的空间。此外，我们未尝不会想，如果推衍开去，一切在人类历史上带有强权与限制色彩的边缘空间，贫民窟、监狱、精神病院、集中营等，都与动物园有类似之处。然而伯格也提醒我们，要警惕将动物园化约为扁平的文学符

---

[1] 吴娱玉：《主体消散与欲望生产——从卡夫卡探析德勒兹、伽塔利的文学观》，《福建论坛》（人文社会科学版）2022 年第 9 期。

[2] ［美］伊恩 · J. 米勒：《樱与兽：帝国中心的上野动物园》，第 14 页。

号，这样既简单粗暴又避实就虚。“动物园展示了人与动物的关系，别无其他。”[1]

所以，让我们脚踏真实的与虚构的动物园。动物在笼子这一人造空间中生活，对人类展出，决定了一种基于观看自我与他者的历史认知构架，也越来越孕育出背叛单向性、二象限的言说可能。所有的故事都是由人讲述的，动物园故事总是关乎“人”。但是，好的动物园故事，能在不休止的破界想象与涌现中，一遍遍将我们抛向他者，翻越“人”的欲望与局限。

2024 年

[1] ［英］约翰·伯格：《为何观看动物》。

辑三

街区闲逛者与昨日的遗民

一

王占黑有一个自称为“街道英雄”的创作计划，作品一律整齐地取名为“×× 的故事”，散发着学徒期低调的习作味道。小说几乎是清一色的市井小人物短篇白描，将故事性融化在细腻、平实的日常肌理和方言谐趣之中。一篇篇读下来，又有小说初学者中少见的舒展、从容和洞达。

倘将“街道 / 英雄”拆分来看，“街道”是王占黑为自己的写作划定的空间。旧居民楼、棋牌室、水果摊、五金店、送奶站、早点铺子、垃圾回收站，叙事者流连其间，将感官全部敞开。王占黑曾在《春光的故事》《小官的故事》里，写自己如何在家附近蹲点、游荡，花数个月闲坐探听，承认自己“喜欢上街看来看去”。就如同波德莱尔笔下的闲逛者来到了鱼龙混杂的老式街区，移步换景，将生活的边角料一一拾获。“他能捕捉转瞬即逝的事物；这使得他把自己幻想成一个艺术家。所有的人都赞美画家的蜡笔速写。巴尔扎克认为，这种艺术才能离不开一种快速捕捉能力。"[1]王占黑首先以一个闲逛者的姿态进入读者的视线，本雅明说过的话，用在她的人物速写里也是合宜的。凡市声嘈杂处，总有热腾腾乱哄哄的尚未被消化的人间烟火，是作者寻觅短故事的好去处。速写一向讲求对神韵的瞬间把握，市井神韵既出，再不起眼的日常营生，也能点石成金般变作风景。

"文学圈地"是这样常见的写作模式，在"邮票大小"的地界上描画群像，到今天已经无需不断重提莫言的高密东北乡或苏童的枫杨树村。更年轻者如颜歌以家乡郫筒镇为原型的"平乐镇"，以及郑在欢的"驻马店伤心故事"等，已经让我们格外熟悉这种一砖一瓦圈建个人文学阵地的做法。相较之下，王占黑故意隐去纸上故乡的名字不提，只以泛泛的"街道"或"社区"相称。节制却充分的地域色彩暗示，仅凭熟稔的吴方言口语化写作托出，反而显出眼光与心裁。她在此地用心经营却又不拘泥于一己的生命和地方经验，似乎是在为进入更宽泛意义的平民世界做准备："每个小区都有这样的人，每个城市都有这样的社区，它们或许彼此能互为当代城市丛林的样本。"[2]

街道跳脱了城乡分立的窠臼，其命运也不同于城乡结合部或进退两难的小镇——在王占黑的语境里，半新不旧的社区街道，在 1980、1990 年代以来的城市化话语场中有自己独特的、相对封闭的小气候。街区既是不起眼的居住空间层次，同样也是被遗忘的时间残卷：少有人注意到的下岗再就业的工人群体，老人和外来务工者汇聚在此，是王占黑在闲逛时特意拜访的"昨日的遗

[1] ［德］瓦尔特 · 本雅明：《巴黎，19 世纪的首都》，刘北成译，商务印书馆，2013，第 105 页。

[2] 王占黑：《社区、（非）虚构及电影感》，《文艺报》2017 年 9 月 25 日。

民”。看门人（《小官的故事》），放弃回城的老知青（《春光的故事》），送奶工（《光明的故事》），五金店老板（《阿金的故事》），卖早点的本地夫妇（《阿祥的故事》），拾荒成癖的老人（《阿明的故事》）……被冠以“英雄”之名的街区人物，披挂着某种旧时风光褪去的寥落感，以“反英雄”的面孔逐一登场。

在街区面目纷繁的小人物图谱中，王占黑最喜欢写的还是老人。老年人的孤独、恐惧、偏执和孩子气，还有比任何人都离回忆、病痛、衰变和死亡更近的生命处境，被王占黑集中定格。在年轻的写作者身上出现了这样另辟蹊径的文学趣味，令人暗暗欣喜处，当然不仅止于现实层面上老龄化社会凝视的稀缺。更重要的是，王占黑的“老灵魂”，反过来提醒我们注意到自现代文学诞生以来，由青春崇拜、青年／“新人”话语占据主导的人物光谱之下，老年叙事长久以来处在被降格、偏废的尴尬陪衬位置上。而这些现代性的“他者”，恰是真正需要文学打捞的昨日的遗民。作者选择直接绕到历史的背面去开掘，故事格局反而在与皱纹、迟缓、遗忘和死亡打交道的过程中豁然开阔。

于是“街道／英雄”中的“英雄”二字，透露出王占黑写作的立场和底气。这些不成英雄的英雄，或潦倒或落寞，或卑琐或迷茫，未必身处严格意义的“底层”，却已足够边缘，王占黑却偏偏要将他们英雄化。值得留意的是，叙事者“我”多数时候都以一个旁观的孩童形象现身——上学路上经过早点铺赊一个茶叶蛋，放学后和五金店老板玩一出掌柜游戏，或暑假在老知青的修理库房中吹着风扇看影碟。于是我们读到从童年深处游来的涓滴成河的温暖，还有初尝光阴流逝的感伤和哀凉。但这并非传统意义的童年回忆叙事，因为长大后的“今日之我”同时在场，除了好奇、懵懂的少年目光，一股今日对昨日的肃然崇敬之感始终在场。王占黑在“今日之我”与童年视角间相互往返，令她的牵记的是人被时间拍打后的应对百态。深藏的阅历，传家的手艺，谋生的智慧，以及可以被时代淘汰却无法被摧毁的生存的执拗感，都是王占黑在这些昨日的遗民身上追索、想象乃至建构的品质。

二

《麻将的故事》讲的是棋牌室里一对冤家的“老友记”，是王占黑擅长的老人的故事。一个是好做“清一色”的葛四平，一个是专做“对对胡”的吴光宗，两人同是电机厂的下岗职工。葛四平和吴光宗在麻将桌上做了一辈子吵吵闹闹的牌搭子，后来又成了保安值班室的对班，及至被病痛和生死笼罩，才教人看出友情之深笃。昼夜交班，好似生死交替；吃碰杠听和，一副麻将牌搓出百种花样，又像极风雨难测的人间世事，是构思者贯穿始终的匠心。王占黑的叙述也如闲逛，在讲故事时展现出年轻人少见的耐心，《麻将的故事》读起来漫不经心，看似处处闲话家常，实际上是在专注地将平淡又惹人唏嘘的日子一点点掀开。直到尾声，葛四平突发心肌梗死，竟在肠癌晚期的吴光宗临终前先一步离世，这样极致的戏剧化在王占黑笔下，竟是难得一见的。而在语言上，老人家的顽劣与毒舌斗嘴先已被写得入木三分，故事一路铺陈滚落，到临终前的交代就格外惹人心酸：“葛四平讲，好了噢，吃也吃饱了，面孔也清爽了，覅再想着痛了，痛过这一次，下趟再也不会痛了，听见吗。一觉醒过来，哪里都是好吃好喝，麻将随便搓，香烟随便拿，你就开心了，晓得吗。”

平民人家闲度散漫辰光，被方言口语转译成白纸黑字，字字都需要写作者洞明世事，练达人情的本领。鲁迅在《中国小说史略》中谈明代的人情小说，“作者之于世情，盖诚极洞达，凡所形容，或条畅，或曲折，或刻露而尽相，或幽伏而含讥”，提醒我们王占黑故事里迷人的市井品相自有来路。因此不难解释，为什么读王占黑的小说，总是很容易教人联想到金宇澄。不仅因为一部《繁花》让人熟知的吴方言韵味与处处可见的标志性的“不响”，更是那种内在于世情小说传统一脉里的平民精神，嬉笑怒骂、悲欢离合背后埋伏的苍苍凉凉。一口气读完《麻将的故事》等诸篇，我想到的是从文学承续上看，王占黑的“街区英雄”写作，是暗中接通了世情书的传统精神的。而直到读到未在刊物发表的《香烟的故事》，才知道葛四平和吴光宗的部分原型，正来自王占黑一直在小说中以“老王”相称的父亲和他下岗同僚“铁皮屋叔叔”，“看着势不两立，老王和铁皮屋叔叔实际上是最好的朋友”。父亲的病故像一卷压在案底的潜文本，也是另一重文心生发的故事。

无论是《香烟的故事》中父亲多年病痛缠身，还是写作者从少年时就开始与之面贴面的生死无常，一再令人想起鲁迅《父亲的病》。迅哥儿童年替父求医问诊的无助，四处奔走寻找药引时深埋心底的荒唐感，到了王占黑笔下，则因为故作轻松调侃的语态，使人倍加如鲠在喉。就像所有的哭声，硬是被作者按压到小说结尾，才通过吴光宗之口呜呜咽咽地释放出来。转回去重读《麻将的故事》，最后因为肠癌恶化而被医生禁食的吴光宗形容枯槁，虽然痛苦变形但仍存有尊严，或许也间杂着作者酸楚的个人记忆。最后一幕狂欢化式的病榻盛宴，是小说的高潮，不能不说写出了一种异想天开的惨烈感，也再次唤起我阅读《繁花》的记忆。金宇澄在《繁花》里写了无数流水饭局，临近结尾，小毛在弥留之际，病床上心心念念的遗愿仍是设一桌筵席："小毛断断续续说，我不怕，只想再摆一桌酒饭，请大家，随便吃吃谈谈。"[1]王占黑的这一步棋，走得更决绝。她让葛四平张罗亲朋好友买来一桌丰盛的菜肴为吴光宗"饯行"，是身为女儿的王占黑，用不忍之心在小说中做的一场补偿性的白日梦："我总想着，一味去想的事情，现实中是不会发生的。于是竖着汗毛写了《麻将的故事》。最后的片段，如果真的发生，我实在不忍心让他坐着饿死。肠胃病最可怜的就是不能想吃就吃，这对于喜欢浓油赤酱的老王来说，是很艰难的。"[2]

哗哗搓了一生的麻将，再热闹也逃不过最后宣告听张的一刻，但吴光宗和葛四平在鬼门关得以又做了一回伴，谁也不必孤零零上路去。再回头去看王占黑在结尾处少有的戏剧化处理，五味杂陈。这一笔或许不外是小说为往生者添续的一灯如豆暖意，深情却不滥情。如果文学能够镇痛，虚构及其所能做的工作不过如是，却足以告慰现实人心。对讲故事的人和听故事的人来说，大抵都是这样。

2017 年

[1] 金宇澄：《繁花》，上海文艺出版社，2013，第 437 页。

[2] 王占黑：《香烟的故事》，《上海文学》2018 年第 5 期。

消失及其所创造的

阅读一个陌生的年轻小说家总是伴随着很大的自由，像探索一片无名水域，若是遇到东来这样任意无拘的作者，就算从结局读起也无妨。

一定已经有读者注意到，东来最新的小说集《奇迹之年》里的五个故事呈现五张不同的风格面孔，却几乎都结束在一个关于“消失”的场景里。充满梦幻气质的《代春日行》结尾处，男孩生出巨大妄念，想象将女孩吞入腹中，两人如游蛇般消失在这座浮城春夜的街道。《奇迹之年》里的神秘男子阿来消失在向西去的漫天沙暴里，就如同在末日消失的卡子草、特异功能等“奇迹”一样。《琥珀》中带领“我”进入宠物殡葬行业的卢喆卷入一桩疑案，不知所终。《洄流》是天才少年误杀高中女教师的残酷物语，最后落在少年一段久远的神秘回忆，他曾在登山途中遇见女教师静羊，但她随后消失在山间，“像露水蒸发、升腾、飘散”。占据了全书近一半篇幅的中篇小说《南奔》结构精巧，在走马灯般的历史、回忆、现实三重时空框架里，同时嵌套了一个关于赣剧剧本《南奔》、名伶简红珠与剧作者的“戏梦人生”元叙事。小说结束于大将杨华南逃途中，儿子阿保死后化作荒烟蔓草里的一座朱红浮屠，浮屠倏忽消隐，与北魏史上著名的永宁寺塔焚毁的命运形成呼应。

在东来的小说里消失的人事物，远不止于此，甚至可以说，整本《奇迹之年》都在讲述形形色色“消失中的世界”的故事。东来对冷僻且具有传奇性的事物有偏爱，也有在故纸堆、稗官野史、流言残片里翻捡材料的耐心，这种姿态从她的第一本小说集《大河深处》延续至今。只需看一下她挑选出来的书写对象：云南深山里骑马送信的邮递员、深入边地少数族裔聚落的民国传教士、修建公园的魔术师、自称沙俄流亡女公爵的交际花、亲历世纪末集体狂热的异能者、太后专政的短寿的北魏洛阳、毁于大火的谜一般的永宁寺塔、曾在农村里穷极热闹而今式微的赣剧、隐没江湖的一代女伶……这些坍圮、消亡、遗忘、失传、破碎的旧书信、废墟、残骸、边角料，被小说家收拢在一起，重新织构成故事，足见东来的美学直觉与文化趣味，以及小说背后博杂的知识积累和阅读笔记。

借用东来早先另一篇小说的名字，她所做的语言文字创造，正与“锦灰堆”相似。这种流行于晚清，绘制破碎、撕裂、火烧、虫蛀等书画杂物的技艺，构图惨淡经营，技术要求极高，内蕴着动荡年代对“残缺之美”的特殊欣赏。而东来不仅要讲述“锦绣成灰烬”的故事，更要以“消失”在小说结束时宕开令人玄想的一笔——这似乎是在邀请读者，不要随着故事的完结，太快合上书本的最后一页。不妨稍作停留，再琢磨一下这一桩桩消隐的前因后果，听一听时代翻篇时，那些不为人知的细弱的脆裂声音。

不过这样的写法，用意不在“物”而在“人”。虽不乏怀古之思，但东来着迷的从来不是精雕细琢的旧物之美，而是那个曾经让这种美散发光泽的“人景”。她所追摹，所极力去还原的，是一个个曾经鲜活的“人”的生命图谱，是“人”留在这些片段物证中，幽微曲折的心灵痕迹。好比《南奔》中随着乡间演员与观众“人气”的散去，古戏台的美无异于没有生命力的空心棺椁，即使是一头扎进古戏台中研究的主人公也对此心知肚明。“一旦失去了观众，戏台的废弃只是时间问题……因为很少使用，戏台像失去灵魂的躯体，我和它一遍遍空洞对视。”从事“锦灰堆”式的创作的东来，未必有“以小见大”，重现什么整体文化历史全景的雄心，只服膺于她所秉持的小说意志：与不复存在作斗争，与一个“不断加速的世界”逆向而行，在过快卷入未来的万事万物里，看消失如何转换成新的创造，看脆弱而珍贵的感受力怎样得到延续。

在实体魂飞魄散处，文学启动。在这个意义上，物理性、肉身性的人事物的“消失”并不是东来小说的终结，而恰恰是开端，是文学性意义上的新的诞生。小说集的同名作《奇迹之年》最为令人惊喜。故事讲述了一个疲于奔命的都市工薪族在沙漠民宿中的一场奇遇，他在这里遇到了一个名叫阿来的异能者，后者曾拥有能把勺子盯弯的特异功能。尽管这一禀赋“无用而可笑”，却让阿来深陷八九十年代席卷中国大陆的特异功能狂潮，至今仍是“奇迹”的笃信者。但是，阿来却在 2012 年 12 月 21 日这个“世界末日”中失去了他的异能——末日竟是以如此意想不到的方式降临。阿来坚定的讲述与聆听者“我”半信半疑的内心活动同步推进。“我在信和不信间徘徊，不信更多一点，但每当有人笃定地对我讲述，我又忍不住信，不是信话语，而是信此时此刻，话语中的空隙。”随着这一场被集体遗忘的全民狂欢／创伤事件重新被翻出，引发记忆深处的震荡和现实压力逼视下的难堪，“我”的口吻也从略显尖酸的嘲讽，逐渐转为困惑、低沉和伤感。“世界没有毁灭，只是加速了，如我奔向中年。”

“加速”二字颇耐寻味。专注竞速学的哲学家保罗·维利里奥，在《消失的美学》阐说了一种因为通信、摄影机、互联网等媒介技术的加速而造成的动态美学体验，“速度”正是“消失美学”的动力机制所在。一个不断加速的世界每一刻都在消逝，都在快速经历“从有到无”的裂变过程。当小说家选择望定一个“消失中的世界”，就是把目光聚焦到了这个“从有到无”的不稳定的状态——人们恍然发现，这个衰变的阶段并不算短。“奇迹”从诞生、发酵、引发失序到被抹去，以及此后强势参与清场的遗忘机制，留下了足够让人驻足深省的空间：

> 世界末日，并不是指你所见到的这个世界一瞬间消亡。好比苹果烂，不是从表面烂掉的，是从心里，等到烂到表面，内里已经化成一团苦泥，要到那时候你们才看得到末日的景象，不过敏感一点的人，早已闻到了腐烂的味道。那一天，你肯定以为什么变化都没有，一切照旧，说不定你还跑去电影院里看那部《2012》看大地震怒毁人类……电影院走出来，感慨活着真好。可是，就在你们看电影的时，这个世界的一条支线消失了——神秘消失了，巫术消失了，能量消失了，奇迹消失了。其实在那天之前，它已经衰微很久了……事物恪守法则，法则越收越小，最终缩到你以为的常识那部分。

小说借阿来之口，道出一个忧郁的真相。我们的生活世界曾经如此旁逸斜出，在被整饬以前，孕育过远比“常识”要杂乱、丰富得多的展开的可能，甚至包括那些非理性的骗术、超自然的可疑现象。世界提速，规则定型，一切都被冠以确凿、精密的解释，也改变了人们观看、构思、理解世界的方式。正如手机网络上的气象预报，取代了人对天气、对大自然敏锐的感受力。《奇迹之年》里，“我”的父亲是一个气象学专家，小说用极抒情的笔致回忆起童年父亲教“我”如何模仿一株植物去觉察雨的来临，如何化作一颗水滴模拟台风生成的壮丽场景。“是不是奇迹？”父亲遥远的话音再次响起，但儿时通过反复训练长出触角的感官与想象力，已经退化太久太久。这又何尝不是一种在末日中消失的东西？

喷薄的集体高热戛然而止，一个时代急遽转身，《奇迹之年》刻画商品经济大潮卷来前国人最后的荒诞与现实一种。这样的作品令人再次确信，随着二十年的距离拉开，“世纪之交”正成为一个值得探索的新的文学形象。就像金理点评周嘉宁《浪的景观》时，将世纪末跨入千禧年的阶段形容为“一个混乱无序中生机勃发、边角毛茸茸还未被修剪平整的时代”。无论是最后的逐浪之景还是最后的奇迹显形，这里面有太多当年匆匆一瞥即错过、尚未被好好清理的经验，它们对于理解今日之世界的形成兹事体大。因此，我愿意在寓言性的层面上，理解东来对“奇迹”一词的使用。好比特殊的世纪末废墟考古，这个“奇迹消失的世界”，如同地壳运动后的余震，仍在集体和个人记忆深处，发出诱人的阵阵颤动。东来无意要用神秘学去对科学秩序发起挑战，只是通过重新挖掘这段极为复杂的近历史，写出“实然的世界”

与“或然的世界”之间的拉锯与周旋，在被理性和唯科学论祛魅的现代世界里，重新打捞一种“复魅”的文学时刻。

有心人如果仔细追溯，会发现东来的许多写作素材均有真实的历史出处和文献依据。但史实拼贴虚构，让人难以轻易证实或证伪，“考据癖”最后大概会如堕迷雾——其实也无须证实或证伪。或者不妨说，这种虚实难辨、宛若着魔般的阅读效果，正是东来追求的结果。

小说集的第一篇《代春日行》如同楔子，开场即奠定了故意混淆虚与实、幻与真的边界的基调。“整件事听来都如此不真实，但它确乎发生了”之类的情境，此后在书中反复上演。《代春日行》的女主人公对斯城边边角角的奇闻逸事了若指掌，如数家珍的口吻，制造出逼真的可信效果；狡黠的谎言与杜撰，又让人陷入被梦境包裹的醺醺然之感。这或许就是东来的一张自画像吧？女主人公/小说家的闲逛，也因此有了梦游与自渡的气息。“也许她自己也不能辨明其中真伪，或说，话语中的真伪向来是流动的。”从租界、长三堂子到法国梧桐，斯城处处有上海的影子，却也可以随时退入幕后，容男女主人公在公园里做一场徜徉于亚马孙热带雨林的幻梦。

东来这种虚实交杂的写作方法，大概可以称之为“一手考据，一手画梦”。东来的笔致少年老成，圆熟地钩沉冷僻史，少不了大量的案头功课。是她的知识性兴趣使然，也有一种“边缘人”面对“边缘事”惺惺相惜的体贴与欣赏，这背后当然有写作者的身份焦灼与文化立场存焉。“画梦”之技，则让她娴熟地引领读者一同浸入被审美与本体论双双蛊惑的世界，有效地纾解了索隐考证或掉书袋的乏味。粗略统计下来，整本小说集中前后出现了不下二十余次的“梦”。“梦境”通向极致的情感体验与隐秘的内在渴望。《代春日行》中女主人公只会在梦中对异乡产生强烈乡愁，《琥珀》中“我”在噩梦中与卢喆一同实施了僭越生命伦理的杀人手术，这样的时刻，以梦境的方式实现、放大了现实世界无法施行的另一种可能。《南奔》的最后，尽管山川大变，风月全改，戏台上重现的梨园旧影不过是“打捞上来的浮光掠影”，青年时代的情痴也作了“以小博大”的解构生意，但这段旧梦绝唱的余音，仍令人心驰。在很多时候，东来似乎是想要以“造梦”的方法与“消失中的世界”好好告别，与那些曾经制造出奇景的凡人好好告别——这“造梦”的手段，可以是魔术，是特异功能，是预言，是猜想，也可以是旧录像修复和舞台全息投影技术。

无论是考据，还是做梦，东来和她笔下的人物，常常表现出对固化秩序、常规社会规约的拒绝。借用小说里的场景，世界如脚下的方砖，道路随着讲故事的人的移动而生长，以自我的心志显影。“我还可以往南走，越过篱笆，泅过那条小河，我也可以往北走，穿过那座红砖房，我还可以往回走，其实没有什么能挡住我，不过我还是决定往东走。”这句话代为宣告了现阶段东来的写作立场。从《大河深处》到《奇迹之年》，东来不断地变换风格、题材、写法，即便遇到了自己得心应手的领域也是贪鲜辄止，是一个不想要过早地自我设限和被定型的“90后”新人。在写作上践行着保持“野生”、拒绝被收编和框定的意志，一如这段话中所说的，自然的限度，人造的障碍，没有什么能够阻拦她探索的脚步。

东来住在上海的年头不短，将《代春日行》称为“一个异乡人对上海的别样情书”，寄寓着在这座客居城市中建立在地感与归属感的尝试。在这样的倾诉里，想要融入一座陌生城市的迷恋与好奇心有多绵密，保持“在而不属于”的戒备心就有多强，仿佛随时可以拔腿离开，奔向别的城。这样的矛盾也在提醒我们，东来笔下的“自由”的暧昧之处在于，主动的拒绝，被动的流放，懦弱的逃跑，常常掺杂在一起。很难说一个人对自由的捍卫姿态里，没有对进入现实的溃败的掩饰，或是对如何更强悍地直面生活，甚至直面写作的困难的回避。所以在读东来的小说时，有时候也会因为看到做梦的人一直在逃跑的路上，而在心里响起如果“梦醒了无路可走”的担忧。

正如东来文字轻逸、性灵的质地中总是掺着沉郁，发光的着魔时刻，也常蒙着淡淡的怀疑的灰翳，两股相悖的力量，一直在拉扯着这个年轻的作家。狂热与专注必然无法兼容吗？越界与重复又能否成为彼此的支撑？什么样的故事能在未来捕获她，值得一个这样的写作者为之停驻，陷入更长久地沉潜与苦斗？爱与怕，困与逃，身近而心远的矛盾，必定是催促东来继续通过写作上路的动力。又或许有一天，这也将成为她在扎入文学世界的更深处时无法回避，甚至主动迎击的一道题。

外一篇：康健园的梦与真

读完《奇迹之年》以后，我变得很爱去十三楼的办公室。此时上海已经猝不及防地入夏，办公室朝北的窗户，刚好可以俯瞰桂林路、冠生园路的交叉路口，和一整片浓荫葱茏的康健公园。小说集里第一篇《代春日行》中，那座由魔术师流星王筹建的公园，原型正是康健园。康健公园是从师大去往桂林公园地铁站和附近朋友家的必经之路，我却只当它是寻常的市民公园，从没有一次进去看看的念头。阅读《代春日行》，是一个不断指认出上海，继而指认出“家门口世界”的惊喜过程。小说里的魔术师确有其人，艺名科天影的鲍琴轩，于民国二十六年集资创办康健园。鲍琴轩曾任黄金荣接手后的荣记大世界游艺场剧务主任，经营科天影魔术团、梅花歌舞团，后来又在西藏南路上开设“五味斋”饮食店——至于小小的饮食店搬入南京西路上的光明大剧院，成为上海著名的“人民饭店”，还有人民饭店在世纪初的悄悄关闭，都是后来的事了。

少女每一步微醺的足迹，准确地落在天天都走的熟悉得不能再熟悉的马路上，小说中的浮生若梦、春日摇曳，都让平常不过的景色镀上了淡淡的幻梦光泽。对女主人公来说，闲逛与冷僻城市史的考据，是一种在陌生世界里搭建出“在地感”的方法，这背后有她的悬浮，有她的焦灼，有她在困与逃之间的无所适从。我清楚地知道这样的“康健园”、这样的“田林”并非实然存在，它是写作所创造出来的世界，却拥有让熟悉的世界陌生化的魔力——谁又能说它是“不真”的？在某种程度上，我感到自己也成了《代春日行》里的男孩，面对滔滔不绝讲述斯城奇谈异闻的少女，心底涌出温柔，变得极其轻信，相信她讲述的事情无一字不真。“斯城”既是“此城”，此城此地此景此情，令我着迷的是这座公园的来历，或是上海这座城市过往的历史吗？好像都不是，令我着迷的（小说里反复出现的“蛊惑”似乎更为准确），是少女和东来讲述的姿态，那么信手拈来，顾盼自得。

东来是真正意义上的友邻，我们在田林比邻而居，看起来确乎生活在同一个附近世界，但看见的东西却如此不同。对于我这样一个习惯通过小说去发现日常，培养对现实世界的兴趣的人来说（这当然不见得是一个好习惯），东来的《代春日行》还有王占黑的《去大润发》这样的作品，实实在在地提供一种丰沛的、持续长久的欣快和给养。它关于现实之上的另一重真实，来自同龄人写作者，没有冗长的文学传统，没有既定的谈说框架，只有轻灵的目光和无拘的迷人声线。就像出门散步，在路口相遇后互相认出来那么随机，但又那么难得。田林地区在上海有几多面目平常，这样的场景就有几多珍贵。我确信的是，以后再路过康健园、神旺大饭店，或者再偶遇海宝，自己都可以用笃定的口吻，以另一种方式向朋友介绍“家门口的世界”。就像美梦醒来还能牢牢记住细节，还能与人分享，这很酷，但酷的东西还不止于此。

一日傍晚，正在窗边看静悄无人的康健园，绿岛上空，有白鹭和许多我叫不上名字的鸟儿盘旋。东来传来的讯息，说在师大漕河泾边上看到了燕子，“喜欢燕子，看着自由”。

这个时刻似梦还真，妙不可言。小说，写小说的人，读小说的人正在同一片天空下抬头张望。詹姆斯·伍德说，小说应该把自己交给读者去完成“轻声共谋”，这句话一直钉在我办公室的备忘板上。谢谢东来的写作，这是书读完后的一团美妙餍足。

2021 年

大潮，微声与群像

“这河水从哪儿流来？”
“高山上流来。”
“流到哪儿去？”
“流到岷江去。”
“岷江过后喃？”
“过后是川江。”
“川江过后喃？”
“过后是湖海。”[1]

一、大河奔流

周恺的处女作长篇小说《苔》的气象，来自书写晚清乐山风俗志与地方望族兴衰的历史吞吐量。故事从光绪九年讲到辛亥革命，讲的是李氏丝贸家族崩溃的命运，关切的是生逢乱世的

[1] 周恺：《苔》，中信出版社，2019，第 58 页。

青年一代卷入革命的必然与偶然。《苔》对西南腹地做全景式的社会历史呈现，又不失“从每一个毛孔摄取”的细节真实与人心揣摩。书中所写的四川嘉定白庙乡，以周恺生长于斯的乐山安谷镇为原型，敢于在第一本书里对家乡作一次跨越百年的远眺，离不开足够扎实的案头功课与想象力转换的心手相应。但比起取材上的胆识，更令人欣喜的是作者驾驭语言的才能，经由史料卷帙、掌故陈迹与当代经验，在纸上召唤出一座偏远旧城的真蜃景与新魂灵。周恺在《苔》中的腔调之沉稳与泰然自若，轻易地取得了读（听）者的信赖：即使从未到过川南，从不了解这段地方运动史，也不妨碍在渡口、街巷或崎岖山道上落脚，跻身山匪、袍哥、娼妓、船家、商贾之中，将小说真实想象为历史真实。年轻的周恺胜任了，新声初试的调子也就立住了。

故事为什么要从宜宾、重庆开埠讲起？皆因乐山是川南水运重镇，发源于贡嘎山麓的岷江在这里与大渡河（小说使用旧称“铜河”）、青衣江三江汇合，继续向南流，经过犍为，再向东南至宜宾，最后流入长江。水路是川人的生路、财路，亦托举着载舟覆舟的日月变法。通商搅乱旧传统，酝酿新秩序，于是人心思变，这一变，就是“天可变，道亦可变”。

《苔》中的关键情节之一，是福记丝号掌柜李普福的两次下重庆。光绪十七年，李普福初访重庆，迈出华洋缔结合作的重要一步，但洋行买办的咄咄盛气，幺姨太与刘基业的私情幽通，均已埋下李家倾颓的病根。如果说第一趟是险中求财，第二趟就是万劫不复，柳暗花明。十几年后李普福再访重庆，福记丝号已是内外交困。一边是西方资本更具压迫性的侵夺，一边是刘基业作了哥老会争斗的内鬼，调包生丝，造成丝号惨重损失。李普福在受尽屈辱后走向生命尽头，这也才有了李世景在风雨飘摇中继承家业，此后资助同盟会起义的契机。再回头看，小说伊始，李世景幼时随父亲去重庆见世面，用清稚童音问："啥子叫西洋？"李普福答："远山远水的地方。"众人言笑间，传说般缥缈的"远山远水"已逆水而上行至眼前，送来洋货洋教、洋思想洋枪炮。"世界"以纷繁具体之物的面目闯进四川内陆独立、封闭的腹心地区，轰开了置死后生的现代之门。在这个意义上，的确如评论者所说："《苔》中嘉定已然不只是一个地方，它就是中国。"[1] 李世景对自己被抱养的身世一无所知，在错位的"丧父"以后，需要他独自去解开的谜题不仅是"啥子是西洋？"更是"啥子是革命？"一个懵懂的现代主体的诞生记，或许将要从祛除父权、君权后的"孤儿"意识与"幸存者"身份重新讲起。

周恺写水，令人印象极深。同为偏好写水且善于写水的作家，在沈从文，是朴野灵秀带有巫蛊气的湘西山水；在汪曾祺，是民间民俗烟火的苏北水乡世界；而在周恺的乐山，发达的大河水系环绕，江路险奇，商船繁荣往来，造就的是靠水吃水的川江码头气魄。周恺再现袍哥帮会的江湖任侠之气，搬演船佬儿、扯滩汉等"向水讨生活"的底层众生相，无不蒸腾在码头文化的水汽中。比如，因为险滩横生，四川内陆的航运常常需要由人力行船拉纤通过，所以才有了震天响的纤夫号子打断李世景诵诗的一幕："太阳出来，高万丈，晒得豪杰，面皮黄。"劳动者川音

[1] 岳雯：《地方性写作的精神空间与心理势能——以周恺〈苔〉为例》，《当代文坛》2019 年第 6 期。

浓郁、粗犷有力的群声嘶吼，在小说结尾处又再一次响起，一头一尾，顽强地构成全书内在的混响。接地气的民间生命由此为《苔》铺底，士农工商各的往来就有了抓地力。“清风徐来，凉悠悠，年少推船，有苦衷。有钱人在，家中坐，哪晓得穷人的忧。推船人本是，苦中苦，风里雨里，走码头。闲言几句，随风散。……那纤藤盛得起，千斤重担；那篙杆盛得起，万水千山。凶险莫过牛中滩，偏要把这滩来过，使把劲哟，扯起走哟。”[1]

在历史的泱泱长河中，税相臣、李世景、刘太清们真真假假的故事，何尝不是世人茶余饭后的“闲言几句，随风散”？周恺的书写，又何尝不是一次“伟大的捕风”？嘉定的流血暴动以失败告终，日常生活很快以其强大之力抚平流乱。见惯不怪的川人们，茶儿照喝，烟儿照吃，娼妓照嫖，“在党人口头决绝的革命，到了茶客嘴巴头无非一席龙门阵”[2]。讲述至此，周恺语调隐隐含悲，道出率先觉醒者处境的孤绝与历史本相的残酷。然而明知必败，吾辈不休，庶民意志与悲情英雄主义构成“苔”的精神气质。所谓“穷谷之污，生以青苔”，卑贱却强韧的川人性格，在恶劣的境地里能漫漶成片，无根却终难被除尽，是周恺赋予他笔底一方水土一方人的敬意与叹息。

题记摘引的一问一答，来自幺姨太与刘基业偷情时的枕边痴话。一个违抗封建伦理的弱女子欲与情郎顺水出逃，这亡命私奔的大胆幻想，最终以奸情败露，刘基业亲手将幺姨太装笼沉河惨烈告终。周恺小说中的水，划分出阴阳两面。如果说阳面是大河

[1] 周恺：《苔》，第 509—510 页。

[2] 同上，第 492 页。

汤汤、熙来攘往的历史烟云，那么阴面就总是与死亡、情欲、阴暗的秘密、未知的恐惧纠缠不休。

岷江、大渡河流域水患凶险，洪涝无情，死生无常，是乐山码头往事的另一种讲法。不知道是否因为如此，在已经出版的三本作品里，溺水而亡在周恺大量的死亡叙事中占据奇高的比例。周恺的处女作短篇小说《阴阳人甲乙卷》，讲述一个具有神秘、怪谈色彩的乱伦故事。十八岁的郭玉成在大渡河里淹死后，张父随后霸占了儿子的恋人张雨鹭，少女与阴阳相隔的恋人互换性别，产下怪胎后被放逐大水围困的孤岛。在《牛象坤》里，家住在堤岸上的老者，拒绝了以防患河水暴涨为由的搬迁，喋喋不休念着“铜河不闹”，似乎能听见《苔》中铜河大涝后李普福摈除水患、赈灾济贫后的百年潮声回响。《苔》《阴阳人甲乙卷》中，水象征着贞操与欲望、刑罚与原罪、毁灭与复活诸多二元秩序的颠覆与模糊；《如她》《伪装》中，溺亡又往往与少年的性启蒙、性幻想与成人暴力产生病态的耦合。周恺在写水的阴面时，展露出更为恣肆、更为越轨的艺术张力，一再出现的“溺亡”母题，或许有更隐秘的儿时回忆在暗中作祟。最终我们读到，水的原始神秘性、吸引力与吞噬力，人对河流与河中生物通灵性的想象，古老的镇水、治水冲动，这一切，都幻化成芸芸众生挣扎其间忧郁的西南风景。

沿着《阴阳人甲乙卷》，周恺继续创作了一组以川地乡镇成长为底色的短篇，方言化、实验性与猎奇特征尤为突出，后结集为他的第三本作品《少年、胭脂与灵怪》。与《苔》相比，《少年、胭脂与灵怪》留下了更多周恺写作初期阶段个人化的探索痕迹。小说集整体上呈现为鬼魅、游弋的少年心相与古典诗意。可以说，两本书分别讲述乐山的前世今生，无论是早期少年眼中的惶惑幻梦，还是后来被视作“地方断代史”的鸿篇巨制，周恺展示出一个年轻小说家靠近一个地方的多种练习。臆想与考据，模仿与变形，虚构与纪实，小说与诗，他灵活变换着各种技艺与文体，不受制于任何一副亲手创造出的面孔，并在这种自由练习中，渐渐锚定了自己。

二、“叔叔的故事”

《苔》在 2019 年出版后引起好评，获得文学评奖的青睐，让周恺成为那一年最亮眼的“90 后”新人。紧随其后，两本短篇小说集《侦探小说家的未来之书》（2020）和《少年、胭脂和灵怪》（2021）的出版顺利提上日程。这两本书中的作品创作时间几乎都早于《苔》。多少令人意外的是，周恺的短篇小说与长篇截然不同，具有一目了然的先锋气质。无论从自觉的语言意识、形式实验，还是色调灰冷的暴力、性、死亡叙事来看，都称得上冒犯性甚至挑衅性的书写。一个很难忽略的事实是，《苔》选择的家族 - 地方历史题材及其厚重的现实主义特征，更易于得到主流文坛与多数读者的认可，并为同一个作者剑走偏锋、风格诡谲的早期作品，争取到了被看到的可能。人们慢慢了解到周恺此前数年的“写作潜伏期”，和一条不那么合乎“传统生产机制”的文学新人之路：大学毕业后进入乐山电台做节目主持，2012 年开始发表作品，历经业余与地下写作，辞职，逐渐在主流文学刊物发表作品，直至《苔》出版。不过，周恺的履历也非个案。对“90 后”作家来说，率先活跃于网络、论坛、自媒体、民间刊物乃至非文学平台，而后才被传统文学期刊“发现”的情况屡见不鲜，也让这一代写作者在出场伊始，就呈现出杂花生树、跨界、多元的写作生态。

周恺的早期发表基本依托于具有独立气质的《天南》文学杂志，《天南》2014 年底宣告停刊，他的发表也陷入一段瓶颈期。此后的两三年，在一种近似“地下写作”的状态里，周恺自陈“索性不再考虑发表的可能，尽自己想写的写”，并完成了《侦探小说家的未来之书》中的系列篇目。“那阵子，我的处境很是糟糕，白天去电台上班，念稿子念得嗑嗑巴巴，总是被投诉，晚上又在家写着这么一帮无望的人，几乎陷入一个恶性循环，而且更可怕的是，我对这样的困境有种暧昧的迷恋。”[1] 这里所说的“无望的人”，是周恺所虚构的一群大约生于 1960 年代到 1970 年代初的诗人小说家。《侦探小说家的未来之书》讲述他们在新世纪初期自我放逐、无人知晓的写作与生活。周恺杜撰边缘化的作家、出版物，杜撰“1984 年的集体自杀”、《早春》杂志及其发起的“孤独者文学运动”等文学事件的周边，将之与中国当代文学史进行虚实拼贴。所以，如果用一句话概括周恺在《侦探小说家的未来之书》中所做的事，大概是一个“90 后”写作者，在自己“地下”的写作困境里，对一群“60 后”诗人小说家的“地下”文学生活展开的想象与移情，这位我们进一步理解周恺的写作提供了一个有趣的切口。面对这本严肃的游戏之作，对其中的人物、事件展开真伪索隐，未必有太大的意义。更加值得追问的是：为

[1] 见魏玮与周恺对谈：《是诗意指引一代人觉醒，也是诗意指引一代人毁灭》，“不艺术”微信公众号 2021 年 1 月 1 日。

什么要写这群“60后”失意者与失败者？对于周恺来说，他们具有何种代际象征性或美学吸引力，又催生了怎样的思考与选择？

专业读者在翻阅《侦探小说家的未来之书》时，一定不时有会心的笑。寻根文学、先锋文学、杭州会议、第三代诗人、1986年诗歌大展、下半身写作论战等等，这些耳熟能详的词语和它们拖拽着的知识的长尾，构成了这批小说中醒目文学史地标与写实性的前文本。但周恺聚焦的这批作家，几乎都与上述文学史大潮擦身而过。与同代人中那些响亮的名字相比，他们的形象更接近于“文学记忆的挑选机制”的落选者。

为什么会关注一群新世纪本土文学的流亡者与畸零人？据周恺介绍，构思这个系列前，曾受到一批“60后”诗人传记的启迪。书中《早春》的主编谷岸、“孤独者文学运动”资助的民间作家群像，一生改换了七个名字的柳兆武，的确更接近于这样一种对于难以归类的“60后”诗人的描述：“这一代人不但拒绝被‘命名’，而且也拒绝彼此之间的认同。他们不允许自我冰释于这种盲目的认同。他们的上几代人大多走了一个水流归海的过程，他们却努力挣脱大海的怀抱，还原为一滴水。”[1]比起追求进入文学史的肖像殿堂，他们更关心“还原为一滴水”的文学自我的完成。他们不屑于“命名式”的投机跟风或“口号式”的为颠覆而颠覆（两者其实是同一件事），而更专注于艺术本身的冒险，甚至愿意为此赌上全部人生。

如果将那些1980年代中期以来，文学大潮中高耸的山头称

[1] 西渡：《时代的弃婴与缪斯的宠儿——论1960年代出生的中国诗人》，《江汉学术》2005年第5期。

为“父辈”，那么这些影子一般的同行前辈，或许可以称为“叔叔”。周恺的故事中，多次涉及对父权制的想象性拮抗，并借用父子伦理象征，撬动如何面对父辈文学遗产或债务的难题。其中蕴含的代际寓言是极具症候性的。整本小说里，在“代”的位置上最接近周恺的，或许是《伪装》里那个少年所说的话：“没有人能针对我们时代的青年说话，没有人能让我们一心一意地去追随，甚至没有人能让我们明智地、有成效地作为反叛的对象。”[1]有趣的是，王安忆曾在《叔叔的故事》发出过相似的困惑：被视作假想敌的文坛前辈一击即溃，失去了反叛对象的“我们”因此陷入了孤独与茫然的自由。时隔多年，周恺写下“90 后”眼中的“叔叔的故事”新编，看似是勘察“叔叔”们与主流割席、走异路的历史，实则仍是将自己放入其中的比照与反诘：“父辈”制度的话语霸权与他们虚弱的文学养分形成鲜明对比，“我辈”要如何自己为自己的写作赋权和正名？正如评论家方岩犀利的提问，1980 年代先锋文学的历史势能早已耗尽，这些成名于 1980 年代的作家及其后来的写作，之于更年轻的作家们意味着什么？[2]如果是仅供凭吊膜拜的历史遗迹，那么我们的文学记忆可能是危险，我们的文学规约也可能是有害的。

这本低谷时期的写作产物，被周恺称作“自救之书”，他诚恳道出一个年轻写作者的困惑。在话语权由别人掌控、无法决定自己的写作能否被看到的时候，他从头省察写作的资格与意义、写作与语言媒介的关系、写作与读者的关系、写作与传统的关

[1] 周恺：《伪装》，载《侦探小说家的未来之书》，译林出版社，2020。

[2] 方岩：《“80 年代”作家的溃败和“80 后”作家的可能性》，《文艺争鸣》2015 年第 8 期。

系。不过，周恺思考的绝非抽象的“小说家”主体身份与职业伦理——对于具体的“中国当代大陆文学史”极为自觉的介入，折射出他清晰的在场意识。这里面自然有游戏精神，却也流露出一种罕见的坦率。在这个意义上，《侦探小说家的未来之书》也是周恺对于“为什么要在当下中国写作”的“自问自答之书”。他借来一段不属于他这代人的文学记忆，在中国当代文学的实景中完成了一趟沉浸式的镜中漫游，并尝试从中指认、安放自己。没有了反叛对象，也就是没有了非“破”不可的丰碑－墓碑以后，一个年轻小说家如何完成自己的“立”？在“90 后”文学写作者眼里，世界是平的，而“战争仍未到来”，他们最终的对手或许还是自己和自己的时代。

三、由来与未来

《侦探小说家的未来之书》中有一篇《刺青》，讲述了一个电台广播剧配音演员遭遇的存在危机：她能精准用不同的声音演绎人物，并恪守着“再好听的声音都不可以抢了角色的风头”的法则，却最终遭到反噬，所有的人都不认识她是谁了。这个有关异化与自我丧失的离奇寓言，还有与胡安·马尔塞的小说《日渐消解的作家》的互文关系，都让人联想到周恺白天在电台工作，晚上从事业余的经历。这其中是否含有找回属于“自己的声音”的焦虑？要是在隐喻性的层面稍微发挥一下，也可以说，从“广播员周恺”变成“小说家周恺”，未尝不是放弃一种标准化的发声方式，用写作者的主体，去尝试撞击、演绎、剥离千百种人生，并借此磨砺真正的“自己的声音”的过程。无论是乐山方言，袍哥江湖的密语黑话、江湖切口，石匠纤夫的劳动号子，还是鲜有人读到的失败者的地下诗声，或许都接近于拉纳基特·古哈研究庶民史时提出的“历史的微声”（small voice of history），周恺皆一头扎进其中，用文字让它们再活一次。最后，我想借用《苔》里的一段话作结，仍是周恺所擅写的河的比喻。在一个年轻小说家的由来与未来之间，那是一种不愿停留的姿态，浩繁微声的偶然汇流，也是永远未完成的对于“完成自己”的冀望：

> 人生是久长的，似若江河，不可逆返，流过一地，便该往下一地去。可也总有个尽头，汇入湖海可算得善终，并非每人都有这等好运气，绝大数河流终是汇入另一条河流，绝大数人终是汇入另一人的生命里，借由另一条河流继续流淌，借由另一人的生命继续活着。李世景的故事到这里就该煞角了，倘若再往下讲，便该是刘克礼的故事了。……可他顶着李世景这个名字，所遭遇到的这些人，无不借由他的生命，继续活着。[1]

2022 年

[1] 周恺：《苔》，第 497—498 页。

如果种子不死，如果故事一讲再讲

2017 年，年轻的写作者郑在欢带来了《驻马店伤心故事集》。这本满溢黑色幽默的自传之书由“病人列传”和“Cult 家族”上下两辑组成，郑在欢用模糊了虚构与非虚构边界的声音，让驻马店以文学和故乡之名为人所知。在这个混合了玩笑、魔幻、乡愁与草根色彩的地方，奇异怪酷的乡邻轮番登场，“我”自幼家庭破毁，亲戚更是逐一上演生死悲辛。在驻马店农村里度过的童年是灰色的，险恶得一眼望不到尽头，想要逃到外面世界闯荡的“我”，“能做的只是待在家里，等着长大”——既然走不掉，那就尽可能兴致勃勃地打量周遭的人事。用作家自己的话说，这本书回望少年时认知的世界，“一个语焉不详的世界，所以里面很多人物形象是很模糊的，因为少年记忆里的只言片语，又变得充满活力”。或许是孩童视角里自发的天真，对生存的严酷半知半解，所以一心要为奇人、怪人树碑立传；也或许是过人的幽默感，让他自觉到要与认识到的绝望保持距离。总之，在驻马店系列的写作里，郑在欢开口讲述的皆是人间喜剧，沉重的现实底色尽数藏在欣快的叙说里，像绝不轻弹的泪藏在无尽的笑声中。这令人想起威廉·李卜克内所讲的："我们在境况最困苦的时候，笑得最多，没有别的什么时候是笑得这样多的。"

凭借《驻马店伤心故事集》崭露头角后，紧接着是四年的沉寂。尽管文学无法用寻常时速丈量，但郑在欢在处女作里展示了充沛的言说欲与讲故事的才华以后迟迟没有新作问世，多少令人生疑。直到 2021 年尾，他的第二本小说集《今夜通宵杀敌》和第三本小说集《团圆总在离散前》同时出版，又让人大呼任性，不按常理出牌。后来郑在欢在采访中只轻轻提及"熬走了三个编辑，加一个出版商"的坎坷出版历程，个中心曲与磨砺或许不足为外人道也。

两本新小说集中的二十多个篇目，创作时间分散，有的竟相距十年之久，并置在一起，供应一场时差倒错的阅读狂欢。本应是乘胜追击之作的，变成了迟到的少年考古学；涉足复杂社会后渐趋老练的人世观察，又总带着尚未斩断的少年心气。从驻马店出逃的年轻人，忽而长出强悍却疲惫的成人面孔，忽而又脆弱纯真，狂妄如初，"如经百劫天真在"。郑在欢的题叙亦是点睛之笔，在《今夜通宵杀敌》的开篇写下"唤醒那个少年"，又在《团圆总在离散前》的尾声设置"'回来了？'／'回来了。'／回来就好。'"的自问自答，暗示了文学里十年远游，归来一身月色。读者放下书，从犬牙交错的时间眩晕感中醒来，可自行动手，慢慢拼凑出驻马店文学地图的全貌。

《今夜通宵杀敌》大多收录郑在欢 2010—2014 年左右的创作，写离乡赴外闯荡前后的闹猛青春，接续上了《驻马店伤心故事集》里那个十六岁辍学离家打工的少年背影。名为"李青"的主人公和同伴进入城市，游走于工厂车间、网吧、洗头房、夜市路边摊与露天公园，收入低微，生活状态摇晃难定。他们饱受枯燥流水线的折磨，忍耐穷困对骄傲的倾轧，在通宵网吧的廉价娱乐中暂时忘记生活的混沌，偶尔也得到爱神的短暂眷顾……但在一些时刻，他们也会因为找不到活着的意义而想到死亡。透过这群城市外来者冷的眼、热的血，郑在欢写出了他所理解的二十出头的粗糙残忍的诗意与底层尊严。

《团圆总在离散前》则集中呈现了郑在欢 2019 年恢复写作以后，多样化的题材涉猎与文体实验。入册的篇目，将形式感更强的城市速写、历史隐疾、软科幻、电影元叙事、聊斋故事新编一一尝试。类型文学的糅杂与自由拼贴，摆脱了现实桎梏的幻想架构，都延续并放大了作者对于荒诞意趣和黑色风格的偏爱。但颇有意味的是，在压轴的中篇同名作中，驻马店农村再次强势返场。郑在欢用分镜头的方式写下“一年中大部分时间是空的，只有春节是旺季”的农村十日谈。这篇小说也用忧伤、从容与疏阔的抒情，向最初那个喋喋讲述怪人奇谈的孩子告别。当年的留守孩童一夜间长成大人模样，从四面八方的城市返乡过年——在村口迎接他们归来的，是开小卖部的高飞，也是《驻马店伤心故事集》里患小儿麻痹症的故人，就连他也年逾三十了。年轻人在团圆筵席上穿戴光艳，各怀心事推杯换盏，但每个人都心知肚明，儿时的年味回不来了，年轻人早就已不属于颓萎的村庄。就像郑在欢写到的那些勉力维持着却又日渐荒腔走板的年俗一样。“村庄很快就会恢复平静，这些制造喧嚣的人们即将沿着来时的路飞散而去，今时此地的喧嚣，必将被明日他乡更大的喧嚣吞没。”

在同龄人里，再没有比郑在欢更强调“说话”之于“讲故事”的重要性的写作者，他也的确擅于此道，其根脉内在于农村口传文化的浸染。通过作家、叙事者与人物滔滔不绝地说话，说闲话，说狠话，俗话，怪话，彩头话，郑在欢将他的“驻马店熟人世界”打造成了约翰·伯格在《讲故事的人》中描绘的那种“活着的村子的自画像”。故事被耳闻目睹，相处流传，村庄里的人因为彼此熟稔，每个人在描摹的同时也都在被描摹。“村子的自画像不是由石头造成，而是由述说、流传的词语造就；由舆论、故事、目击者的陈述、传说、评论和道听途说造就。”郑在欢并不掩饰自己生长于斯的伤心过往与羁绊，但更关心农村社会里无人能挣脱的生与死的共同命运。也正因如此，讲故事的人将声音借给乡村，借给他人的生命经验。村庄里的声音因而绵延且生生不息，带着俏皮的辛辣，也带着宽容和推己及人的不忍。

至此，始于童年回忆，经由离家数年的青春漫游与进化，到成年后的再返乡、再离去。读者能够从郑在欢近十年的写作里，辨认出某种类似“驻马店成长三部曲”的文学路标。当然，也尽可以从任意一个路口进入。朱文在《今夜通宵杀敌》的序言中的说法很准确，《驻马店伤心故事集》像一份简明却又辨识度极高的人物档案与索引工具书，早已为这些人物日后在其他小说中的再次出场做好准备。

事实上，《今夜通宵杀敌》里，不仅出现了许多《驻马店伤心故事集》里的故人，一些篇目直接就是对《驻马店伤心故事集》情节的同题重写。以李青为主人公的《漫斜》《撞墙游戏》，就用第三人称视角提供了第一人称《没娘的孩子》里没有的内敛、细节与结构打磨。《撞墙游戏》再次讲述生母去世，李青不堪继母的暴虐而离家出走的短暂风波。李青在不靠谱的亲戚间无处可去，连寄人篱下都显得十分勉强。在小说里，“撞墙”指向李青从头到尾鬼打墙般的孤独无助，舅舅瘸龙挖墙行窃反被货架压垮的讽刺场面，也来自玻璃弹珠、贪吃蛇这两个百无聊赖的游戏比喻。两个游戏的规则截然相反："撞墙"是玻璃弹珠游戏的开始，也是贪吃蛇游戏的终结，被夹在其中的李青，则是完全无法掌控人生游戏规则的那一个，只能在无人收留的童年来回碰壁。和"撞墙游戏"相似，"漫斜"也是作家自创的成长隐喻。"漫斜"本是孩子们从芦苇荡里踏出来抄近道的上学路，却因为一桩自杀案，变成了暗藏"一万只厉鬼蠢蠢欲动"的阴森可怖之地。这像极了李青只身涉险的成长心境，无法抑制住恐惧，却又没有捷径可走。小说集中还有一篇《谁打跟谁斗》，采用第一人称重新讲述《回家之路》的故事。刑满释放的军舰在回家路上失手杀人，再次被抓走时对着儿子大喊"谁打跟谁斗"。如果说《回家之路》更多表达了旁观者"我"对军舰父子的同情，那么《谁打跟谁斗》不仅增添了军舰过失杀人时剧烈的感官与心理活动，更从一位父亲的内心出发，揣摩到了临别时那句看似凶狠的喊话背后的虚空、忧虑和无奈，以及一个缺席儿子成长的父亲的悔恨。

所以，应该如何理解同一个素材被作家从不同视角、人称反复讲述？这里面或许有郑在欢经年萦绕不去的疑问，一定要把故事一讲再将才能迈过的心坎。如果依照本雅明的说法，讲故事本来就是一门复述的艺术，故事的生命力来自层层叠叠的复述。又或者说，从来都是那些经得起复述的故事，才是会在乡村里留下来的故事。小说集中那篇充满魅力的《还记得那个故事吗？》展现的正是打捞记忆中的好故事的极致冲动。在这篇难以复述的小说里，李青向童年玩伴拼命追问一个曾经听过的刻骨铭心的故事："就当现在是小时候，能不能跟我聊聊那个故事？"通过两个人剥洋葱一般的对话，终于把这个古怪、神秘又悲伤的故事还原出来——成年后再次讲起，甚至比儿时还要古怪、神秘和悲伤。“还记得那个故事吗？”是一句邀请，也是一声叹息，道尽了年少已逝的无奈。讲故事的闲情不再，孩子听故事的专注，对新世界的轻信也随阅历增长一同耗尽。但故事仍在，不管是不可多得的好故事，还是“小三放牛”这样老掉牙的故事。它们像顽固的旧时信使，随时可以召回那个因为“他爹又开始疼他了”而快乐得吞下滚烫包子，却又不幸被父亲打掉脑袋的可怜孩子。

或许已有人留意到了郑在欢笔下反复出现的意象，比如大量离奇、意外的死亡，以及与死亡故事形成奇妙的二律背反的鬼故事。死亡总是轻易发生又被匆匆翻篇，有时只来得及留下令人惊心又悲叹有余哀的一瞥。《今夜通宵杀敌》里有名有姓的死者至少有十来个。擅长编唱童谣售卖零食的老汉张国典被车轮撞死（《海里蹦》），被通缉的能工巧匠公杨喝农药自杀（《漫斜》），三个打工少年相约赴死，只有一个被救活（《这个世界有鬼》），除夕夜入室行窃的小偷与十年无人知晓的房主的白骨相遇（《外面有什么》）……这一点也延续了《驻马店伤心故事集》里的死亡原色。死神在穷人的苦涩现实中疾行，唯独说故事的少年不死，笑声再次成为他缓和残酷、重新获取平衡的自卫手段。

相较于生时的负重，死后的鬼故事倒是被郑在欢写得温情脉脉，甚至给人以宽慰。《我只是个鬼，什么也做不了》里，名为“四十二”的鬼重情重义，也因为自己的善举得到了醉鬼的善报。就连《收庄稼》里祖奶奶讲的那个“淹死鬼找替身”的小故事，也是以“他太善良了，所以怎么都找不到替身”告终的。“凡是拥有充分生命力的人，很少会听任社会的苦难完全支配自己。”卢那察尔斯基曾这样谈及狄更斯的幽默，笑声能把世界观中的悲观因素同温与亲切的戏谑同对人类弱点一笑置之揉在一起。“笑有时暴露和刺伤人，可是有时也能安抚人，使他对沉重的噩恶梦似的现实加以容忍。”用在郑在欢的人物身上，或许也是恰切的。《今夜通宵杀敌》写到了劳动者的耐苦与智慧，但写得更多的，还是非法经营的小商贩、小偷、抢劫者、器官买卖者的铤而走险。无论是死后的鬼，还是生前的贫弱者，作家没有在“正混”与“不正混”的人之间置入过多道德评判，甚至会时不时用恶作剧的方式捉弄一下笔下的人物。这恶作剧却更像是善意的小小调和，用一种“不把世界当回事的积极方式”，让他们免于陷入更棘手的大麻烦。

《今夜通宵杀敌》的末篇是《收庄稼》。同乡青年龙头在外地偷电缆时意外触电身亡，李青的父亲肩负起偷偷将龙头尸体运回故乡下葬的重任。龙头的坟墓周围散发出恶臭，祖孙三辈就在近旁一边收割芝麻，一边采挖红薯，一边听父亲讲述外面的故事。这个场景，十分接近本雅明描摹的那种前现代的、手工业时代讲故事的状态。父亲说起龙头的死亡，又总是岔开去，牵丝攀藤地讲到别的死亡故事。龙头热闹到荒唐的葬礼、老得说不出年纪的祖奶奶的死、打工回家的少女的死、野地里兔子和蚂蚱的死……死亡漾起回忆与语流的涟漪，带给李青第一次直面死亡的惘惘的威胁。就在尸臭笼罩的庄稼地里，这样的场景，却被郑在欢写出了一种诡谲至极的亲密和温馨——只因这也是主人公留守乡间的寂寞童年里，难得与父亲团聚的时刻。又或许，无论是父亲从外面挣回的钱，还是从外面带回的故事，都远不及日头底下这样寻常的闲话家常、劳作与陪伴来得珍贵。

读毕这两本新作，我才突然发现，《驻马店伤心故事集》写尽了远亲近邻，也写到了缺席和失职的父亲，却没有一篇直接以父亲为主人公的特写。或许连郑在欢自己都没有意识到，除了生与死、笑与悲，“父子关系”同样是一条隐秘、隐痛的河，从驻马店世界的地底流过。但就像前面述及的那些故事，父亲带儿子吃包子的故事也好，军舰向儿子的发狠喊话也好，别家的父子故事也好，这河流总在他人的岸边激起浪与回响。郑在欢的小说有时让我想起诗人戈麦的两句诗，一句是“如果种子不死，就会在土壤中留下许多以往的果子未完成的东西”，另一句是“没有人看见草生长”。李青们的折返跃迁，像是注定要被风吹到异乡的质地坚硬又倔强的种子，兀自长出齐人高的荒草。就像小说里写到的那样，无人欣赏，却能接纳同在城市边缘彻夜流浪的少年。而那些“以往的果子未完成的”又是什么呢？这里面或许有上一辈、上上一辈乡邻随着乡村飘零的遗愿，或许也有一颗尚未准备好要去直视父亲的心。

2022 年

信与疑与真

一、写信者说

“收到父亲来信，是晚春的一日。”小说《晚春》始于这十二个字。

三三喜欢在小说中嵌入书信。有《晚春》里这种传统的信，带着人的纹理与纸张质地内化的时间，也有数字时代的电子邮件、站内信。在重复、缺少变化的城市生活里，陌生人之间的通信，打破了隐形的社交屏障。《圆周定律》里小李律师以“作家三三”的身份发给发明狂人任天时的邮件，可以与前作《补天》的主人公写给网友一藏的站内信对读，这两处小说动作，都带着严肃的求真属性，像一支冒险之箭。信，扮演常规生活中意外掉落的分岔小径，也代表着主人公探索世界的另一面的决心——以及，如“信”字的多义性所提示的，人类对于“相信”的亘古追求。

回到《晚春》的开头。“父有难，乞速归。见面须谨慎，来信一事切不可让雅红知晓。”[1]孟润安收到的家书只有寥寥数字，宕开大片信息留白，那是悬疑感一下子抓住读者，又为探知真相留出的去路。笔迹潦草，语气急促，道出父亲的处境危险，诡谲的家庭氛围也呼之欲出。于是，儿子在晚春时节动身前往杭州，一场前路不明的营救风波似乎要拉开帷幕。家书中的“归”字，其实用得古怪：杭州并不是孟氏父子的家乡，只是父亲再婚后投奔继母雅红所在的城市。父对子的“乞速归”，已顾不上权位关系的颠倒，誓要绝望地抓住最后一根救命稻草。如此，没有了家族血缘或地缘关系托底，杭州一扫古来春游江南的雅兴，化作客居的无根之地，陌生、阴鸷、危机四伏。

随着探亲之旅展开，父亲道出被雅红长期投毒的猜疑，润安不得不化身侦探，一边查找下毒的证据，一边在杭州城内跟踪继母。父亲是 1970 年代的上海知青，与雅红本是初恋，赴江西九江插队前，两人相约等他回来。但就像历史上无数的错付故事，父亲中途断了音信，后在九江娶妻生子，既是受制于时代指令，也是屈服于自己的浑噩软弱。从此父亲“失去了故土，成为一层真空的塑料膜”[2]，雅红也终身陷于被欺骗、被抛弃的恐惧。两人晚年再续前缘，本应是破镜重圆之举，为何换来的却是更深的隔阂和弃绝？雅红究竟对父亲有多深的怨毒，不惜实施连环杀夫的复仇之计？还是这一切从头到尾，都是父亲因深埋心底的愧疚臆想出来的迫害——要借被自己所伤之人的手，展开一场迟到的自我惩罚？直至小说尾声，父亲去世，有关投毒的疑云逐渐漫漶、

[1] 三三：《晚春》，载《晚春》，上海文艺出版社，2023，第 4 页。

[2] 同上，第 13 页。

失焦，最终也没有得证实或澄清。

父辈的情与怨之下，润安的处境容易被忽略，实则也耐人琢磨。《晚春》以润安的第一人称展开，目睹父亲飘零溃败的晚景，上一代人令人惶惑的情债，他试图施以援手，但终究能力有限，甚至将自己也卷入旋涡。从小被父亲抛弃的润安，同样是受命运愚弄的悲剧的受害者。如果说雅红尚能以朝夕相伴的压迫感，令父亲寝食难安，那么润安呢？在他的成长中缺席的父职，父子间多年的失望与疏远，真的能因为一封突兀的家书，因为“父有难，乞速归”的乞怜与托付而一笔勾销吗？三三特意维持润安克制的叙述语气，他的噩梦、惘然与佯装放下，其实是无处也不知向谁再要一个说法。

这些时代浪涛冲刷下的不起眼的人生，因为一个微小的差池，就可能导致全盘皆错，但日子还要继续往下过。三三要借《晚春》写出的，恰恰是普通人寻常日子里的恐怖感和悬疑感。它未必指向人与人之间真实的恶意与施害，而是在死亡到来前，在漫长的时间中扭曲、发酵、找不到出口的自戕。这种能感受到，却说不出来的危险，如同风暴过后，人还要想尽办法在危楼中生存下去，带着对命运的疑惧、懊悔。自我折磨，也随时可能会转变为相互折磨。父亲或许也知道，呼救的家书不能真的从根本上改变困境。人只要活在历史之中，就要承受属于她/他的那份历史后果。

作为文学装置的书信，或者说写信作为写作行动，成为打开三三小说世界的一把钥匙。在本质上，信件代表一种交流的欲望。比起面对面的交流，撰信人往往能更无所保留地坦露心迹。《晚春》集里有不少动人的故事，都建造在人与人“不见面的关系”之上，无论是李曼以诗歌刺探中学老师陈缜的内心（《开罗紫玫瑰》）、“作家三三”与任天时关于“天才”的深入探讨（《圆周定律》），还是画家焦逸如与周放一生的神交（《无双》）。人之所以可以不现身，因为有信作为介质，这种能将表述主体与话语主体一分为二的说话方式，托举着人性里的狂热、天真与深情。相较之下，三三笔下人与人在当面对话时，总是显得那么不流畅，他们迟疑、躲闪、惜字如金、欲言又止，随时会登场的沉默仿佛才是“说话”的主角。

不同于出口即逝的声音，白纸黑字的书写要更慎重，在“曾经存在”的实然与“将会被重读”的或然之间，一封信预支了未来的时间。落笔成字之前，也往往经过更多看不见的思忖、挣扎、涂改易稿。《巴黎来客》中，明磊在 Lou 的笔记本中发现一纸旧日信笺，是 Lou 的中学好友为送别她出国而写。抬头处 Lou 的本名“林初静”，与好友的担忧与祈福共在，多年来被 Lou 小心带在身边。“信上的笔迹堪称娟秀，一路精细、流畅，似乎是草拟了几稿后誊写的。”[1] 击穿明磊的，不再是交际花 Lou 的身世秘密，而是“工整”背后那份友谊的柔软与郑重。两个 1980 年代中国少女对“巴黎”和这个词代表的“世界”，那份共同的无知无畏与无限向往，足以使读到信的人心生柔情——孤身赴法的明磊，又何尝不是曾经如此？ Lou 的行为，如同一个新世界的偷渡者，像护身符一样怀揣着母国时代的出生纸。这封信是她“真实来处”的最后凭证，钉牢她、揭穿她，却也护佑她，皆因 Lou 自己所说的，“人对‘真实’多少都有需

[1] 三三：《巴黎来客》，载《晚春》，第 151 页。

求的”。[1]

好的小说，会带领读者在这种细节处停留，让细节替人物开口说话。三三用小说的眼睛，凝视这样的审美客体，实则是以“信”作为漫长人生中的一道截面，凝视人与人真实的关系形态，补全这背后未被直说的、更复杂的历史讯息。这是出色的小说细节。人心的玄秘、情感的褶皱，原本是看不见的，但经由时间的显影，被留在信纸上，变成可见的、可被破译的物理痕迹，被小说家截获。试想，如果将同样的场景换成电子显示器上荧白的、规整的邮箱界面，大概效果会大为折损吧。

一封信的投递，对于得到回应并没有把握，或许从一开始就无所期待。信是交谈，但却是单向度的、非直接的，它依托阻隔与等待而成立。在这个意义上，回应本就不是必然发生的。信首先以个人独白的形态存在，是记录，向内探索与自我成全。《开罗紫玫瑰》同样采用一封信开始。高中生李曼在给老师陈缜的信中，回忆半年前父亲去世后，两人在黄昏散步时关于死亡的谈话（死亡一直是三三如此感兴趣的命题）。李曼尝试在信中袒露自我的表演性：面对父亲的死，自己的伤心都是扮演出来的，希望得到老师原谅。“很快，连信件本身都不存在了。随笔本里的这一页被撕下，碎成十余片。毁灭是遗忘的捷径，悲观的人往往更早意识到这条定律。”[2]当事人撕毁了这封信，但读者都读到了她的忏悔和自白。这是小说的特权，也是小说的把戏。

在小说里，一封信如果没有被回应，那么它将一直向所有读

[1] 三三：《巴黎来客》，载《晚春》，第 148 页。

[2] 三三：《开罗紫玫瑰》，载《晚春》，第 84 页。

者敞开，三三大概也深谙此道。《即兴戏剧》的最后，吴猛在创作谈落款处留下自己的邮箱地址 octopus.garden@163.com。《章鱼花园》是披头士乐队的名曲，也是三三在高中时获得全国青春短篇小说奖的处女作标题，她本人注册了这个邮箱，令其成为隐藏在小说集里的彩蛋。作为《晚春》的创作者，作家已经完成了她投向虚构宇宙的去信。回信，是从虚构的一侧朝向真实读者的这一侧发出的对话邀请。所以在我的理想中，给三三写的书评，也应该是信的形态，至少，最好的交付方式是把书评寄往这个邮箱。

二、“生活在真实中”

总的来看，三三对人、现代生活与城市风物的写法忠于现实，这并不妨碍她坚定地将“生活的不可知”执行到底。正如詹姆斯·伍德所说：“小说不应该抚摸已知，而应该折腾尚未发现的东西。”[1]生活的可疑，有时因为真真假假的谎言，有时是因为认知差异，更多时候是人们可以获得的信息，原本就是参差和残缺的。人们会动用自己的理性与分析能力，努力辨别一二。毕竟抓住一部分真相，也就是建立了一段规避危险的秩序，这是人置身于混乱中的本能。除了“不见面的关系”，三三也擅长用梦境、感官与记忆机制，进一步将不整全的信息加以变形，将故事炼成能透出数种真假光束的多棱晶体。就这一点而言，《晚春》具备纯正的现代气质。现代性的危机，正在于不再有一层绝对的意义

[1] ［英］詹姆斯·伍德：《破格：论文学与信仰》，黄远帆译，河南大学出版社，2018，第 321 页。

将世界包裹起来，对于世界的整全认知已经撕裂，意义瓦解。随着后真相时代降临，人们只能凭手中的信息碎片各执一词，拼凑起自己眼中的真相。

作家的做法是，她几乎在每篇小说的关键处都留出了空白，如同在精美的拼图上故意撬去一片。这个缺口，是三三的态度，你可以说它带着恶作剧的意味，也可以说它是认真追究“什么是真实”的问题形状。《晚春》中继母到底有没有对父亲投毒，到最后都无人知晓。《即兴戏剧》里，师姐的坠崖身亡，究竟是一场真实的意外，还是吴猴儿在创作谈里的又一次杜撰？《开罗紫玫瑰》的结局同样如坠迷雾，陈缜是否如李曼在豆瓣日志中控诉的那样，对她处心积虑地实施了猥亵？他制止自己的记忆是可靠的、可信的吗？《无双》为“周放”和“朱正祁”安排了互为替身的障眼戏法，焦逸如以侠义固守一生的知己，他的庐山真面目究竟是谁？《以弗所乐土》里，阿吉是否真的想要在这趟异国旅途中伺机寻死？……对于这一连串的疑点，每篇小说都留出了不止一条理解路径，反过来说，每一种理解也都有可能是彻底的谬误。作家似乎有意在暗示读者：重要的不是握紧某一种解释，而是从多种可能并存的局面中，向现代生活的本来面目更靠近一点。与小说相比，真正的生活当然要驳杂、散乱、深邃得多，更何况一刻不停的生活流会推着人不自主地往前走，让许多谜题就这样被含混带过。故事总有结局，和人生不一样，能够在故事里较真，也是阅读小说提供给人的勇气与乐趣。

将这番用意落实在小说形式上，《即兴戏剧》是一则典型。《即兴戏剧》采用了多重元小说的连环套层结构，在不同叙事层次里，三三置入具有精神分析与象征意味的戏中戏、梦中梦，意在讨论真实、死亡与小说虚构的关系。在叙事的内层，“我”与友人一行四人前往潭柘寺的京郊徒步、“我”指导师弟吴猛创作小说的经历、“我”与前男友分手后的神秘纠缠，构成奇妙的三角对位。这三条叙事线索彼此穿插，不断造出新的涟漪，最终被一篇署名“吴猴儿”的创作谈一网打尽。在叙事的最外层，一切都是一位新人作家基于生活经验的虚构，他的小说题目正是《即兴戏剧》。

徒步即写作。通往潭柘寺的路线不止一条，正如小说创作的歧径丛生。终点似乎是确知的，但如何抵达，能否抵达，没有人能提供保证。在这个过程中，会遇到未知的人、事物、时空体，也会发现未知的内在自己。当四人终于在天黑前将路走到穷尽，却发现潭柘寺早已关门。“我们凝视着晚寺，如此切近，却不可进入。”[1]如果要为这篇小说和它的阅读方式分别找一个词，我可能会用“玄妙”与“参悟”。日暮时分近在眼前却无法进入的晚寺，可以用来比拟许多人生的处境：迟到与遗憾、过程与终点、目的与意外、禁忌与偏执，等等。作为三三在中国人民大学修读创意写作期间的作品，《即兴戏剧》将对写作的思考上升到了“修行”的高度：写作者需要交出身心的虔诚与劳役，甚至要用生命的一部分去置换，“而你所需要付的代价始终悬而未决”。小说最后的创作谈，几乎脱胎于三三上一本小说集《俄罗斯套娃》的后记，可以视作三三借人物之口在自道：

[1] 三三：《即兴戏剧》，载《晚春》，第 77 页。

思索半天，只是说我想写的是真实。我不相信世上有绝对的真实，但选择兼容一些真假并不分明的“真实”并对其作出选择，并非一种放弃的状态，而是为了更进一步去观看它们。……这就是凝视和真实之间的关系，而我所做的正是凝视。[1]

没错，在此我想讲讲自己写作的原因：我希望通过它抵达“真实”。所谓真实究竟是何物，我不知道，但可以确定的是，它需要被凝视才能慢慢呈现出一种轮廓。并且因为我们的无能，它将永远在相对概念的范畴内。……非要归纳一个通用的法则，那暂时可以说的是：沉下去，继续观看，不要轻易下结论。[2]

两篇自述的核心，都在于三三小说对“真实”的追求。三三笔下的“真实”，接近于一种不可见、但可以通过观察不断接近的生活的本相。不能指望命运时时向我们展现真相，但在真相偶然浮动的一瞬间，也许恰好被持续观察的人所捕捉。执行这一观看之道的第一步，就是拒绝“定见”的诱惑，排除“只有一种解释”的障眼法。

这样我们就能明白，为什么《补天》围绕一则“当代人被女娲选中补天”的都市异闻展开，却将一次疑似反诈的遭遇，上升为事关“相信”的寓言。三三将主人公半信半疑的摇摆写得那么

---

[1] 三三：《即兴戏剧》，载《晚春》，第 79 页。

[2] 三三：《后记：谢谢你们来看这场表演》，载《俄罗斯套娃》，译林出版社，2021，第 281 页。

动人，一藏的告别无论是真是假，都足够令人怅然若失。同样，为什么《圆周定律》的主人公，会被任天时这样狂热的“民科”怪人所吸引。她当然可以恪守律师的本职边界，随大流地接受“据说对方当事人是个神经病”的定论，但她搁置了世俗的裁决。不仅因为她的好奇心——任天时为何身处一个悖逆的环境中仍有强悍的信心，一个天才如果生在不属于他的时代，要如何面对否定，又如何以献出自己的方式，践行与外界交流的热望？——更出于一个作家面对“棱镜有许多面”的世界所持的宽容。

是的，比起好奇心，我更想强调在三三小说中感受到的宽容。父亲与雅红、吴猛、李曼、焦逸如、明磊与 Lou、任天时、小宁……她那么喜欢追逐“怪物”般的人，性格孤僻的人，不被接纳的人，在人群中永远落落寡合的人，在公共聚光灯下总是看不真切的人，又是那么不愿意让他们轻易沉没在阴影里。如果不是心怀宽容，小说家不会保护他们存在的必要，理解他们也有被理解的需要，更不会后退半步，长久直视怪物。三三和她的主人公，都绝望地看清了“人们生活在各种排异机制之中”[1]，怪物正是被排异的剩余物。如果用一句话去表达反抗的愿景，也许可以是卡夫卡所说的“生活在真实中”。比起便捷的常识与结论，总有人会选择用更困难的方法去认知意义，因为相信事物的背后有一个更高的存在。因此三三与卡夫卡的意思不谋而合，“恰恰是我相信着某种高于一切的力量存在，我才会想要走过去，一探究竟。我才会看到它被一次次证否之后，还想去重新论证。我相信它在等待一个对话者上前，它之所以消失或者突然变得不可信，是在拒绝定

[1] 三三:《圆周定律》，载《晚春》，第 204 页。

论，以便让对话者在迂回中靠得更近；同时，也是为了考验对话者。”[1] 不必行使创造者的特权去介入或解释什么，让这些人与事如其自然地在文学中伸展，本身就是一场有价值的对话。

三、“世界上海”的女儿

根据履历所示，三三 1991 年出生于上海，在上海长大，28 岁辞去知识产权律师的工作，外出求学一圈，又再回到上海写作和生活。但她在不同场合提及，自己无法对上海产生原乡意义上的认同感。“不知道为什么，我从小觉得自己是一个没有故乡的人，或者是觉得我的故乡不在上海。”[2] 三三曾在上海大隐书局以“上海女儿与她的世界故乡”为题进行创作分享，并将“故乡感”模糊暧昧的成长体验，融入到对城市近代史的回溯中。比起居住环境、生活方式或本土文化形成的对“地方”的私人依赖，她从上海身上汲取更多的，是仿佛人人皆可共享的全球性，直称其为“没有故乡感的世界上海”。这种“在而不属于”的自我他者化的处境，正因为被三三投射到了小说人物的身上，才诞生了那么多疏离、漂移的城市切片。

1992 年邓小平视察南方谈话发表后，上海迎来改革开放以来最剧烈的城市变革，“一年一个样，三年大变样”成为鼓舞人心的口号。浦东开发，城市道路、桥梁和地铁等基础设施的改造

[1] 罗昕：《三三：我想用叛逆而决绝的心，看清这个世界的真实》，“澎湃新闻”APP 2021 年 11 月 22 日。

[2] 语出三三 2023 年 7 月 14 日在大隐书局的《晚春》分享会。文字稿见《上海女儿与她的世界故乡——〈晚春〉图书分享会》，“书香上海”微信公众号 2023 年 7 月 21 日。

建设，东方明珠、金茂大厦、环球金融中心、上海中心相继拔地而起，摩天大楼改变了黄浦江两岸的天际线，城市容貌随之大幅更新。加之商品地产开发、证券金融业的高速成长，这些变化响应了全球化经济急遽发展的节奏，也让上海重新回到国际大都市之列。三十年后，上海正在将自己打造成卓越的全球城市。不难理解，在这种时代氛围下长大的"上海女儿"三三，为什么更愿意将自己视作一名"世界公民"——上海仿佛一直是属于世界的，海纳百川、杂花生树的城市文化性格，或许已经成为千禧一代的集体无意识。但如果还原其中具体的时间刻度，会发现这种"上海性"也是被建造出来的，是一项被发明的传统。

《晚春》中的父亲孟清河与《巴黎来客》中的明磊，都是土生土长的上海人，三三将他们置入"出走—归来"后的迷失处境。孟清河回沪时，等待他的不是朝思暮想中的温暖归巢，而是面目全非的外滩、因户口指标与住房资源紧缺而变得微妙的市民家庭关系。被愚弄和被抛弃以后，他离开上海投奔雅红，实属别无选择的选择。这样的上海故事，王安忆在 1980 年代初创作《本次列车终点》时就已经写过。到了三三这里，经典的"返城难题"又增添了子辈的牵连。三三和她的同龄人，是成长轨迹与上海经济起飞几乎完全重合的一代人。他们在经历社会剧烈转型的城市空间里长大，更能以青春期独有的敏感，捕捉新旧断裂处发出的脆响，移情那些在"变迁"中无法永存的风景——甚至，留恋那些本属于父辈的年少记忆。

试举一例，黄浦江沿岸增设栏杆，禁止市民下江游野泳的变化，三三《晚春》与《开罗紫玫瑰》都曾写到。"他说起自己小时候在黄浦江游泳，那时江边还没增设栏杆，每到夏天，他和朋友们就成了水中常客……后来整个城市变样了。”[1]作家一定是非常在意这个真实的历史细节，才会在不同的作品中，反复演绎上一辈人的“童年的消逝”。栏杆隔断的，不仅仅是青年人征服江水的嬉戏与雄心，也是上海这座“更年轻时候”，“感觉世界正向无尽之处延展”的城市形象。“隐形的新规则在此滋长，人群变得沉默而端庄。……在离去的那些年里，这座曾赋予他许多生命经验的城市彻底背叛了他。”[2]随着边界的建立，安全文明、井井有条的秩序送别一个更纷乱也更有生机的年代，但还有那么多未能及时跟上世变速率的人。他们与城市现代化之间的时间差，成为三三检视“我城”的入口。

《开罗紫玫瑰》中的明磊以三三的舅舅作为原型，与孟清河相比，他是被全球化机遇眷顾的幸运儿。一介平民子弟，意外获得留学法国机会，一时成就弄堂邻里艳羡、领导都要上门探望的小小风光传奇。但回国后，也不过是过上了普通工薪阶层的生活。无论是孟清河的空手而归，还是明磊的衣锦还乡，被时代的逆风、顺风刮过，都无法再重新寻回自己在上海的位置。“上海变得认不出了……你说你在巴黎也是，没有归属感，就像个客人。出去走了一圈，发现哪里都没有你的位置。”[3]孟清河回上海时是 1990 年代，明磊赴法国留学的七年，是 1993 年到 2000 年，这恰恰是上海以最快速度翻新变貌的阶段。也就无怪乎他们陷入“到哪里都是客人”的失重感。在加倍提速的时代轨道上，三三

---

[1] 三三：《开罗紫玫瑰》，载《晚春》，第 117 页。

[2] 三三：《晚春》，载《晚春》，第 14 页。

[3] 三三：《巴黎来客》，载《晚春》，第 139 页。

笔下的人物行止，总是远比环境的变化来得更为缓慢、迟疑。或许也是这种格格不入的时间差，让孟清河终其一生都在变换落脚的地方，让明磊能够看到交际花 Lou 看似光鲜实则落魄的境况。2010 年上海世博园区的重逢与告别，仿佛从 1990 年代回收的世界线，明磊在这场浓缩了全世界经济、文化、科技成就的国际盛会上目送 Lou 远行。她的背影，终成一则关于全球化时代“无处依附的人”的寓言。

《晚春》辑录三三 2019—2021 年间创作的八篇小说，是三三在北京修读创意写作硕士时期的产物——有趣之处在于，这本书的写作时间，刚好是三三“不在上海”的那几年。每篇对应一座城市，以地图集的概念，将杭州、北京、开罗、巴黎、上海、南京、河北、以弗所，连缀成一道世界漫游风景线。在这本离家诞生的小说集里，三三所勾画的是何种“世界漫游”？细数作品里的主要人物身份，知青、留学生、游客、观影者、外来务工者，会发现她关心的，多是背负“客居”命运的人与城的关系。个体处在不停的位移之中，这种“漫游”即便不是全然仓皇与沉重的，也几乎与浪漫无关，因为城市几乎无一能为他们提供归属感。“城市制造太多幻觉，使人相信自己可以参与其中，而这种误解将反之成为城市精神的养料。”[1]人们暂时的到访或漂流异乡，又大多数随身携带着来处未能处理好的遗留问题。换句话说，三三写的固然是漂萍，但却是有羁绊的漂萍。借着人与“他城”的疏离，其实是要写人与那个遥远的“我城”间悬而未决却终生无法躲掉的羁绊。这或许才是三三身在上海之外，在那些被她称为

[1] 三三：《开罗紫玫瑰》，载《晚春》，第 101 页。

“世界故乡”的地方讲述城市故事的真意。所以，《晚春》虽然圈出了八个地点，实则半数篇目都与上海有关——《晚春》《开罗紫玫瑰》《巴黎来客》《圆周定律》，无一不携带有对上海充满张力的“看”，时而以近观，时而以远得快要消失的回望，时而是偷窥。“被看”的对象中，有想要逃出上海却最终不得不回来寻求容身之所的人，有蜗居在郊区的人，有困在市区写字楼格子间里的人——在如同套娃装置的观看里，他们也在看着延安中路绿地人造、四时风景被困住的命运。

三三和她的同龄人，亲历了互联网诞生和普及、新旧媒介技术的全面更迭，在成人之前，他们是同时拥有两种媒介经验的最后一代人。三三能在小说中实现书信与电子邮件之间的自由切换，也能自然地凭小说分身出入于唐传奇、现代戏剧与网络游戏等多种生活容器，足以证实“媒介跃迁者”的天然优势。也许是上海这座城市已经被赋予太多的言说，令她不想走入他人经验的同义反复中，也许是她还想留出与“真实”徘徊共舞的距离。总之，这些“看”与“被看”构成属于三三的复调上海，就像她拥有一手写信、一手回信的兴致勃勃的本领。至于如何以全球地理的“别处”作为讲述上海的起点，以背离上海的方式讲述属于她这一代的“世界—上海”故事，实在令人期待——是《晚春》让人确信，三三身在上海，却总能走到别处去，也总要走到别处去。

2024 年

辑四

世上或有不散的筵席

在《长恨歌》里，王安忆描写革命年代炉边小天地的“围炉夜话”，是读者最津津乐道的章节之一。外面的世界正在发生大事，但时局似乎与弄堂里的王琦瑶们无关，她们在炒瓜子、剥栗子、烤鱼干、涮羊肉中获得肚腹间的暖意和体己温情。在政治动荡的岁月里，市民生活中的饮食闲谈，在“世界的边角上，缝隙里”展示出日常生活的强大意志。对于这种“从容不迫的三餐一宿”的欣赏，也揭示出王安忆的饮食书写关乎“日常”与“大历史”的辨证机心：柴米油盐承载着日常生活难以被大历史撼动的恒定性，却又始终深深扎根于大历史。换句话说，离开了具体的历史和历史中人，也就无法理解王安忆笔下的一蔬一饭的复杂和独特所在。在近作《向西，向西，向南》中，王安忆开始思考中国菜与中国人漂泊海外的命运。两个曾有一面之缘的中年女人，在纽约布鲁克林的中国餐馆重逢。精细清淡的江南味，在遍地左宗棠鸡、甜酸酱的中式快餐市场中无法存活，但在至暗时刻，原乡的滋味仍有抵抗离散、重新整顿人生的力量。

王安忆最新长篇小说《一把刀，千个字》，讲述淮扬菜厨师陈诚的一生。题目中的“一把刀”是“扬州三把刀”中讲究刀工精细的菜刀，“千个字”则取自袁枚《随园诗话》中对扬州个园竹趣的吟咏，“月映竹成千个字，霜高梅孕一身花”。陈诚少时阴差阳错地入行肆厨，从此“薄技在身，走遍天下”，从未接受过正规学校教育，他的人生开蒙从绣像本《红楼梦》、黄历、劳动与朴素热烈的草莽民间而来。经由一个人在历史中的成长，“刀”与“字”之间的张力，也打通了庖厨与刀笔两个不同的启蒙世界，两种不同的立世选择。

需要首先指出，尽管别出心裁地选择以“淮扬菜”为话头，《一把刀，千个字》却绝对不是一部书写“技艺”与“工匠”的长篇作品。这里面没有《天香》中为顾绣著书立传的案头考据工作，也不同于《考工记》中对老宅、建筑器物、木匠工艺的微观雕琢。尽管小说中不乏动人的饮食场景与精彩议论，终究指向的还是“人”。王安忆借物起兴，反观人情。南橘北枳，食材的“物性”会随水土转移发生必然的变化，那么“人性”、“人心”也会变吗？扬帮菜从“乡下人的乡下菜”走向五方杂处的上海滩，再进军大洋彼岸，早已背离本宗远矣。但是，与其说小说家关心的是“味”的偏离乃至堕落，不如说，是要讲述一个“知味的人”消失的故事。“珍馐佳肴落脚于劳役的果腹，好比那一句古诗，‘旧时王谢堂前燕，飞入寻常百姓家’……”上海滩“包饭作”的昔日传说之所以格外吸引王安忆，是它背后的平民百姓精神和劳动日常美学。至于反复念叨“好东西是吃出来的！……礼失求诸野，如今，连‘野’都沦落了”，皆因王安忆所忧虑的，是这种大众精神的失落。

小说上部从陈诚在纽约法拉盛的中年人生写起。这块看似

“没有民族国家大义”的新兴侨埠，实则藏纳着各路人物和他们决心拗断的前尘往事，改名换姓的陈诚也是其中的一员。陈诚生于 1960 年代初，祖籍淮扬，生于哈尔滨，长于上海虹口弄堂，学成于高邮西北乡下与沪上名家，随改革开放后的出国大潮移居美国，在旧金山唐人街打过黑工，又在特殊历史际遇下安家纽约。当然，“赤条条来去无牵挂”的流徙与“不知道自己是哪里人”的无根性，只是主人公履历的一种讲法。随着小说中各色人物登场，现实与回忆往复成网，陈诚背后破碎的四口之家逐渐浮出水面：到晚年仍信仰革命所以不免显得落伍的父亲，跻身美国精英阶层的为人锋利的姐姐，温驯沉默远离人群的自己——还有缺位的母亲，在巨大的悬念下，迟迟没有露出庐山真容。就如同小说中多次写到的那张从家庭相簿中被抽走的全家福，只留下一片历史的空茫。

进入小说下半部，王安忆陡然扭转时空坐标，从西向东、从南到北，重返建国初期的东北哈尔滨，交待母亲短暂却传奇的一生。这个全家碰不得、说不出的陈年疮疤才得以揭开。原来母亲在“文革”中因捍卫真理的言论而遇害，后来沉冤昭雪，被追封为举国闻名的革命烈士。当年母亲出事后，年幼的陈诚被连夜送往上海姑母家，在远离风暴、寄人篱下的岁月里，几乎完全丧失了对母亲的记忆。直到铺天盖地的新闻报导与宣传作品，让一个陌生的，被符码化、圣像化的母亲形象强势回归。“烈士遗属”“英雄少年”的新身份，被遽然改写的命运，连同着裹挟一切的集体新生活，都令他无所适从。这些都为后来的远走埋下伏笔。

至此，读者已经知晓了法拉盛名厨另一重不为人知的身份：

他是烈士之子，是革命乌托邦与暴力劫难的后来人，也是完身穿过历史剧烈错动的幸存者。也正因此，王德威在盛馔的背后读出后革命时代的肃杀。“革命不是请客吃饭。但时移事往，革命不就是请客吃饭？而那顿饭，是烈士之子掌厨的拿手好菜。万里之外的扬州佳肴里，隐隐有一股血腥气味。”但陈诚的人生还要继续。这也是王安忆最想要追问的问题：大开大合的历史潮水褪去后，他要如何面对母亲的幽灵，消化家人挥之不去苦衷、懊悔与怨恨，与“不像母亲的儿子”的责难和解，并在新大陆上重生为一个真正的自己？

《一把刀，千个字》中母亲事迹的历史原型，应当是曾震动全国的张志新冤案。在现实世界里，张志新的一双子女后来也的确移居美国。若放在“拨乱反正”的四十年前，为真理献身者被重新正名，下一代所遭受的身心戕害仍然悬而未决，“救救孩子”会是再典型不过的“伤痕文学”题材。但在《一把刀，千个字》里，王安忆以热眼看向激进年代的深处，转过身去，认真记录下一桌又一桌难忘的饭菜。小时候与爷叔、招娣在钢铁厂职工食堂吃过的最像一家三口的一顿饭，最平凡的上海家常菜，令陈诚一生对那个钢火世界里的温柔乡魂牵梦萦。在扬州老家与玩伴分食咸鸭蛋、螺蛳和软兜豆腐羹，充满了童趣的吃法中也蕴含着物质紧张年代的惜物之心。“仿佛一线游丝，连接本乡”的软兜（即鳝鱼）更成为陈诚后来在美国遍寻而不得的乡愁。而到了冰天雪地的大兴安岭林场，又变成了东北火炕上热气燎人的大锅炖煮和热炒，年轻的朋友挤在一起，也滋养了姐弟俩在后知青时代最后的青春美梦。

饭菜的背后，是无限细腻的“生计”和有情的“结识”，毫无疑问，这是王安忆最为擅长的烘热的人间烟火气。无论是这些至情、至性、至味的吃饭场面本身，还是作家的笔力，都是动人的。主人公在这流水的人生筵席中，从自己的小家脱落，进入广阔天地，更内化了天南地北的风物、味道和手艺。“广纳博取，融会贯通，自成一体”，小说中对“上海就是个滩”的判语，又何尝不是在描述陈诚呢？那些下沉铺底于革命年代的人间记忆与技艺，只属于他一个人，在残损的血缘纽带之外，赋予他另一座在舌尖上完足、阔大、超越的原乡。这流动的、日常的伟力，或将引领他通往“成为自己”的可能？

王安忆一向喜欢让故事中人讲故事。除了“包饭作的故事”，《一把刀，千个字》中还多次出现了一个“哥伦布竖鸡蛋的故事”——鸡蛋碎了，却在桌面立起来了，但磕破了的鸡蛋是否还是鸡蛋？这一道有哲理和诡辩味道的本体论难题，实则是这一家子命运的隐喻：在旧世界中碎裂，又在新大陆重新团圆，究竟是裂痕无可修复，还是不破便不立的绝处逢生？作家没有给出确切的回答。但可以肯定的是，她特意选择了法拉盛这个仿佛“人生封闭”“历史停滞”的异域来寻找答案，在时空高度压缩的小飞地里，挑战一次个体与血亲、历史、世界极尽纠缠的大叙述。横跨东西半球，纵贯半个世纪三代人，王安忆也再一次展现出作为当今最出色的现实主义写作者，对于纷繁的历史碎片强大的驾驭力与野心。

推开一步去说，在塑造母亲时，除了以张志新烈士为本事，王安忆显然又加入了自己内心不曾黯淡的左翼乌托邦情结。母亲是光彩夺目的女战士、先觉者，用小说中的话说，“她的真理在星空”。这也提醒我们注意，王安忆绝不仅仅是一个日常生活的信仰者，因为这个自称为“共和国的人”的作家，从来没有停下对革命超越性的、乌托邦精神的追随和思考。这一曲折的心事，正如她在《成长初始革命年》里总结从陈映真处获得的深刻影响："国际共产主义理想的明日黄花，引领着我，走去无可望见的希望。"

众所周知，对革命与启蒙的认识和探问，多年来一直是王安忆小说创作最重要的母题之一。正是这种"希望"与"无望"间的悖反，支撑起写作的驱动力。从早期的《流逝》(1982)、《69届初中生》(1984)、《叔叔的故事》(1990)、《"文革"轶事》(1993)到后来的《启蒙时代》(2007)，王安忆一直在从亲历者的角度出发思考文化革命的复杂性。《一把刀，千个字》里保持怀疑、躬身实践的母亲，深陷晦涩思辨的少女时代的姐姐，还有家庭成员间的抽象的哲学论辩，都能找到《启蒙时代》的影子。而在这个母亲主外、父亲主内的家庭权力结构里，母亲的真理"在星空"，父亲的真理，则"在日复一日"。母亲与父亲象征着天平两端的两种真理，也蕴藏着小说家的历史观。王安忆关心这两种同等重要的真理，正如同她关心这两种真理如何影响了一代又一代人的自我寻找与自我再造。

借用书中人的话说，人们"以为历史是由纪念碑铸成的？更可能是石头缝里的草籽和泥土"。英雄历史已作风流云散。有的人注定要成为被世人仰望的纪念碑，更多的人成了齑粉中的草籽——但也需要更多的人去成为碑石底下新长出来的野草，无论被疾风带到哪里，在大事件与大世界的缝隙里，春风吹又生。王安忆写下的是日复一日的生活的不散的筵席，也是"无可望见的希望"不死的生命。

2020年

小说的趋光性能够穿透深渊

在《星辰书》以前，蔡东曾经很喜欢写受苦的人。借用一篇早先小说的标题，她笔下的人生大多身处在一种“无岸”的困境里，苦海无涯，回头也无岸。这样一个要将存在之苦往绝境里推演的创作者，其自身的精神空间，也必然在与小说人生的重叠、进退、磨蚀中承受考验，并在小说中留下痕迹。在这个意义上，《星辰书》首先应当被视为一组重要的见证。收录在这本最新小说集中的八个故事，见证了蔡东个人精神世界中发生的一场剧变：曾经在无岸的苦海中泅渡的人们，开始以种种不同的方式上岸了，他们和解，反抗，灿烂平静地相爱。延续了蔡东以强大的共情力托底的写法，《星辰书》在一贯细密和扎实之外，更多了舒展、平静与辽阔，是一本彻底的关于爱与希望的治愈之书。众所周知，蔡东一直写得缓慢、耗神、有敬畏之心，能够在小说中不动声色地完成如此惊人的蜕变，是多年写作与思考累加的结果，用去的或许远不止印在纸上的四年时间。

收录在书中的第一篇作品《伶仃》赋有象征意味，故事始于在一幅“上岸”的文学取景，并最终通往和解。年过半百的卫巧蓉，突然不明不白地遭到抛弃。丈夫在离婚后前往一座无名岛屿独自生活，她便尾随着他上岛，过上了暗中监视的影子般的生活。但是，卫巧蓉并没有像预想的那样，找到丈夫背叛自己的证据，甚至最终也没有弄明白半生的婚姻究竟是哪里出了问题。丈夫看起来只是累了，想要在晚年自在地生活而已。在蔡东这里，尽管她看到了卫巧蓉上岛时的错愕、委屈、狼狈、不甘和依靠安眠药度日的伤痛，将其形容为“随身携带着一座地狱”，却并不意在塑造一个晚景凄凉的弃妇形象。相反，蔡东决意讲述一个“任何时候都可以从头开始，好好生活下去”的故事，人的消化能力与生活自我修复的能力，远比卫巧蓉想象得要强大。岛上有丰沛日照、温柔海风和色彩明快的市场，卫巧蓉甚至在一个陌生老人身上重温了母亲在世的旧梦。如同阳光一点点驱赶出棉絮里的潮气，一点点让黑暗变轻，卫巧蓉不再是前夫的影子，她重建了一份属于自己的新生活，也找回了不需要药物的睡眠。其实《伶仃》并不像标题暗示的那般孤苦，蔡东写出了一种出人意料的独立与坦然。

《伶仃》营造出的暖煦之感，几乎在整本小说中得到延续。在《来访者》中，心理咨询师庄玉茹和来访的病人江恺，一同完成了一堂彼此疗愈的生命之课。值得留意的是，尽管为了创作这篇小说，蔡东在心理学的专业知识上做了不少准备，却始终谨慎地，不曾让庄玉茹使用任何心理学标签对江恺进行确诊。正如真正帮助江恺走出黑暗的，不是市场化、公式化的诊疗程序，而是松弛的、润物细无声的艺术疗法和妻子于小雪的爱。庄玉茹所赞美的“男欢女爱一日三餐，是贪生和恋世的好品质”和“活着真好”，是小说想要表达的核心。日复一日的世俗生活之强韧与伟大，相爱的人身上散发的夺目光彩，才是最值得体认和热爱的活下去的意义。这种对于成熟的爱与成熟的心灵的洞彻，是在蔡东写作中出现的新质，接近于埃里希·弗洛姆在《爱的艺术》中的道白：“爱是人类的一种积极力量。这是一种把隔离人及其同伴的大墙摧毁的力量，也是一种把一个人与其他的人结合在一起的力量。”

与新的亮色形成呼应，一些出现在作家过去多年的写作中的核心命题，也在《星辰书》中继续得到整理和回答。比如人如何在竞逐钻营的现代社会法则下，守住内心的光明与诗性。如果我们还记过去曾出现在蔡东笔下那些人，诸如在生老病死面前没有自主权的人，试图偏离精神失常的逐利社会的人，还有想从浑噩污浊的生活中拯救诗意的人。他们的受苦，往往源于身为少数人的清洁和清醒。需要看到的是，蔡东写这些人，从来都是出于由衷的欣赏与爱惜。耐心与不忍之心，作为两股近乎悖反的动力，支撑着蔡东对于这种“无岸”式的悲剧美学的追求。因为她并不是真的喜欢看人百般挣扎的惨状，只是一边不得不承认现实强大的吞噬力，一边却仍不愿让他们轻易地妥协或损毁。继续泅渡茫茫苦海，无岸也便意味着仍有靠岸的希望，是写作者的一份孤勇与慈悲。到了《星辰书》里，不忍熄灭的希望，终于成为人与人之间的联合起来突围的底气。“让生活成为能量的不竭源泉，再把从心底生出的活力和爱分享给别人”，这样的字句让我们发现，曾出现在泅渡苦海的人头顶幽微的星光，到了《星辰书》里，已经变成了举目可见，伸手就能够到的繁盛银河。

在《照夜白》《天元》《朋霍费尔从五楼纵身一跃》等新作中，人们不再逃避、退守和默默忍受，对于违背内心的和不想过的生活提出主动拒绝。《照夜白》里，产生了职业厌倦的大学老师谢梦锦，决定按自己的意愿说话，恢复对于声音和说话的自我支配权，只为了以沉默换取真正想讲授的教学内容。在《天元》里，应用经济学毕业的陈飞白可以拒绝参加她难以认同的企业面试，可以浪费时代赐予的幸运，兴致勃勃地过着“不瞄准”的生活。陈飞白与何知微摘下地铁上“一步致胜”的广告镜框，即使是游戏，也包藏着来自最小单位的共同体的实心的还击。也只有以《往生》中具有相似处境的康莲作为《朋霍费尔从五楼纵身一跃》中周素格的参照，我们才能更好的理解，她与罹患阿尔茨海默病的丈夫在演唱会上的沉醉一吻，是何等动人而真切的反抗。

警惕看似正当的价值奴役和一切人们习焉不察的异化力量，抵御漫卷的物欲与成功学神话，这些是与蔡东的写作共生的精神内驱力。如果说在过去的作品里，人物还要用艺术、古典、“无用”的审美来应付沉重的生活，《星辰书》所提供的启示是，艺术生活与日常生活其实并不是相互抵牾的。所以我们读到人们依然写诗、下棋、听风、种花，但也愿意用更多的时间去过平实的生活，一如热的药油揉进筋骨，以及在厨房里反复冲洗猪肉的血水。平凡不起眼却质地绵密的生活里，本身就藏有通往爱、自由、诗性与内心丰盈的道路，并且必然伴随着珍贵的痛苦。套着科幻外壳的《希波克拉底的礼物》和讽刺小品般的《出入》，正是在反向的意义上对此予以重新确认。这种近乎理想的活着的状态，被蔡东写得格外澄明：“保持住了柔韧，明白身处生存的丛林必然损耗一部分生命，而另一部分依然可以自在地舒展，在最高的层面上接受万物本空，具体的生活却眷恋人间烟火并甚至这就是最珍贵的养分。”

《星辰书》让人再次确证，无论怎样专注地凝视困苦与深渊，蔡东写的，始终是一种有趋光性的小说。能够穿透黑暗的深渊，看到解困的可能，相信生命总能在尊严与热爱中得到展开，这是属于蔡东的希望诗学。就如同吴佳燕在评论中所说的那样，蔡东小说的精神底色是积极向上的。更进一步说，受益于蔡东作为写作者终身成长的自我要求与精神滋养，小说里呈现出的世界才得以不断趋向丰饶、自在和开阔。在为作品注入有力的暖流并将其传递给普罗读者之前，作家早已完成了又一次重要的精神成长。

在今天，像蔡东这样的写作应该得到珍惜。更多的小说，为了深究存在的艰难和人性的复杂，选择停在一种胶着和晦暗难测的时刻。相比之下，趋向光明，极力寻找解救与疗愈的品质，则显得太过稀缺。理想的生活或许并不在别处，就在人类柔软却强韧的抵抗里，就在成熟的爱及其可能创造的世界里。尽管有人可能会说，小说并不一定要输出正面价值，并不一定都要指引人们去相信些什么。但是，追求尊严与美好品格，给人以希望的小说，永远值得一份更高的敬意。

2019 年

重返一个分裂时刻

一

有关杨庆祥的诗集《世界等于零》，我想从《荷的时代性》这首诗谈起。在诗的第一节，对于“荷”的遐思始于一场听来的谈话。“我在荷叶里听到／一屋子的人在谈论时代”，诗人并未参与众人的讨论，却兀自联想到了荷。荷与荷所生长的环境构成了一个富有层次感和隐喻义的整体造型，诗人由此凝视荷与时代构造的相似：

> 时代是荷叶上的露珠
> 一晒就无。时代也是
> 荷叶底部的淤泥，它的上面是清水
> 它的下面是垃圾。它的各种层次
> 如根茎上的倒刺，处处都伤人。[1]

[1] 杨庆祥：《荷的时代性》，载《世界等于零》，上海文艺出版社，2022，第151页。

这是典型的现代体验：置身于一个表象与真相分层的景观时代，具有欺骗性的景观无处不在，却又难于识破。信息过载，经验廉价而速朽，“一晒就无”里有太多因旋生旋灭难以把握的瞬间。诗人的目光自上而下，由明转暗，对荷的生命造型做了一次全景扫描。“露珠”与“垃圾”，“清水”“淤泥”及藏匿的“倒刺”并置在一起，也让可见与不可见、可知和不可知的边界，重新变得危险。“处处都伤人”的判语，牵引出诗人与荷相关的一段涉险记忆。在诗的第二节里，诗人继续出神，回溯了一桩发生在“1988 年的夏天”的童年往事，它静静躺在回忆深处等待被某个未来的时刻召回。像这样的私人遭遇尽管具有偶发性，却并不妨碍其辐射为更大的时代寓言：

> 1988 年的夏天，我和一群小伙伴为了
> 吃上新生的莲子，决定集体裸身下河。
> 这样愚蠢又凶恶的家长就不会觉察我们
> 嬉水的痕迹。
> 事实是，相对于父亲的戒尺和母亲的藤条，
> 那根茎上的刺，给我们留下了更痛的记忆。

“新生的莲子”光洁、鲜甜，犹如禁忌之果，引诱着无知无畏的孩子踏入一场违逆禁令的探险。在 1980 年代末的文化语境里，我们并不陌生这种“愚蠢又凶狠的家长”所指涉的威权形象，在杨庆祥和他的“80 后”同龄者的成长过程中，两代人之间的紧张感一直悬而未决。“集体裸身下河”的动作与决心，带有尚未被冲击前对世界向好的盼想。遗憾的是，孩子们最终不仅没有逃

脱因嬉水而遭到的“父亲的戒尺和母亲的藤条”，更被荷花暗处的利刺所伤。这场意外事故之所以比其他的“更痛”，是因为相较于日常生活中确凿的、面目狰狞的施暴者，那些来自美好事物的背叛与中伤，往往会制造出更大的破灭感，即使用一生去咀嚼也很难释怀。

读者已经发现，诗人在这里叙说的，并不是一段轻松、天真的夏日小插曲，而指向天真时代的终结。它具有事件性。诗里几次出现的“时代”一词，更提示个体事件与历史维度之间的藕断丝连。被骗、自嘲与暴力创伤，奠定了诗人内心对荷的认识法则，以及荷所衍生出来的更隐秘的历史认知，后者长久地为一种虚无的后遗症所笼罩。所以，在第三节中出现了这样的句子，诗人在成年后每每再看到荷花，依然“只觉得两腿鲜血淋淋……”，“好像我在时代的／触觉中，再一次成为顽皮而小心翼翼的孩子”。无论是因为精神层面的幻想崩解，还是肉身层面的幻肢之痛，被造物者愚弄后的愤怒和懊恼，长成了遍布全诗的疼痛神经。直至最后两行，诗人以“一个无比简单的真理”结束全诗：“我们终究看错了荷花，我们也终究会看错了时代。”

二

再一次成为“孩子”，也即想象性地返回儿时的裸露状态。将孩童特有的纯白、轻信与易碎再次敞开，让“鲜血淋淋”的创面暴露在历史空气里，重新检视当初未能放下的困惑——比如宿命般的“看错”，比如难以看透大时代的幻景与暗阱。这让人想起杨庆祥在一首早期的诗中，大声宣称“我曾拥有错误的童年”，无意间翻到父亲笔记本里“鲜艳如血”的红色字迹，并确认在鲜红的历史阴影下，自己永远长不成“一个散发甜味的孩子”。[1] 我们当然不会忽略，在杨庆祥近年来的诗歌创作里，伤口、疼痛、流血、心碎所具有特殊的抒情指向与抵抗意味。在他个人的诗学表述里，杨庆祥主张唤醒国人的“疼痛感”，让抒情主体在疼痛、眼泪与呼喊中，寻找抵抗虚无、穿透时代并疗愈自我的出路。再次在诗中提及童年创伤，《荷的时代性》褪去了偏执和歇斯底里，转为一种将错就错、保持隐痛的微讽。与这微讽形成呼应的，是诗集里的另一首《荷祭》：

从来没有一个时刻这样让人羞愧。
荷花和荷叶抛弃了我们。清水和淤泥
也抛弃了我们。我们的骨肉，再也不可能
清白与芳香了……[2]

这是对当下人心蒙尘、精神污浊的失望和自弃。在化身清白的荷花面前羞愧得抬不起头，以至于本想用荷叶“将自己的尸体包裹／可我觉得自己不配了”。诗人作这样语不惊人死不休的自白，背后可以看到长长的、清晰可辨的屈原的香草美人传统。在“君子和小人如今都沆瀣一气”的堕落时局里，“我们把脸蒙起来，假装还是兰草和芰荷的后代”。在中国的古典诗词谱系中，荷花是咏物诗的常客。有了“出淤泥而不染，濯清涟而不

[1] 杨庆祥：《我曾拥有错误的童年》，载《我选择哭泣和爱你》，十月文艺出版社，2016，第 108 页。

[2] 杨庆祥：《荷祭》，载《世界等于零》，第 153 页。

妖”“接天莲叶无穷碧，映日荷花别样红”“水面清圆，一一风荷举”这样的名句，荷花很容易将读者熟悉的情感结构与文化联想唤起。在这本诗集里，“荷”屡次出现，有时候以古典的容姿闯入现代、后现代场景，有时则以莲的形象，出现在那些寓含佛性、禅意、智慧的玄思中。试看这样几则：

不能再立誓、发愿、回梦了吗？
不能再在这苦心里长出崭新的莲子了吗？[1]

嗅到的荷花在纸上
雕栏、石拱桥和飞檐恍惚
没有泥土的国度是空虚的……[2]

打太极的人在黄土上刻了字
打太极的人在荷花上画了符
当初彼此都不认识啊
只有天和地默默无情[3]

而过经年，那荷叶的腰身为夏风倾倒了
高铁呼啸而过，竟也似一个世纪的乡音
……

---

[1] 杨庆祥：《我已经不能享受这孤独的春夜了吗？》，载《世界等于零》，第52页。

[2] 杨庆祥：《清平调》，载《世界等于零》，第44页。

[3] 杨庆祥：《邯郸截句之二》，载《世界等于零》，第75页。

不如爱她。一夜好眠。荷叶亭亭[1]

我们不难辨认出这些诗句中沉淀的古典诗意，以及汉语经过断句、剪裁、语词排列重组后，“荷”所显现的陌生化的风骨与意韵。但我更看重的，还是杨庆祥用私人经验和当代人的敏锐心智，对“荷”的重新吞吐、编码与赋值。

比如历史上咏“残荷”的最著名的句子，当属李商隐的“留得枯荷听雨声”。这句诗为更多人所知晓，乃是因为曹雪芹在《红楼梦》里，借黛玉之口将其改为“留得残荷听雨声”。以突出外力摧折的“残”字，替换掉了遵循四季轮转自然规律的“枯”字，一字之差，道尽黛玉在花样年纪里饱受摧残、风雨飘摇的心迹心声。与黛玉的“改诗”异曲同工，杨庆祥曾有一首《残荷》。落款提示这首诗写作于五月，本该是“小荷才露尖尖角”的萌动时节，诗人偏要写下“残荷也露尖尖角”。这里的“残荷”大概不是反自然的异象，与其说它是现实性的，不如说是象征性的、思辨性的：

残荷给人的感觉是，
花残了　果残了
叶残了
而且是一齐残了

一齐残是件多么有哲理的事情啊
好像世界的奥秘就在

[1] 杨庆祥：《不如爱她》，载《世界等于零》，第 60 页。

一残之间[1]

这样的诗行，并不只是要借“一齐残了”表达对世界残败、荒芜的本相的顿悟。它传达出一种虚无的人生与美学取向，但也包含了对历史和时代的强烈的忧惧感。这种忧惧感，在组诗《哀歌》中得到了更富有张力的呈现。“时代精神”一直是杨庆祥身为知识人的思考重心，对时代精神的探问贯穿了他的诗歌、杂文、文学批评与文学史研究。但在众多的文体中，诗歌或许最能践行他“在时代的琐屑中才能求证时代精神的复杂性”的实验和野心。《哀歌》将锋利的当代生活细节拼贴到古代帝王生涯中，诗人或抒情者“我”面向“君父”一重重的吁请、歌哭与哀告，加剧了盛世倾颓与兵荒马乱的危机气氛。没有人能否认，这里面乱舞着21世纪的面影或鬼影：当技术、商业资本、消费社会及浸淫其中被异化的心灵，在威仪肃穆的宫闱中撞击出新的狂欢与警语，在古今两重时空中“溃烂的内心”，或有从噩梦中惊醒而后奋起突围的可能？

杨庆祥是擅长用隐喻写诗的时代诗人。现在，让我们再次回到隐喻性的、多义性的“荷”面前。再回头去看那个双腿鲜血淋淋，内心充满愤怒与忧思的少年，他又何尝不能以稚嫩的嗓音，向“君父”发出质问？一枝荷的前世今生，此在彼在，使诗人复杂的时代经验得以附着，得以显形。在新的诗意内涵、生命谜语乃至文化潜意识的层面上，我将“荷”视作杨庆祥诗歌的一个

[1] 杨庆祥：《残荷》，载《趁这个世界还没有彻底变形》，漓江出版社，2015，第16页。

"基本词汇"，它通向本体意义上的，由诗人独有的诗感官、诗审美、诗哲学构成的诗性世界。这样的"基本词语"在杨庆祥的诗与诗论中还有一些，比如"冰""雪""树""菩萨"等。对于存在、价值与意义的质询，对语言、诗性的认知，也常常凝结在这些词中。

三

"人"与"荷"相对，另一个观察呼之欲出。像是这样的一些诗句："看见一棵树很后悔／看见一池水也很后悔／当初为什么没有长成／一棵树或一池水呀"（《看见一棵树很后悔》）；"哎呀呀，鸟也好鱼也好蝴蝶也好，总之都／比人自由那么一点点"（《夜宿英德九州驿站遇雨》）；"树的脸是安静的／花的脸甜蜜／鸟的脸是花与树的相依／妈妈，为什么人的脸如此愁苦？"（《人脸》）；"不要将大海想象是一个人／以为这是它的愤怒和伤心／嘘，古老的大海从来就不屑于／成为一个人"（《大海从来就不屑于成为一个人》）。在熟悉了人类宣布要成为自然的殖民主人，这种狂飙突进式的工业化、现代化叙事以后，人在自然面前表达谦逊、示弱乃至自卑，就显得分外珍贵。更重要的是，这些诗句反复暗示出一种"生而为人"，面对植物、泥土与自然的虚无感。它不同于香草美人传统，也即不同于"志洁而物芳"的浪漫主义寄情的路径。这种虚无感，是一种失去了土地的、无根的、内在于现代都市经验中的悬浮与虚空。

作为诗人，杨庆祥身上有相对明晰的社会属性，一个脱离乡土、被抛入城市化和全球化浪潮的当代人。要谈论这个问题，不妨再看看除了“荷”以外，那些被杨庆祥大量使用的语词。像是树、花朵、星宿、风、大海、森林——诗人对明亮、纯真、轻柔的意象的偏爱，也许根植于他在乡间的成长经验，比他自觉到的还要幽深。南方乡野的图画感与生命感，构成诗人诗学想象的原色。在《“黄金时代”备忘录（2008—2019）》里，杨庆祥写道：“度过他童年时光的大院落，里面种满了各种花；院落前面的大河，他曾在里面浮游；还有远处群山的倒影，朝霞和夕阳，满天星斗……至于这里面的具体生活的细节，人间的哀乐，他全然不知也毫无兴趣。”[1]杨庆祥深知自己脑海中的童年风景，早已被抽去了“人间哀乐”的生活实感，又被记忆反复打磨光滑近乎镜中幻觉。更不用说1990年代以后，城市的边界像怪兽般大举向前推进，乡村早已凋敝萎缩。但有别于父亲对“进城”、对坚决逃离乡村的执着，杨庆祥始终对这一“幻觉”念念不忘，“他有时会陷入他自己的媚俗”[2]。在《我回来看一眼就走》《所有的事物都还在》等诗里，回望或折返故乡时，充满矛盾的抒情声音久久回响。

不过，杨庆祥绝不是要用诗歌提供一种稳固不变的、前现代的牧歌想象，他也不是那种携带乡土情结或乡愁的写作者。诗人当然可以对这样的“媚俗”保持警惕，但与其说诗人流连的是逝去的乡村，不如说是浓缩于乡间童年里的一个“原初结构”。我更想分享的一个发现是，在杨庆祥的诗作里，有一个发生在少年时期深处的“分裂时刻”。那是童年幻景第一次产生裂纹，相对

[1] 杨庆祥：《“黄金时代”备忘录（2008—2019）》，《天涯》2020年第3期。

[2] 同上。

静止的童年开始向外部世界、向人间真相流动的时刻。或者不妨更大胆地说，那就是主体开始分裂的时刻——犹如把手伸向夏日新生的莲子，却被脚下暗刺所伤的那个“瞬间”。复杂的冲动、诱惑、受挫与怀疑，在这个瞬间里内爆，构成少年通过裂变初识时代的隐痛，就如同我们所读到的《荷的时代性》。如果可以寻找另一条进入杨庆祥诗歌世界的密径，其中的关键和微妙之处，是指认那个“分裂”的瞬间，并分辨出诗歌与那个“分裂时刻”反复撞击、欲说还休的方式。

在同一篇文章里，杨庆祥将个人成长的开启，赋形为“他必须独自穿过生命的森林”的少年之旅。在一条酷似成长小说序章的延长线上，诗集中的那首《少年 chey 的平常之旅》具有了“元诗”或“元叙述”的意义。这首柔软的、充满了美梦气息的诗是这样开头的：“走过这个平川／就是湖泊，在湖泊的后面／是一片密林。”[1] 密林前的这片湖泊，是否是杨庆祥曾写到的，那个十一岁时发生“大湖之问”的地方？“他记起来在十一岁的时候——那是 1991 年，社会转型的序幕即将拉开，数代人的迁徙和漂泊即将开始。在那个巨变前难得的平静中，在故乡的大湖边，他问父亲：艾青的诗和普希金的诗，谁教会我们更多？”[2]1990 年代伊始，在人口流动的暗涌与商品化的历史巨浪即将掀起的前夜，这个“大湖之问”，不仅关涉到复杂的诗学传统与诗歌遗产继承问题，更是人生道路选择的终极之问，它就摆在“80 后”的青春期面前。正如人们后来所看到的，杨庆祥从

[1] 杨庆祥：《少年 chey 的平常之旅》，载《世界等于零》，第 87 页。

[2] 同上。

十一岁时开始写诗，神秘的诗、青春、时代与命运的齿轮开始互相啮合着共同转动。此后他用自己的写作、求学与地域流动投入了这个难以看清楚的时代。父亲当年并没有给出像样的回答，或许回答了也没有什么用处。道理早已在1980年代末就预言过了：为了尝到莲子的滋味，就必须亲身付出流血的代价。

在诗的解读中，调动这些传记性的因素，并不是为了求证、坐实一片湖泊、一座森林在诗人故乡地图上的具体坐标。我想强调的，是道路分岔以前、主体分裂以前的“这一个”瞬间之迷人，值得读者为之停下脚步。或许连诗人自己都没有意识到，它在他的诗与思与情动里，扮演了一个生命结构的支点。也是因此，我们才能理解杨庆祥诗歌中的诸多“虚拟语气”，和“虚拟”背后的分裂的想象。比如在《我本来以为这就是我的一生》里，诗人描摹了一系列长大成为农人，亲近大地、湖山的宁静的田园生活场景：

我本来准备在月光下给你写一封长信
把心思，藏进傍晚的万物黄昏

我本来准备生儿育女，在树下讲故事
生前伺候稻田，死后湖山青青

我本来准备如此，本来以为
——这就是我的一生[1]

[1] 杨庆祥：《我本来以为这就是我的一生》，载《世界等于零》，第41—42页。

诗人当然不曾选择这样的生活。“我本来准备……”以虚拟语气诉说假想中的情形。每一节开头复沓的“我本来准备”，以一种背反的语势，让每一次的愿景描绘都反过来加深了事与愿违之感，造成更强力的否定性的阅读效果。在杨庆祥的诗中，“假装”“本来准备”“不如”“当初为什么没有”“我也曾期盼”等“虚拟语气”，构成了一种语言的装置，一种完全由语言虚构，更准确地说，用语气虚构出来的一个诗性容器。这里面盛放的，是无用的悔意，以及难以证实或证伪的命运的应然性。经验的客观实存性被取消了，取而代之的是藏匿在历史深处的另一种未及展开的或然性。就像弗罗斯特所提出的那个关于“未选择的路”的经典之问。当诗人沉溺在这种语气的虚构之中时，他所眺望的，并非已经发生的事，而是曾经有可能却终究未发生的事。他所沉醉的，是曾在那个“分裂时刻”被抛诸身后，沉入湖底的无数的“另一种可能”。

承担这种可能性的抒情主体，不正是那个采莲的，大湖边即将上路的孩子？杨庆祥已经在诗歌中演绎过多副面孔：游侠、浪子、旅人、情种、父亲、长子……而在多重的、变幻不定的“我”／诗人形象里，诗人胸中还住着一个独自穿过密林的少年。为了进入他的时代，他必须独自穿过密林。为了在诗中思考他的时代，他必须不断重返那个孤独、美丽、神秘的“分裂时刻”，不断咀嚼原初的禁果和疼痛，咽下可能的不可能的苦与甘。

2022 年

在幽闭的季节深处

要描述张玲玲的小说气质并不容易。穿行在《夜樱与四季》里的女性声音是阴郁的，成熟的，心事重重的，内核里又有什么剧烈燃烧、挣扎着的东西。但一切都被她用不动声色的叙事包裹起来了。作为从财经记者转向文学创作后交出的第二本小说集，《夜樱与四季》延续了张玲玲跻身进入不同生命经验的观察与思考，更多了和有弱点的人物一同前行的沉勇。

“迫切希望离开这间阴暗潮湿的屋子，去往一个光明巨大的所在”的冲动，是张玲玲在早期作品《平安里》《嫉妒》中奠定的心理症结。到了《夜樱与四季》里，进一步凝聚成张玲玲笔下“迁徙—求索—再次出发”的漂泊结构。张玲玲关切现代人的情感处境，丰沛的欢爱与妒恨，隐秘的羞耻与骄矜，构成她的小说世界，尤其是女性群像的底色。但是早前对于“光明巨大的所在”的渴念，逐渐过渡为更清醒、冷峻的跋涉之旅：人生从来罕见善始令终的美事，也难有一劳永逸的定居之地，却可以求得阶段性的突围，迎向下一次困境的降临，“在最不堪忍受的时刻，都能走进日光下，像其他人一样”。

于是我们看到小说里的人们，在不同的城市间跑来跑去。故事往往始于一次抉择，抉择伴随独咽苦果的取舍，推动着她们与他们，去向僻远的小地方——这近乎自我放逐，在难熬的情状里观察他人，也暗度自己的困局。张玲玲笔下的困局，关乎亲密与背叛，责任与辜负，骄傲的人生与难以预测的下坠；以及，在困局中被咬在舌尖上，绝对不能说出的话语，比如求救，比如抱怨与懊悔。那种能独自承负绝境，格外拥有精神强度的沉默的普通人，似乎也格外地令小说家着迷。无论是前往广西小镇开启一段不为人知的生活的城市女性（《夜樱》《江州月》），心怀困惑退守浙东渔村的小公务员（《洄游》），还是放弃一切返回东北小城照料生病的父亲的女儿（《四季歌》），“只能向前，竭力往前走，抛下一切往前走，不被绝望所囿”。小说里的话，也像是张玲玲对她的人物的冀望。

故事虽然始于漂泊，但张玲玲用了更多的篇幅刻画一种难捱、滞涩的“幽闭”处境。《夜樱与四季》里充满了人与人之间揣测、误解、缄默和僵持，即使是朝夕共同生活的人，渴望贴近的亲爱的人，也难以抵达对方的内心世界。“她想，他的生活，他的故事，很多时候她其实也只能理解一部分”（《夜樱》），“最重要的是他不懂。不懂他人，也不懂自身”（《奥德赛之妻》），“也许自己真的不懂她。她也一样，对他很多方面所知甚浅”（《四季歌》）。小说中不断出现这样的句子，对峙与撕扯的，尽是艰深的人心形状。阅读张玲玲的小说，也如同剥开那些不动声色的叙事造成的厚厚的阴翳，进入那些连人物之间都难以看见的沸腾的深谷。这是有挑战的。但阅读这样的小说，本身就是在尝试理解人心，它并不比日常生活中的际遇更简单，也并不更难。

在某种意义上，《奥德赛之妻》的意象几乎贯穿全书。张玲玲笔下的每个人都有自己的奥德赛，它可能是空间的，可能是命运、时间与历史的。他们都有被身困孤岛的时刻，也都有自己的迷航、涉险，与风暴缠斗的远征。沿途遭逢的人，帮助他们直面自己内心的深渊，那里往往藏有难以启齿、不易道出的真相。这或许是为什么，张玲玲喜欢在结构上“用一个故事去讲另一个故事”。小说里经常会出现一明一暗两个声部：《夜樱》写乡村医生与情人的生活，背后却是情人隐藏的母亲身份与和母女之间的深情辜负的故事；《江州月》明写热心泼辣的美容店老板阿丹与外来者“我”的友情，及至小说尾声，作为暗线的“我”逃至此地的秘密才浮出水面；《洄游》的开端，是一起发生在开渔季的海难，38 位失踪者被宣告罹难，明线是公务员小马一边负责处理搜救与家属理赔工作，一边忍不住追踪渔嫂们的弱势处境，暗线却是小马个人“无处可去，找不到自己欲求的位置”的身份焦灼。在这种“明暗声部”或双重节奏中，张玲玲尝试将她观察到的普遍困境进行整合，它不仅关乎性别、阶层、族裔，不仅关乎男女情爱，也可能是跨代际的、牵动几代人的历史经验的。

《夜樱与四季》中令人印象最深刻的，是那些复杂的女性形象。她们未必没有缺陷，从不善于趋利避害，因此会重复犯错，却始终没有丢失趋光的本能。《面具》是炽烈的情书，也是女主人公的自白书。我们得以看见因爱而起的写作，如何勘破并超越了爱情贫弱的真相，最终成为一则关于爱欲与女性写作的元叙事。《夜樱》里的“她”是迷茫的情人，也是任性的母亲。母女在晚春散步赏樱的一幕令人难忘，这场一再被延宕、被母亲辜负的赏花之约，被停格在一个迟到的瞬间——随着手机电筒照亮，枝头最后仅存的樱“在黑暗中显露面容，仿佛重新开绽了一次”。这一刻的美悄然无声，却令人内心震动，不仅因为女儿的痴心，更因为母亲锥心刺骨的愧疚、辗转难耐的自省。《奥德赛之妻》中妻子祝楠罹患的渐冻症，不难读出其所隐喻的女性在物理和象征两个层面的“无力”。从话语的角度看，丈夫萧鼐所从事的戏剧事业也是反讽的：丈夫占据了公开的话语表达，以表演性的言辞诱引异性，掩饰不断出轨的真相；相比之下，失去了行动能力的妻子只能被幽禁在家。祝楠的一言不发，与其说是被动的“失语”，不如说是主动选择了沉默，以关闭话语能力表达她的全部反抗。身处“无力”的绝境仍要发力看看，是一个清洁、赋有骄傲与尊严的人的孤注一掷。

有心人会发现，《夜樱与四季》的编目暗合了四季的时序。首篇《夜樱》始自晚春，而后《奥德赛之妻》发生在春夏之交，《洄游》是中秋以后，直至末篇《四季歌》，它有经年的季节轮转，但最具有辨识度的是故事里凌寒逆旅的深冬气氛。读毕全书，也仿佛陪伴着一群普通人度过了完整的四季。属于樱花的烂漫春日过去后，人们是否会注意到其他季节的樱花树？在看似寂寞、黯淡的季候里，它们也有自己的枯荣、自己的寒暖。其实，樱花只遵照自己的意志走过一年又一年，并不在意人的眼光会否落在身上。

《洄游》的尾声，渔船失事的风波暂告一段落，码头上的渔民对小马说，“再几个月就是鰆的季节了”。如果念出声来，也是“春的季节”。“新一年的秋天。不可思议的，我们熬过了暴雨、洪水、湿热及严寒。我们熬过了一切。”读到这样的句子时，则很难不为蛰伏中爆发出惊人耐受力的女性振臂轻呼。时间不会停止流动，在不被注目的季节深处，这些险象横生却也暗藏生机的时刻，是被写作者创造出来，推至人们眼前的。如同手电筒的光落在哪里，曾在哪里萎败过的她们，就又重新绽放了一次。

2023 年

1933 年的时间流亡与青年狂想

一、“迟到”的时间寓言

从 1990 年的出道作《M 的失踪》算起，黄锦树专注重绘南洋图景已整整三十年，早已是讨论华语文学难以绕开的坐标。马来西亚华人流徙海外的殖民伤痕、历史忧患，以及与“中国性”的身份纠葛，始终是其文学风景的基石。黄锦树对马华族群命运的文学再现，时常呈现为人物在国族、语言、文字界域内无根的迁徙与飘零。这种书写姿态，早在多年前被论者命名为“反居所浪游”，认为黄锦树借助“反居所”的正面介入，正是要对马华历史意识的稀薄、历史书写的艰难发起挑战：“我们很清楚，历史阙如不可能容纳在任何居所里，它不可能容忍任何居所，因为历史阙如是流离失所，是非居所、反居所。”[1]这种在流离失所中无法占有意义，却又要不断追索的焦灼感，遂成为黄锦树作品偏

[1] 林建国：《反居所浪游》，原载于《南洋商报》1995 年 12 月 16 日、23 日，后收入黄锦树的小说集《死在南方》（山东文艺出版社，2007）。

执而顽强的精神气质之一。如果说“反居所浪游”更多指向家国、原乡与文化空间归属感的取消，那么在新作《迟到的青年》里，黄锦树则通过在一切重要历史节点中迟到的青年，讲述了一个在时间中无家可归的寓言：迟到者无法被任何大历史秩序接纳，被动语态的“迟到”（belated）状态，又注定了他无力建立自主的时间秩序。[1] 主人公在时空中谜一样地穿梭了一生，恰恰是因为在所有的时间链条与空间区域中找不到自己的位置。因此在最后的返乡途中，当被问到乡关何处时，青年只能摇摇头回答：“都不记得了。”[2] 小说结尾，青年终于被象征时间本身的皮箱吞噬，这或许也续写了黄锦树认为马华族群永世流亡的悲剧立场。

《迟到的青年》在多国情报机构联手追捕一个东方青年的重重谍影中拉开大幕，小说开篇即被紧张肃杀的气息扼住。这个神秘人物的危险之处，不在于鬼魅的行踪与模糊难辩的身份面目，也不在于任何实质性的暴力破坏，而在于其遏制时间流动甚至偷走时间的能力。青年所到之处，所有的钟表方寸大乱，交通工具变得缓慢，炎炎赤道变得天寒地冻，孩童也会瞬间变成白发苍苍的老人。他的秘密使命是将从欧亚各国收集来的时间带回马来雨林深处的墓园，以延长死而复生的“祖”的生命线。

在这个糅杂了间谍小说、魔幻元素与政治狂想的故事里，黄锦树最富有反讽张力的安排，在于青年的“超能”与“不能”。看

---

[1] 《迟到的青年》最初收录于丛书《字母会：B 巴洛克》（卫城出版社，2017），是由哲学家杨凯麟与台湾小说家胡淑雯、陈雪、骆以军、童伟格等人围绕字母 A—Z 展开的写作实验计划的产物。《迟到的青年》中的字母 B 意指“迟到”（belated），也出现在小说开篇的谍报密码“b”“birds”里。

[2] ［马来西亚］黄锦树：《迟到的青年》，《天涯》2019 年第 6 期。本文引用的此部小说原文均出于此。

起来拥有主宰时间的超能力的主人公，却在追赶自己的时刻表时一再身不由己地犯错，毕生深陷在迟到、延宕、迷航的困境里。作为中国移民的后代，年少时未能及时赶上从南洋驶回中国的慢船，这一次迟到，阴差阳错地改换了青年一生的航向，再也无法踏上父亲魂牵梦绕的祖国。这一场面无疑是黄锦树对旧作《开往中国的慢船》（2000）的招魂与复写：相传郑和下西洋时留下的宝船犹如移民后人归返中国的欲望本体，以每十年一趟的慢速运送迟到者回家，但只有十三岁以下的孩子才有登船的资格。高嘉谦曾分析“中国宝船永远的迟到者”的弃民心绪：“错过上船的十三岁年龄，就只能是永远的迟到者，不复归返，孤身走离散的路，于是‘被遗留’潜藏在背后成了移民社会的精神状态。”[1] 到了《迟到的青年》里，黄锦树仍在同这种结构性创伤对话，足见其难以释怀。“开往中国的慢船”投下过分渴望却又无法实现的乌托邦阴影，青年迟到后下意识的选择既不是回家，也不是继续等待，而是头也不回地立刻逃离这一错误现场。“他临时起意扒走一位因醉酒而摇摇晃晃的胖子老外身上的船票，恍恍惚惚地上了另一艘船，让他得以穿过马六甲海峡，航向西方。”

青年在人生重要时刻的又一次迟到，是成年后因浪迹西方世界而没有赶上给父亲送终，归来时马来半岛的旧家也已人去楼空。“你已不再年轻。而且，你又迟到了。”拥有遏抑时间的能力，却唯独无法阻止自己的迟到。每一回的迟到毋宁说都是创伤体验的加剧重演，因为每一回的迟到都伴随着生命中又一处“家园”无可挽回的轰毁：父亲、家族、生长的土地、传说中的

[1] 高嘉谦：《论黄锦树的寓言书写》，载《死在南方》，第 363 页。

祖国，直至他彻底沦为世界的孤儿——小说尾声处，箱子里原本小心翼翼藏好的“祖”所赠予的骸骨与泥土不翼而飞，青年在血缘与地缘的最后一丝关联也遭割断。被锁进箱中任人提着四处漂泊，是其被彻头彻尾放逐的最后缩影。

二、殖民地的想象性复仇

小说里最惊心动魄的一句话，当数自杀的日本情报人员道破的那句青年的机密：“时间被他偷走了。”伴随着青年遍布北京、上海、莫斯科、鹿特丹、伦敦、巴黎的足迹，《迟到的青年》也展示出从前黄锦树在南洋书写里不多见的世界全景版图。青年的核心使命，正是以殖民地儿女的血肉之躯，偷走殖民帝国的时间，作为补偿和供养虚弱的“祖”的生命原料。在灰烬中重生的“祖”，或许象征着马来西亚土地的原始祖灵。黄锦树素有去人类中心主义的立场，认为土地拥有和占有者无关的历史，相信“土地是土地自己的主人”[1]。在故事发生的1930年代，“刚刚从第三次死亡中复活”的“祖”，是否正影射了马来半岛自航海大发现以后先后被葡萄牙、荷兰、英国三国侵占，却仍残留着不死的原生力的命运？

更重要的是，偷走时间的青年，颠倒了原本由西方文明话语所支配的时间谱系，以及东西方剥夺与被剥夺的权力关系。西方世界曾通过指认自身的文明与先进、东方殖民地的野蛮与落后，将后者理所应当地定义为线性进化论秩序上的迟到者，进而展开

[1] ［马来西亚］黄锦树：《撤退》，载《死在南方》，第78页。

粗暴掠夺，包括蚕食殖民地的时间与疆土。但是黄锦树在青年身上展开了一种解构帝国谎言的反殖民想象，或者称之为反殖民复仇也不为过。在“时间开始了”的宣告中，南洋雨林不再是束手就擒、甘愿被剥夺与被奴役的弱者，而要主动夺回那些曾经被非法偷走的时间。所以在小说的前半部分，青年的表现俨然时间的复仇者：其所到之处的所有人，都体会到了被殖民者的忧惧与苦痛；已经死去的钟表重新转动齿轮，如同被杀戮者的集体复活；总督想起了年轻时对原住民少女犯下的罪恶，并在强烈的被诅咒感中倒地毙命；隐喻着殖民余孽的少女腹中的胎儿，则在一夜之间被消除抹平。

但以上种种，只不过是一种想象性的快意恩仇。青年造成混乱的时间极短，而后一切如常，不平等的权力结构难以被真正撼动，“但不过一瞬间，好似打了个盹”。更具解构性的一个伏笔在于，从殖民帝国盗取时间的青年，其自身在成为“偷时间的人”之前早已被偷换了人生。更准确地说，如同浮士德与魔鬼签订的契约书，青年是以全部生命与自我不断被偷换的代价（“我到底是谁？在这漫长的旅程中，到底被偷换了多少回？”）换来了向殖民帝国实现复仇与反击的一个片刻——更为致命的是，这一切都是被动发生的。“那时他流落在阴暗的巴黎街头小巷，一个驼背小人擦身而过，与他交换方向；但那轻轻的一碰触，即用他数百年污渍染就的旧皮箱换走了他所有的家当。珍爱的袖珍本藏书，写写删删的笔记本，不忍丢弃的分手情人感人肺腑的情书，余味犹存的指甲；寄不出去的给父亲的长函，一把拆信刀。”历史的偶然撞击，使青年在不知情中收下了那口沉重如殖民历史债务的皮箱，也让他在毫无选择的情况下丧失了自己的容颜、身份和一切私人记忆。从此以后，青年的相貌也越发与驼背小人交叠难分，“背拱起，整体上予人驼背小人躲在大衣里的感觉，仿佛畏寒”。

小说中多次着意提及的驼背小人形象，典出本雅明的晚期作品《一九〇〇年前后柏林的童年》，此乃黄锦树最为擅长的文学经典的变形与重铸。在《驼背小人》这一篇里，本雅明回忆了这个德国民间童谣中的捣蛋鬼形象：“当我走进厨房，／去做点儿汤喝／一个驼背小人儿在那儿／一下把汤锅打破。”就如同歌谣里所唱的，驼背小人擅长让人走神，毁坏物品的整全性，并最终让人一无所有的恶作剧，也让“失去”成为本雅明儿时心灵最深处的恐惧、哀愁与无助。“他出现在哪里，我在哪里就会变得两手空空。我望洋兴叹，眼看着一切逐渐变小。直到几年后大花园变成了小花园，大房间变成了小房间，大长椅变成了小长椅。这个灰灰的倒霉鬼不时让我重新忆起那些几乎被我遗忘，然而曾经属于我的东西。”[1]本雅明在生命最后几年的流亡中，写下了这些刺痛的字句，是对回不去的祖国与柏林童年的怀念，同时也是第一人称的郑重诀别。驼背小人擦肩而过的历史一击，让青年失去了所有，也暗示了他此后只能以恶作剧的方式展开复仇的限度所在。

三、青年何在?

对历史档案资料及作家作品的征引、拼贴、戏仿及重新编

[1] ［德］瓦尔特·本雅明：《驼背小人：一九〇〇年前后柏林的童年》，徐小青译，上海文艺出版社，2003，第 158 页。

码，进而让故事产生新的催化，是黄锦树高度风格化的小说技艺之一。对于曾以种种方式被他编织进文本的鲁迅、郁达夫、川端康成、田山花袋、村上春树等人，学界早有不少论述。这样的创作习惯和趣味，一方面关涉到黄锦树多年来对马华文学形式可能与历史密度的探索，另一方面指向作家对“史实”孜孜不倦的写作伦理追求。但无论如何，藏在这些线头背后的谜团，散佚、漫漶于故事内外，常常使得阅读黄锦树的体验近似于走在一条无法直接抵达终点的路上，并一再对读者的知识储备抛出新的要求。《迟到的青年》自然也不例外，其标题本身就取自大江健三郎创作于 1960 年代的同名自叙传长篇小说。除了上文提及的本雅明，“K”“旅行推销员”“土地测量员”等语词也暗示着另一位犹太作家卡夫卡的隐身在场——联想到军情部门对青年华人与犹太人身份的混淆，在在使得英殖民统治下的马华与纳粹时期犹太人的流离命运，在互见中彼此激荡。

《迟到的青年》处理的是黄锦树以前所涉不多的 1930 年代，有多处具体的历史事件，可以帮助我们瞄准小说讲述的时间：俄国革命、日本在东北建立伪满洲国等等。而最确切的提示来自鲁迅著名的“北平五讲”：“九个月前，在北京某大学广场上激昂的大学生之间，聆听鲁迅的演讲，被某记者摄入作为背景。”鲁迅在北平几所大学演讲的时间为 1932 年 11 月，因此可推知故事发生在 1933 年 7 月左右。

1933 年世界正在发生什么？正如青年检票员所说：“这世界要大变了。”随着青年流浪的版图扩大，在全球政治经济格局与“世界青年”的历史镜像中，小说对于马华青年的“青年性”思索逐渐浮出水面。黄锦树念兹在兹的马来西亚共产党此时刚刚成立不到三年，莱特、阮爱国（胡志明的化名）及其“成立了南洋一个什么党”的虚实笔法，也暗示了青年与马共千丝万缕的关联。1933 年，英国专门成立政治部，并联合警察部队对新生的马共展开毁灭性的打击扑杀。[1] 在南洋肃杀的政治气候之外，世界局势同样动荡不已：全球性的经济大萧条，苏联正在经历大饥荒，1933 年纳粹上台后，正在写作《一九〇〇年前后柏林的童年》的本雅明和千千万万的犹太人一样开始逃亡，直至死去……青年肩负着沉重的历史与本国的困境辗转于异国他乡，也见证了世界的风雨飘摇。在东亚一侧，抗日的战火已率先燃烧中国的土地，1932 年鲁迅在北平的其中一讲《今春的两种感想》，谈论的正是青年应该走怎样的道路的问题。此时来到中国，跻身于进步学生之中共同听讲的青年，是否也曾从“五四”后迅速成型的母国青年政治中获得醒悟与启迪？

此时的中国，“新青年”作为政治资源和历史推动力的潜能，早已得到普遍的承认与争取。相较于中国青年拥有国家与自我授权的主体性，更有真实的社会参与，在《迟到的青年》中，我们始终未能看到主人公身上任何现代意义的“青年”特征——除了年龄以外，他并未经历结构性的成长。其青年人格其实并没有实质的内涵充盈，因此只能伶仃而空洞地流亡，终究未能询唤出一个更大的共同体。“好像有一阵风推着他走。整趟旅程都好像是

[1] 据马共领袖陈平在回忆录《我方的历史》（*My Side Of History*）中记载，为打击马共势力，英国于 1933 年成立政治部（Special Branch），取代了名为犯罪情报部（CID）的职责。马共在 1930 至 1935 年的警察搜捕行动中，至少损失了六名在任领袖。被拘留者大部分都是中国籍，法律行动导致其中的五位被驱逐出殖民地并被遣返中国。

一场梦。他经历得多，但记得的少。”这仍是一个尚未觉醒的青年主体。马华青年的被动、混沌、孤立与生命的不确定感，遂在世界左翼青年的图谱中暴露出一种先天不足。在某种程度上，未能降临的“青年主体性”，也是主人公自己对于自己的迟到——相比于对家国历史事件的“向外的迟到”，这种“向内的迟到”，则指向南洋青年族群更隐秘的内在危机与现代困境。

为什么黄锦树要在五十知天命的岁数，虚构一个近百年前的青年狂想故事？作家心系马华的命运且思考不止：没有导师，没有坚实的家国叙述，没有可靠的族群共同体，在无所依据和凭证的时间洪流里，马华青年要如何完成成长与现代自我的赋形？“此刻过去、现在、未来同时呈现，在思索东南亚华人的命运的同时，很嘲讽的我将在时空中不着痕迹地消失，消失在历史叙述的边缘。”[1]这种旷日持久的上下求索，始终伴随着对于求索者自己消失的坦然（尽管未必没有恐惧），至今仍是黄锦树写作的巨大内驱力。纵使是在 1933 年未完成的青年，也迟早要被卷入现代的时间齿轮，去领受他的身心撕裂与独特的成长动线，无人能躲开。这种成长的历史必然与无可逃脱，正像是大江健三郎在《迟到的青年》开篇摘引的奥登的诗句：“‘我做不到。’我说，‘因为我已不再是孩子，也不再是鸟。’”[2]

2020 年

[1] ［马来西亚］黄锦树：《大卷宗》，载《死在南方》，第 63 页。

[2] 诗句摘自 W.H. 奥登的组诗《1929》，转引自［日］大江健三郎：《迟到的青年》，姜楠译，金城出版社，2011。

她从死灭里造新的躯体

人会受困于自己不曾亲身经历的年代浩劫吗？在经验匮缺与知情受限面前，讲述的正义从哪里来？如果小说的使命，是要从缄默的历史里赎回真实，它所解救出来的第一声，是否可以既轻如蛰伏数年的蝉破土的翕动，又刺耳如少女被侵犯时的尖叫？贺淑芳的《蜕》中有一个次要人物的场景：随水灾难民露宿街头的宋红欢遭人侮辱，她发出的厉叫，意外地驱退了进犯者。叫声出卖了少女，将她暴露在异样的目光之下，却也到底保护了她。小说对历史声音的赎回，也随这一声少女自我捍卫的尖叫撕开。历史主体方生方死的命运也随之浮现："那刻有个新的你出生，也有一个旧的你死去。"[1]

1970 年，贺淑芳生于马来西亚吉打州。在她出生的前一年，1969 年 5 月 13 日，吉隆坡爆发大规模的排华暴乱。这桩后来被命名为"五一三事件"的流血惨案，公共舆论与政府档案对其讳莫如深，它在民间的族群隐痛与创伤后遗症，同样难于宣之于

[1] ［马来西亚］贺淑芳：《蜕》，上海文艺出版社，2024，第 57 页。

众。杀戮发生了，却被当作什么都没发生，无数家庭与人生在一夜间改变。历史的血腥气也许会随时间散去，但不被允许谈论的悲伤、愤怒、羞耻与惶惑，近于软性的无期监禁，“结果总还在哪里继续变化或发酵，不曾真正成为过去”[1]。出于对“一切佯装如常”的不安，近半个世纪后，贺淑芳探向黑暗的记忆上游，铭写受到“五一三”波及的三代马华女性的生命史。《蜕》的成书，令人想起朗西埃在谈论书写的政治时所说的“承担意义的躯体”。在焚毁的历史缺页处，文学建造出新的血肉，以复活之躯拮抗暴力与遗忘，“它有着艺术生产出的东西的那种物质坚固性”[2]。

置身于女性的生命共同体内，《蜕》如其名，寻访被湮埋的死者与幽灵，就像挖出已经氧化为历史腐殖质的蜕壳——曾经祥和生动的日常，如何走向烬灭，又如何在死灰中复燃为当下此刻的马华经验?《蜕》以叶阿清、陈桂英与萝三位女性人物为圆心，覆盖她们命运半径内来来往往的女性与男性、华人与马来人、有名字的与没有名字的人们。非线性流动的声音结构里，一张心碎后试图修复心碎的大网若隐若现。

作为幸存者，叶金英在暴乱中失去了父母与幼子；叶阿清失去了既是闺蜜也是情敌的女友友梅；陈桂英在劫后受孕，恋人阿斑为谋生出走新加坡后杳无音信，她决计独自抚养女儿长大；这个唤作萝的女儿，与小说作者贺淑芳同岁，对于分娩了自己的历史废墟及其狭长的阴影，她要到更晚才有所觉察、惊醒、顿悟。对于笔下的女性，贺淑芳无意于将她们塑造为面孔平平、身影单

[1] ［马来西亚］贺淑芳:《蜕》，第 246 页。

[2] ［法］雅克・朗西埃:《语词的肉身：书写的政治》，朱康、朱羽、黄锐杰译，西北大学出版社，2015，第 123 页。

薄的谋生者或历史难民。读者会注意到，她们同时也是配音、舞台演剧、绘画等诸领域的艺术实践与思考者。至为珍贵的是，无论处在哪个生命阶段，她们都是不惜力的爱欲者，在爱与行动中破茧自救。

《蜕》的许多小节内出现了人称的自由滑动，且几乎都是从第三人称内视角“她”向第一人称“我”越界。为何作此安排？诚然，历史当事人有权以自我的名义讲话，小说也有意为她们赋权伸张。但贺淑芳似乎对此仍有疑虑：叙事者与读者，能否如此轻易（或因太轻易所以显得傲慢）地对人物的内里长驱直入？由“她”向“我”内心透视的缓慢渗析，模拟记忆的渐次拨开，对读者发出邀请，直到人们的声音重叠在一起，产生不可预知的共鸣。愈迟疑，愈温柔，愈困难，贺淑芳践行着尊严与平等的小说诗学，“她”或“她们”的生命从四面八方的孔隙汇入“我”的五脏六腑，借“我”的愈伤组织长出新的肉身……“她们”即是“我们”。

凭着这样的小说诗学，贺淑芳透露出她想负载起某种艰难的总体性责任：在一个极度分化与离间的年代，仍努力寻求着内在联结的可能。文本内所执行的语法，则继续为目标难度加码：贺氏极力布展语言、经验、视点乃至跨文类的繁复，以尽可能的参差性、杂多性与离间性，去触及不可能的总体性。《蜕》的尾声甚至嵌入三幕现代戏剧，在虚构里将对虚构与真实的辩证演绎推向更深。

为了补缀被截断的历史，《蜕》使用的语言如蛛丝般细柔、湿润，且强韧。可以在此重提德勒兹援引普鲁斯特的话：“作家在语言中创造了一种新的语言，从某种意义上说类似一门外语的语言，他令新的语法或句法力量得以诞生。”[1]面向那些一不小心就要再次化作齑粉的生命碎片，贺淑芳的走笔之轻，自带一字一句里慎重的判断与挽回的决心。这蛛丝般的语言，刻写出女性劳作与生育时入骨的孤独；在写贫穷、歧视、苦役与漂泊时，能传递出人人可感的愤怒；但在写到爱恋纠缠与成长幻觉时，甜蜜与希望的政治同样能得到应有的滋养和庇护。也惟其如此，小说虚构出的肉身，才能胜任历史的承重。面对“五一三”沉重的历史债务，“轻”又一次赢得了叙事强者的信赖。

《蜕》中大量的死亡叙事，不唯为了直面、控诉与哀悼，更令读者着魔的，是人在濒死时爆发的求生意志。正如小说人物告诉我们的，“要去回忆，要捍卫感觉与记忆的权利”[2]，“她会继续活着，活到可以再度大声迎接记忆回来的那一天”[3]。贺淑芳所念兹在兹的，是“生命向前过程中的死亡”，这是小说生死动力学的奥义。她为各章冠以虱子、青蛇、蝴蝶、螃蟹、蜘蛛的题名，以昆虫与两栖爬行动物普遍存在蜕皮／蜕壳现象，隐喻生长过程中的惊险一跃。蜕皮的环节至为脆弱，却又在方生方死间为本体积蓄壮大的能量。“旧皮原来是可以让昆虫幸存的粮食，吃掉它，活下来，恢复力气。”[4]

蛇有蛇蜕，蝉有蝉蜕，那么，是否人也有一种人蜕？

我们身负自我的标本，阶段性的死里，总能酝酿出奇迹性的

[1] ［法］吉尔·德勒兹：《批评与临床》，刘云虹、曹丹红译，南京大学出版社，2012，第 1 页。

[2] ［马来西亚］贺淑芳：《蜕》，第 240 页。

[3] 同上，第 71 页。

[4] 同上，第 239 页。

生。在文学中，这样“濒死—复活”的奇迹可以反复上演。人们阅读文学，正是为了暂时脱离自己，凝视世界、时间与自己蜕下的旧我之身的关系。在这个意义上，《蜕》是一册“诞生之书”而非“死亡之书”——所有的历史主体都是这样从反复的死灭中活过来、活出来的。

2024 年

文
景

Horizon

社 科 新 知　文 艺 新 潮

迎向热情消逝的年代

刘欣玥 著

出 品 人：姚映然
责任编辑：张　晨
营销编辑：杨　朗
装帧设计：安克晨

出　　品：北京世纪文景文化传播有限责任公司
（北京朝阳区东土城路8号林达大厦A座4A 100013）
出版发行：上海人民出版社
印　　刷：山东临沂新华印刷物流集团有限责任公司
制　　版：北京百朗文化传播有限公司

开 本：850mm × 1168mm　1/32
印 张：8.5　　字 数：171,000
2025年3月第1版　　2025年3月第1次印刷
定 价：67.00元
ISBN：978-7-208-19233-1 / I・2186

图书在版编目（CIP）数据

迎向热情消逝的年代 / 刘欣玥著 . -- 上海 : 上海人民出版社 , 2024. -- ISBN 978-7-208-19233-1

Ⅰ . I207.42-53

中国国家版本馆 CIP 数据核字第 2024ZC6195 号